阎肃作品手迹及创作历程

阎肃　李文辉◎著

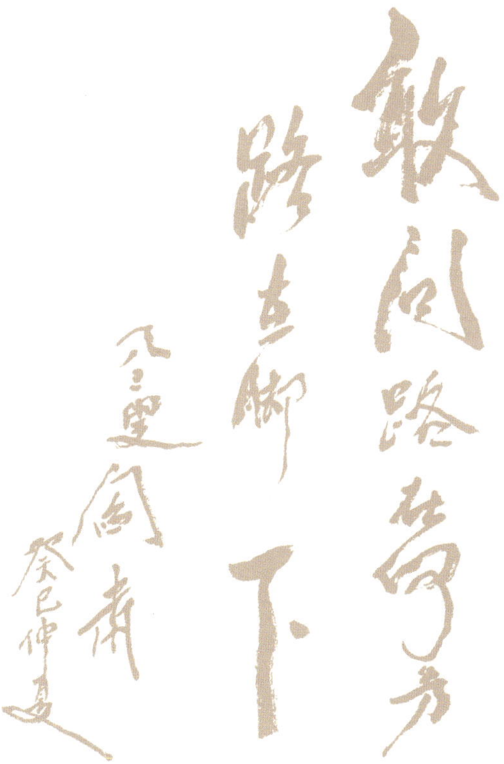

河北大学出版社
·保定·

YANSU ZUOPIN SHOUJI JI CHUANGZUO LICHENG

阎肃作品手迹及创作历程

出 版 人：朱文富
封面题字：李少青
选题策划：何 东
责任编辑：何 东 赵彩霞
装帧设计：傳薪BOOKs DESIGN 徐春爽
责任校对：赵 麟
责任印制：闻 利

图书在版编目（CIP）数据

阎肃作品手迹及创作历程 / 阎肃，李文辉著. -- 保定 ：河北大学出版社，2021.10

ISBN 978-7-5666-1612-8

Ⅰ. ①阎… Ⅱ. ①阎… ②李… Ⅲ. ①歌词集－中国－当代 Ⅳ. ①I227

中国版本图书馆CIP数据核字(2020)第021231号

出版发行：河北大学出版社
地址：保定市莲池区七一东路2666号 邮编：071000
电话：0312-5073033 0312-5073029
邮箱：hbdxcbs818@163.com 网址：www.hbdxcbs.com
经 销：全国新华书店
印 制：河北新华第一印刷有限责任公司
幅面尺寸：170mm×240mm
印 张：19.75
字 数：260千字
版 次：2021年10月第1版
印 次：2021年10月第1次
书 号：ISBN 978-7-5666-1612-8
定 价：68.00元

（本书图片由李文辉提供）

我愿做主旋律的一个歌者（代序）

作为部队的一名老文艺工作者，八十岁的我深为今天社会主义文化的大发展大繁荣感到骄傲和自豪。回顾这一生走过的路、经过的事，如果没有党的思想引导，一个从旧社会历经坎坷走过来的人，就会迷失在人生的十字路口，我这一生的命运就会被改写；如果没有党的培养，我一个才疏学浅的青年学生，就不可能成长为党的一名光荣的文艺战士；如果没有党的关怀，一个文艺工作者“浑身都是铁、能打几颗钉”，我就更不可能获得这么高的待遇、这么多的荣誉……此时此刻，我最想说的就是，文艺家必须肩负起时代赋予的神圣使命，与时俱进，跟着时代走，谱写正气歌。

始终把献身党的文艺事业作为永恒的信念

1937年，日本侵华战争全面爆发，七岁的我随全家逃难到重庆，迫于穷困，栖身于一所天主教修道院，在教会学校读了五年书。1946年，就在学校准备把我推荐到高级修道院学习时，我父亲一位思想进步的朋友极力劝说家人，让我离开修道院，考取了重庆南开中学。脱下黑长衫，穿上新校服，我一下子感到外面的世界是那么的新鲜和自由。在南开，我和同学们一起排演《黄河大合唱》，自编自演讽刺蒋介石的小话剧《张天师做“道场”》，传看共产党办的《新华日报》，阅读鲁迅、巴金等进步作家的书籍。上大学后，我很快接触到中共地下党组织，像一团火一样投入党领导的学生运动。新中国成立前夕，父亲的几位朋友劝说我们全家移居海外，我毫不犹豫地说：“我哪儿都不去，我要留在重庆，迎接解放！”1950年9月，我带着早日投身新中国建设的强烈愿望，报名参加共青团西南青年艺术工作队。1952年，参加赴朝慰问，志愿军战士浴血奋战的感人事迹，更加坚定了我从军报国的理想。1953年4月，我光荣地加入中国共产党，同年6月调入西南军区文工团。从此，我就把自己的人生追求牢牢定格在做忠诚于党的文艺战士上。无论顺境逆境，无论得意失意，无论面对什么样的严峻考验，我都矢志不渝地把对党的忠诚融入自己的艺术实践，先后创作的几部剧目，如歌剧《江姐》《党的女儿》，京剧《红色娘子军》《红灯照》等，都受到党的几代领导人的关怀与肯定。1964年11月，毛主席观看了歌剧《江姐》并在中南海接见了我，还送我一套精装《毛泽东选集》，勉励我为社会主义文艺事业做出更大的贡献。我非常激动，那时我年仅三十四岁。几十年过去了，毛主席送给我的书，我一直珍藏着；毛主席鼓励我的话，我一直铭记着。邓小平同志也先后观看了我创作的京剧《红色娘子军》和歌剧《江姐》，并给予了好评。1992年，我创作的歌剧《党的女儿》在首都公演，江泽民同志观看演出后深有感触地说：“这台戏给我们上了一堂生动的党课，它让我们永远记住我们的政权来之不易！”更让我难忘的是2009年元宵佳节，胡锦涛同志接见首都文艺界代表，与我亲切交谈，并充分肯定了我的工作。一想起党和国家领导人对自己的亲切关怀，我就心生愧疚、心存感激！如今，军装一穿六十年，我已经是一名老兵了，但我壮心犹在，我还要继续努力，奋斗终生。

始终把讴歌时代主旋律作为崇高的政治责任

歌唱人间一切美好事物和情感、弘扬真善美是当代艺术工作者的共同责任。我愿意自己永远是主旋律的一个歌者，一直站在时代的潮头，讴歌主旋律，传播先进文化。当年的歌剧《江姐》，曾一年内演出二百五十七场；此后，五次复排演出五百多场，堪称创造了我国歌剧史上的奇迹，影响和教育了几代人。20世纪80年代初，我精心创作了歌曲《敢问路在何方》、歌剧《特区回旋曲》等一批作品，奏响了改革开放的时代强音；90 年代，我创作了歌剧《党的女儿》、歌曲《风雨同舟》《前门情思大碗茶》《故乡是北京》《唱脸谱》，参与策划了《祖国颂》《携手长城长》等大型文艺晚会，满怀深情地讴歌党的英明领导和伟大的变革时代。北京申奥成功以后，我把积蓄已久的激情化为一个个音符，创作了《同一个世界，同一个梦想》《五星邀五环》，向世界传递了中国的声音。2007年前后，针对社会上出现的恶搞红色经典、传播恶俗萎靡歌曲之风，我积极响应音协组织的由音乐界四十多位权威人士发出的“传承红色经典、抵制恶俗之风”倡议。为公开亮明我们的态度，我还参加了江西、重庆组织的大规模红歌会，并担任“中国红歌会”终审评委，引导歌坛用健康向上的红歌抵制恶俗。2009年，我有幸参与新中国成立六十周年大型舞蹈史诗《复兴之路》的编创，担任文学部主任，在长达一年的编排过程中，投入了全部的精力和感情，演出获得空前成功，在全社会引起巨大反响。说实话，我个人所做的一点事微不足道。一代代老艺术家为我的成长铺路搭桥，呕心沥血，我才取得今天的一点成绩。一首歌、一台戏，唱响它、演好它，不是哪一个人的功劳，它是“红花绿叶相映美”的结果。我在文艺事业上做出的每一点成绩，都是依靠空政文工团的集体智慧，“因为有你们深深的情浓浓的爱，生活的酸甜苦辣我才一步一步闯过来”！我诚挚地感谢你们——我的领导和亲爱的战友们。

始终把坚持“三贴近”作为创作的重要法则

贴近实际、贴近生活、贴近群众，是空军的好传统、好作风，是早已被培养出的好习惯。我深知，世界上没有“速成”的艺术品，更没有走“捷径”的成功者。不管你是干什么的，必须认认真真、脚踏实地往前走，千万不要指望“一锄头挖出个金娃娃”“一籽落地，万粒归仓”。一旦确定了干什么，你就要学会“扎猛子”，不能浮在面上，要往根上去，这样才会开花结果。朋友们戏称，我是一位“上过殿堂、蹲过牢房”的艺术家，这是指为创作京剧《红岩》，我和北京京剧院的一些同志到重庆渣滓洞体验生活的事。我们在渣滓洞牢房里，带上了沉重的脚镣，双手也被反铐着，连续七天，不让说话，不准抽烟，不许乱走乱动，三餐吃的是监狱里用木桶装的菜糊糊。我看到国民党特务用来折磨革命者的各种刑具，想起十根尖利的竹签一根一根钉进江姐手指时的惨烈情景。那种刻入骨髓的“炼狱”生活，使我后来在进行创作时，一次又一次无法控制自己的情感。1964年，为了创作歌剧《雪域高原》，我去西藏体验生活。12月下旬，我坐上一辆大卡车，从西宁启程，经格尔木，上五道梁，一路风雪走了十八天，到达海拔五千多米、零下四十多度的一个空军气象站，晚上垫四床被子、盖五床厚棉被都冷得睡不着觉，白天又吃不到能真正煮熟的东西。高原官兵的奉献精神使我深受感动，一口气写出了剧本《雪域高原》。实实在在地说，我的创作体验，就像吃饭穿衣一样离不开我的生活。我把自己的根扎在部队，从火热的军营生活中汲取艺术营养，坚守创作来源于生活的法则， 饱含深情地写兵、唱兵，《我爱祖国的蓝天》《军营男子汉》等都是这样深入一线创作出来的。

始终把追求高尚艺德作为笃定的操守

“人贵有自知之明。”想一想我个人，充其量也只不过是“汪洋中的一滴水、群山中的一把土”。如果不是赶上了这样一个伟大的时代，如果离开了党组织的培养和关怀，如果没有空军这片辽阔无垠的艺术沃土，如果没有那么多真心真意关心我的领导、尽心尽力支持我的同事战友和广大的热心观众，我阎肃是绝对不可能走到今天的。 所以我一直坚持以一名普通老兵、普通党员的标准严格要求自己，把军人的荣誉看得重如泰山，把个人的利益看得淡如清水。得意时不凌驾组织之上，失意时不游离组织之外。我感觉，人应当把握好“人生四分”，即天分、勤分、缘分、本分。天分，就是要清醒地了解自己的长处，善于发挥自己的优势，这样可以少走弯路，做自己感兴趣和有意义的事，成功的概率就会大一些。 勤分，就是通往成功的必经之路。没有人会随随便便成功，没有付出的收获发生在我们身上的概率几乎为零。缘分，指的是机会。机会只垂青于有准备的人。本分，是对一个人的道德约束。每个人都应该有责任心，本本分分扮演好自己在社会和家庭中的每一个角色，明确自己的责任和义务。作为一名老艺术工作者，我始终把培育新人作为自己的责任，手把手、 面对面毫无保留地传授。《江姐》五次复排，我站在幕后，看着一代代“江姐”在艺术舞台上成长起来。更让我高兴的是，大家有事愿意和我商量，甚至遇到重大抉择时也愿意找我拿主意。有人把我称为文工团的

"名誉政委"，我更愿意做大家的朋友，愿意看到我们团人才辈出，愿意看到年轻人茁壮成长。

我的老师乔羽同志曾说过："真正的艺术家都有两只坚实的翅膀，一只翅膀托着坚定不移的爱国心，一只翅膀载着光辉灿烂的作品。"爱国，是全人类都推崇的美好而神圣的情感。一个没有祖国的人，你的身后将一无所有。爱是一种深刻的东西，又是一个具体的东西。爱你的故乡热土、爱你的妈妈、爱你的儿女，都是这种爱的体现。我在《复兴之路》中描写过这样一段诗意的爱："山弯弯，水弯弯，田垄望无边；笑甜甜，泪甜甜，一年又一年；燕子飞，蜜蜂唱，坡前柳如烟；风暖暖，梦暖暖，这是我家园；最难忘，最难忘，妈妈脸上又见皱纹添……" 我这一生是在用一种歌唱和赞美的方式来爱党爱国。为了党和军队的文艺事业，我书写了六十年，奉献了六十年，更幸福快乐了六十年！如果活到一百岁，我要继续奋斗二十年，做一个真正站在时代琴弦上的放歌者！

阎肃

（原载于《求是》杂志2010年第19期，有改动）

目　录

1/红梅赞

红岩上红梅开
千里冰霜脚下踩
三九严寒何所惧
一片丹心向阳开　向阳开
红梅花儿开
朵朵放光彩
昂首怒放花万朵
香飘云天外
唤醒百花齐开放
高歌欢庆新春来　新春来

1962年10月18日

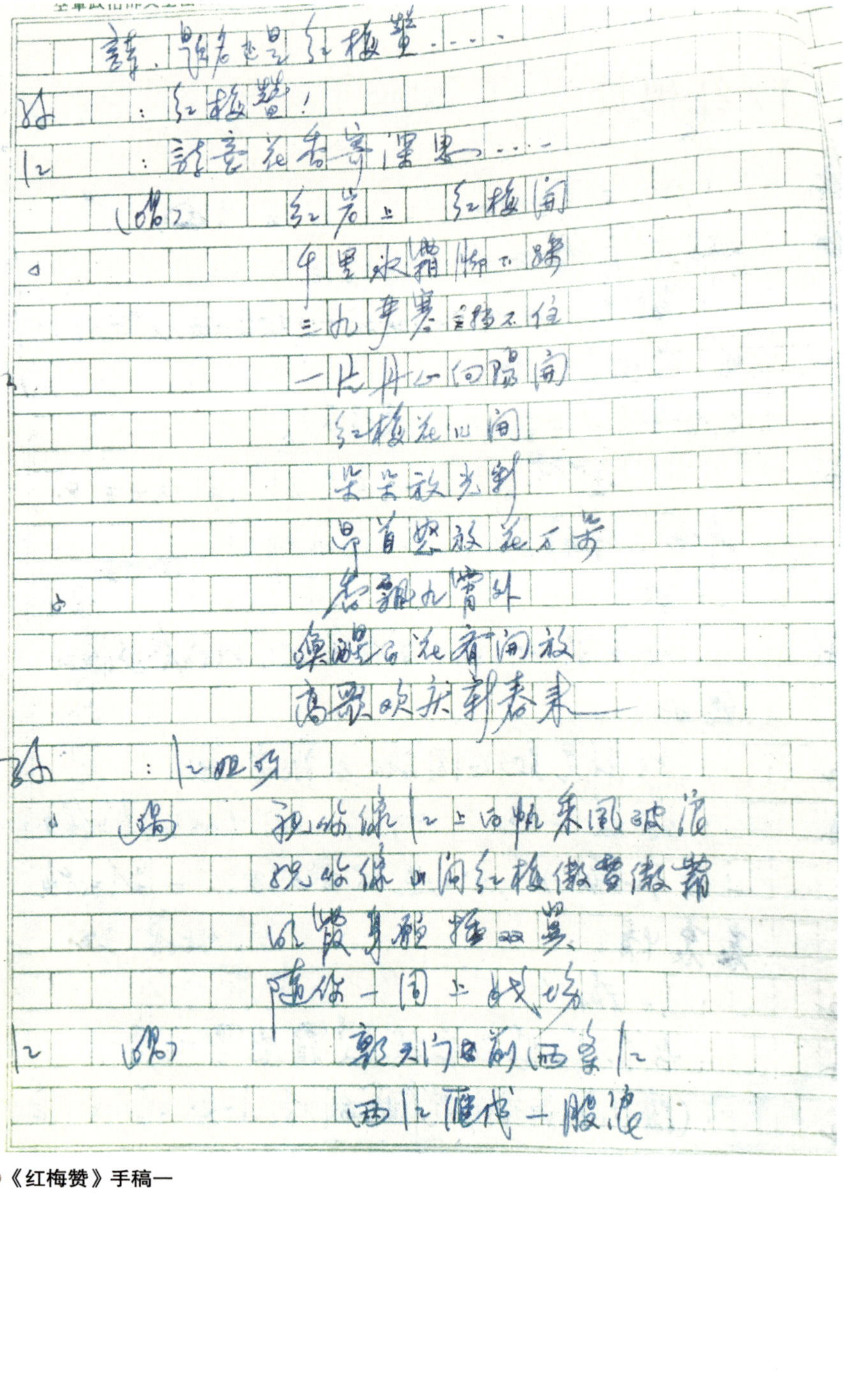
红岩上 红梅开
千里冰霜脚下踩
三九严寒何所惧
一片丹心向阳开
红梅花儿开
朵朵放光彩
昂首怒放花万朵
香飘云霄外
唤醒百花齐开放
高歌欢庆新春来

◎《红梅赞》手稿一

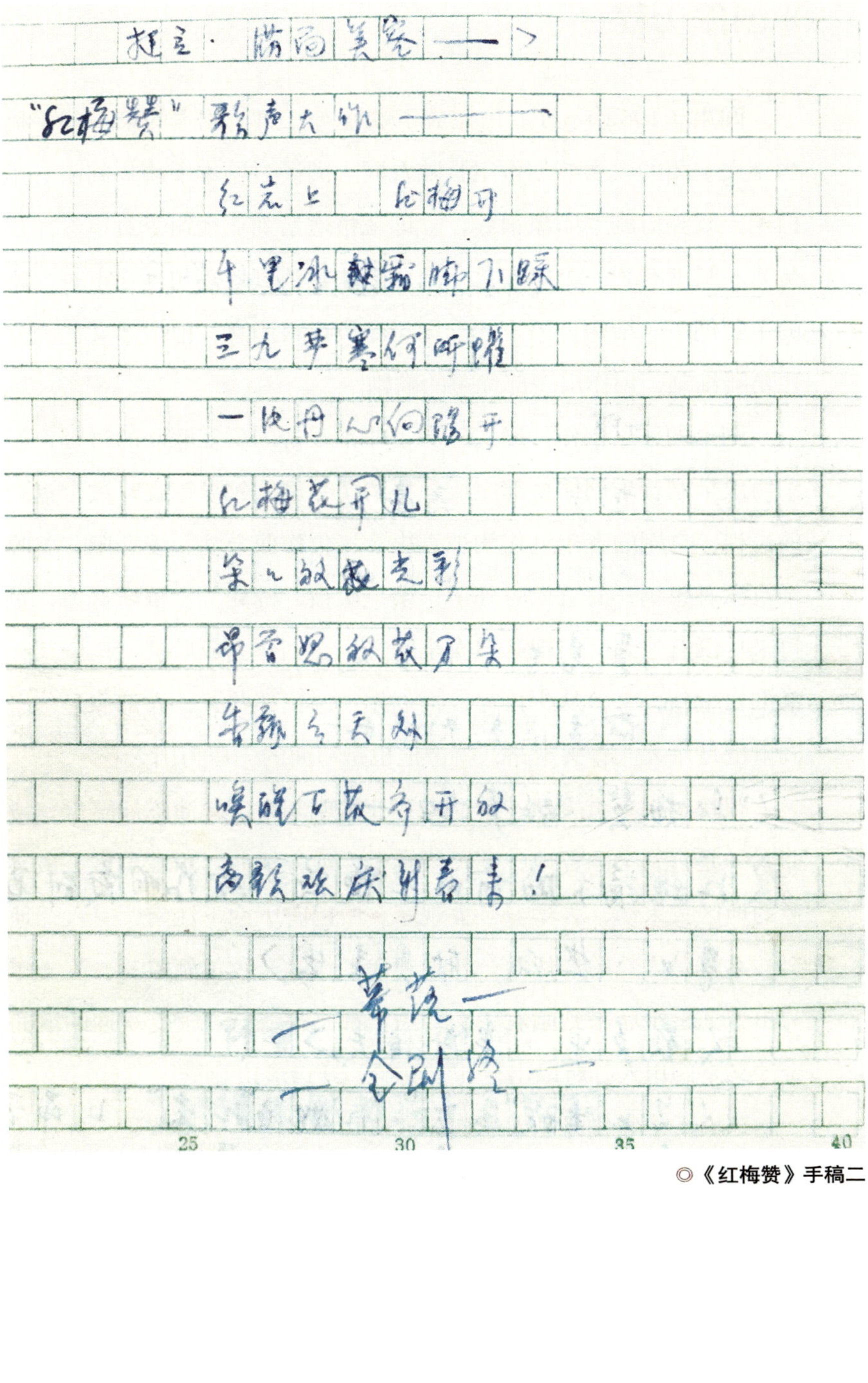

起立·满面笑容——>

“红梅赞”歌声大作——

红岩上 红梅开

千里冰霜脚下踩

三九严寒何所惧

一片丹心向阳开

红梅花儿开

朵朵放光彩

昂首怒放花万朵

香飘云天外

唤醒百花齐开放

高歌欢庆新春来！

◎《红梅赞》手稿二

》创作历程

阎肃于1962年6月上旬完成了歌剧《江姐》剧本的第一遍手稿，当年文工团的政委兼创作组长陆友同志阅读过剧本手稿！阎肃心里明白了，政委对剧本印象很好，立即就报送给刘亚楼司令员审看。司令员第一眼就有了一个好印象，因此，非常认真地逐句逐字审查。剧本的主题创意、结构、语言、歌词司令员都很满意，他指示文工团一定要精雕细刻，创作出一部优秀的歌剧。

剧本的音乐创作，确实经历了非常艰苦的反复磨砺的过程，经历了两次全剧音乐创作全部完成，报请司令员等领导审查时被全盘否定的过程。全剧的音乐创作均被否决，三位作曲金沙、姜春阳、羊鸣，谁也没有想到，简直太意外了！第一次被“枪毙”，重新努力，重新再来！没有想到又出现第二次全剧音乐在创作完成后被“枪毙”，全部都要重新再来，从头再写，再创作一遍！那些天，人都像是傻了，阎肃也是每天低着头走路，就像他也是写曲的，压力山大！

很快，司令员突然一个命令：让编剧阎肃、导演陈沙陪着三位作曲者一起去到全国各地，到民族音乐、地方戏曲音乐最丰富、最具特色的地区去采访，去学习，去观摩。所以有了两下江南，三入蜀地。金沙本就是成熟的老作曲，四十年代创作过《牧羊姑娘》，五十年代写出了《毛主席来到咱农庄》，当年都是很流行、很受欢迎的歌曲，金沙又是四川人，所以出行非常受益，开窍最快。

还有一个特别必须要感谢刘亚楼司令员的重要情节是，肯定《江姐》剧本之后，全团各个环节都开始展开工作，司令员突然向阎肃提出要求：你还得为《江姐》写一首主题歌。当时大家还没有写主题歌的概念，阎肃经过思考，觉得《江姐》开场是从长江边上的朝天门码头开始的行动，江姐心中满是激情，充满了浪漫的革命情怀，所以他顺意就写了一首水手之歌："船行长江上，不怕风和浪，风急浪险也寻常，心中自有红太阳——"司令员看过以后，立刻递还给了阎肃，说："这不是我想要的。"司令员的话令阎肃心头一震，一是感觉意外，立刻就被司令员给"枪毙"了！再一想，司令员眼界宽，留过学，一定是一个重要的启示，所以阎肃知道主题歌必须写好。当时，他也不知道司令员哪天再来文工团，踌躇之际，突然想到手上有一个为上海创作的一组《红梅组曲》，正好尚未寄出，其中的一首《红梅赞》是他自己很满意的词作，觉得放在《江姐》也应该合适，想了想，还是先拆出来以备急需，司令员看上了更好。真的很巧，没过几天，司令员就来到文工团，见到阎肃就问"怎么样"，阎肃笑呵呵地从左边口袋里拿出一张折叠的纸稿，打开送给司令员，司令员简直一目十行，然后抬起头，对着阎肃说："红梅赞，这就对了嘛，就是它了！"

阎肃交给创作组长陆友政委看的第一稿《江姐》手稿里面，是没有《红梅赞》的。《红梅赞》的出现，永远感谢英明有文化、有艺术修养，又饱含着担当、责任的刘亚楼司令员。阎肃觉得司令员既是英明的领导，又是难忘的、严苛的师长，《江姐》的诞生离不开刘亚楼司令员非常认真，又非常严格的栽培、扶植，智慧与关心。

司令员对待《江姐》就像对待他自己的孩子，心中时刻惦记着。已经转业的当年乐队的老同志蔡胜德，曾经讲过一段难忘的记忆。1963年下半年，也许是1964年年初的事，当时文工团到南京演出，当晚演出结束以后，一部分同志直接到疗养院去看望正在疗养的司令员，司令员好高兴，见到就问《江姐》怎么样了，然后就让在场的人给哼一下《红梅赞》。哼完后，阎肃在旁边就说：这"梅"字不行，它是往下的，是倒字的，音不对劲儿。司令员看到蔡胜德手里拿着二胡，就说："小蔡，你拉一遍《红梅赞》。"小蔡问："我怎么拉？"司令员说："你觉得怎么好听，你就怎么拉！"结果小蔡随意一拉，就将"梅"字给调上去了，然后司令员说："这不是就好听了吗？"敏感的人真就发挥了很重要的启发作用，成就了今天一直在传唱着的经典。

《红梅赞》的诞生，《江姐》的成长，永远不能忘记刘亚楼司令员创造的条件，高标准又十分严格的要求！

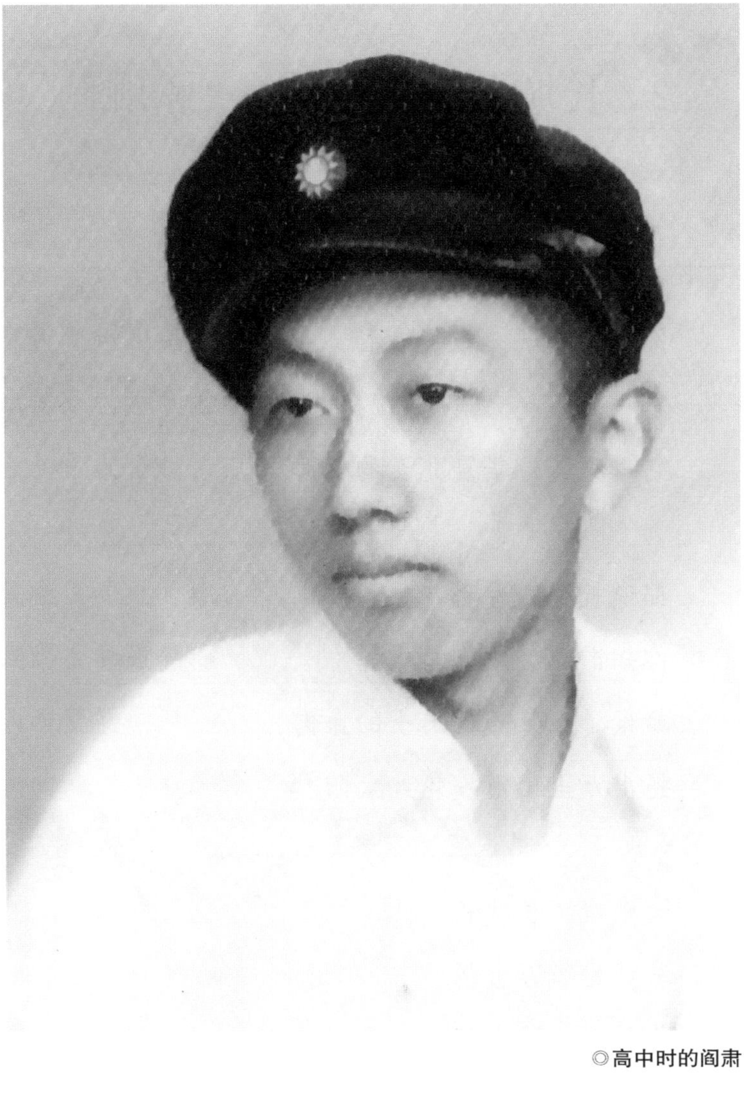

◎高中时的阎肃

2 / 长城长

都说长城两边是故乡
你知道长城有多长
它一头挑起大漠边关的冷月
它一头连着华夏儿女的心房

都说长城内外百花香
你知道几经风雪霜
凝聚了千万英雄志士的血肉
托出万里山河一轮红太阳

太阳照　长城长
长城雄风万古扬
你要问长城在哪里
就看那一身身　一身身绿军装
就在咱老百姓的心坎上

1992年7月1日

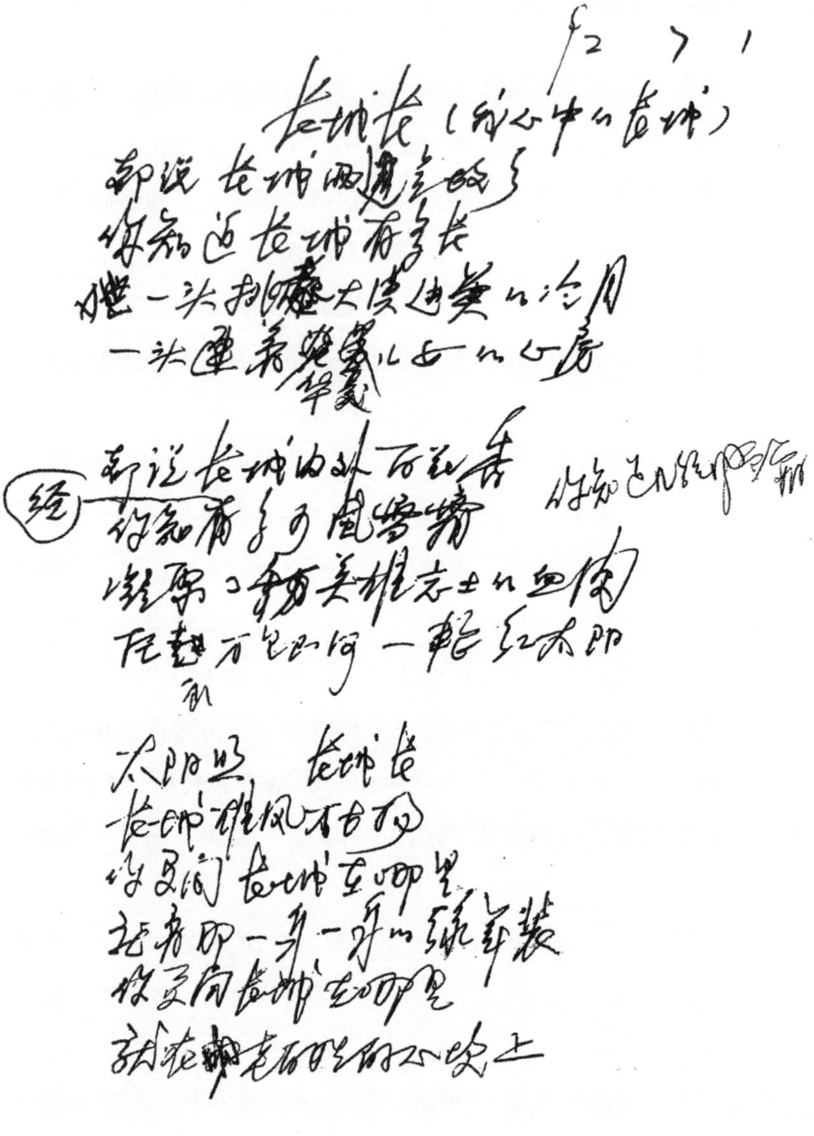
长城长（我心中的长城）
都说长城两边是故乡
你知道长城有多长
它一头挑起大漠边关的冷月
一头连着华夏儿女的心房
都说长城内外百花香
你知道有多少风雪霜
你知道几经风雨几经沧桑
凝聚了千万英雄志士的血肉
托起万里山河一轮红太阳
太阳照 长城长
长城雄风万古扬
你要问长城在哪里
托着那一身一身的绿军装
你要问长城在哪里
就在咱老百姓的心坎上

◎《长城长》手稿

》创作历程

80年代末期，空政文工团创作组到嘉峪关外采风、体验生活。在这之前，阎肃已经去过了有“天下第一关”之称的山海关，去过玉门关，去过雁门关，去过居庸关，见识过边关冷月，也领略过汉唐以来边关的大漠雄风及边关战士的那种万丈豪情。他总是感叹在缺乏现代化工具的情况下，“古人”是怎样完成了如此难以想象的艰巨工程，铸就了长城万里的磅礴气势！如此奇迹也只有我们伟大的中华民族才能铸就！万里长城走不完，壮观美景赏不尽，它如一条蜿蜒巨龙镌刻在历代华夏子孙的心中。它是老祖宗留给我们的珍贵财富、无限骄傲，曾经的一首歌 “万里长城万里长，长城内外是故乡”唱出了中国人连绵不断的长城情怀、家国情怀。阎肃想写长城，但一直没有合适的契机。总政参与筹划1990年的“八一”建军节晚会时，需要阎肃写一首歌。阎老正好碰到了作曲孟庆云，两人聊天时，阎老问孟：“如果写长城该怎么写呢？已经有了《长城谣》，再写什么呢？”孟庆云随口说：“有哇！怎么没有哇？你写长城有多长啊！”阎肃想想：对呀！有道理，说得不错！这样，几天后，阎肃写出了《长城长》这首词。

《长城长》是阎肃心灵深处的歌，是他灵魂的喷发，融进了雄关漫道的风霜雨雪，融进了历代豪杰顽强抗敌的英雄气概，融入了人民军队在奋进道路上的璀璨灯火。长城，早已不单单指那防御外敌的古墙工事；真正护卫中华民族的钢铁长城，由中国人民解放军的血肉之躯、聪明才智、顽强斗志所凝聚。《长城长》唱的是祖国的壮美山河，唱的是强军梦，唱的是中国梦，更唱出了历史长河中中华儿女的壮志满怀与英勇不屈。

◎阎肃（前排右一）与《江姐》导演陈沙、羊鸣等同志合影

3 / 我的中华

翻阅青史　五千年铸成个华夏
叩问长天　可记得盘古女娲
母亲大地　经多少风雨磨难
今朝奋发　点燃了东方朝霞
哦　我的中华
大漠雄关　秋风铁马　繁花似锦　平湖高峡
我的中华
我的根　我的魂　我的祖先　我的家

春潮秋雨给双亲添几丝白发
故乡月光　梦断了游子天涯
四海一心　奔涌我黄河子孙
那灿烂五星凝聚成坚忍不拔
哦　我的中华
长剑倚天　明珠镇海　霓虹泛彩　银浪金沙
我的中华
我的心　我的爱　我的母亲　我的家

1996年8月9日

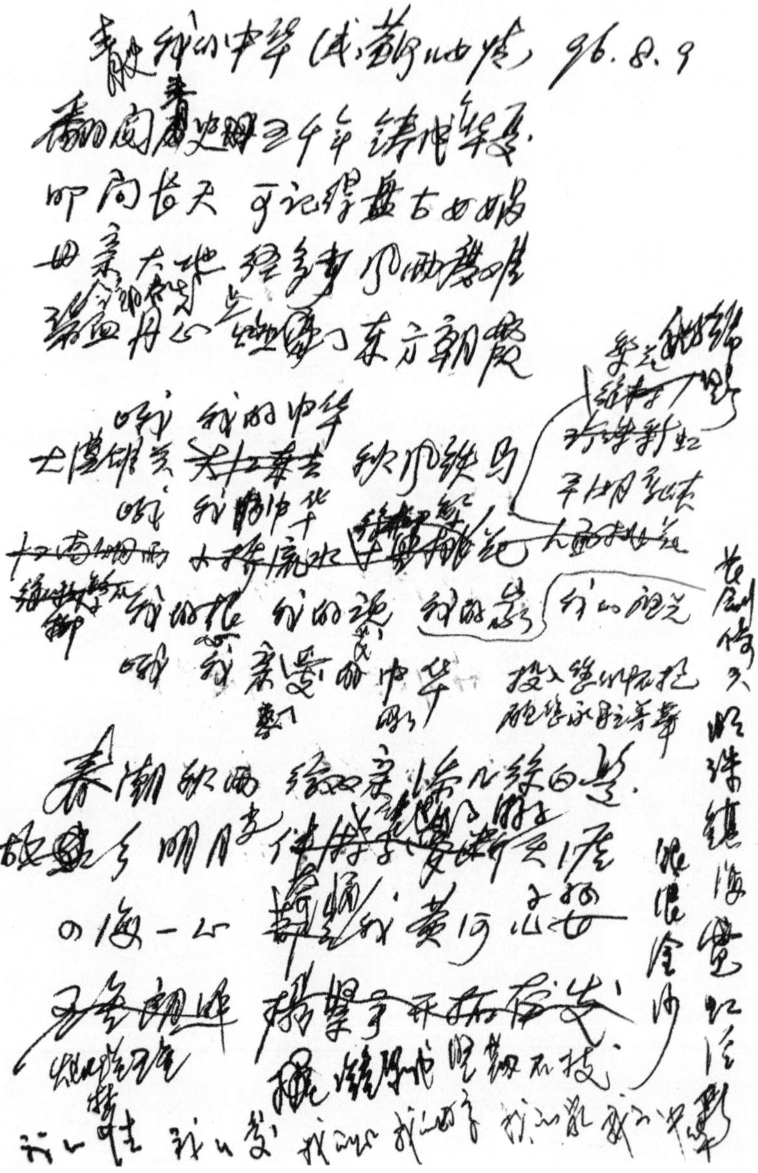

◎《我的中华》手稿一

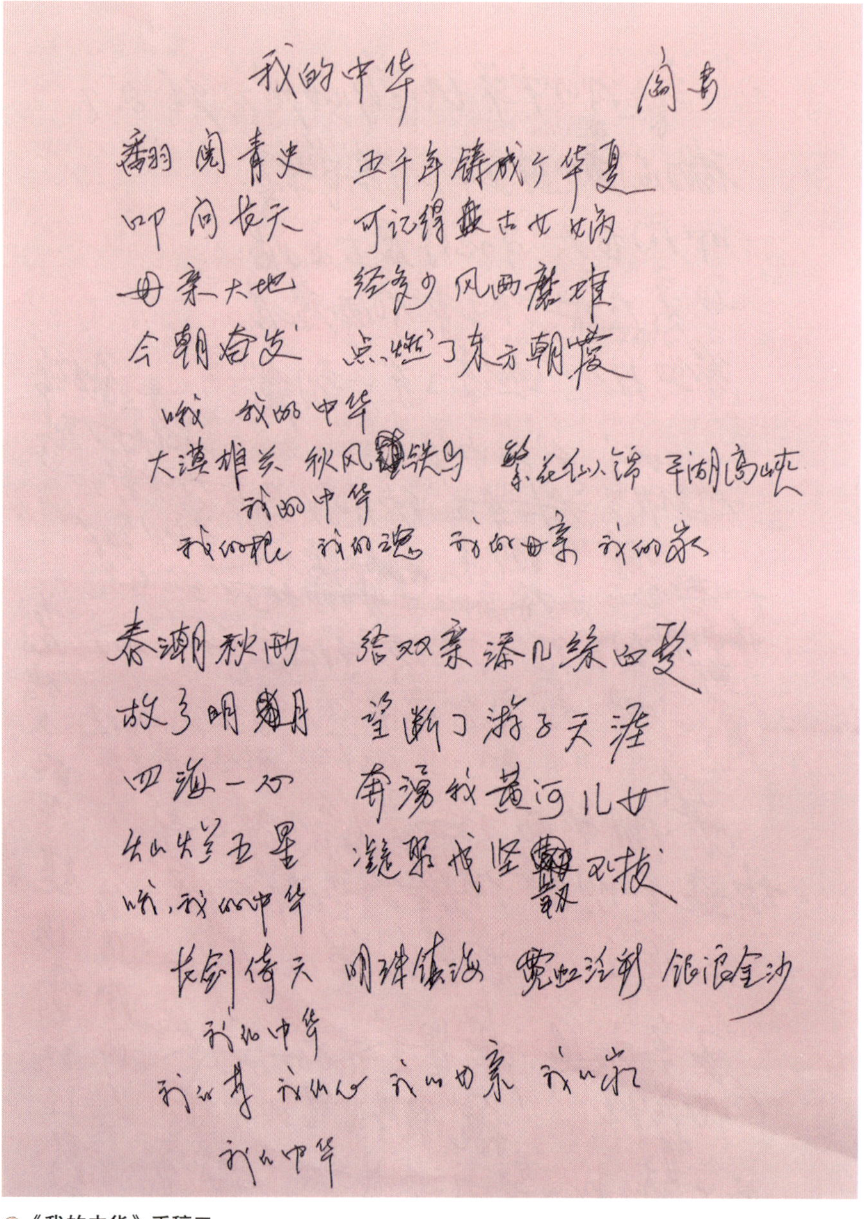

我的中华　阎肃

翻阅青史　五千年铸成了华夏
仰问长天　可记得女娲
母亲大地　经多少风雨磨难
今朝奋发　点燃了东方朝霞
哦　我的中华
大漠雄关　秋风铁马　繁花似锦　平湖高峡
我的中华
我的根　我的魂　我的母亲　我的家

春潮秋雨　给双亲添几缕白发
故乡明月　望断了游子天涯
四海一心　奔涌我黄河儿女
红烛五星　凝聚成坚强挺拔
哦，我的中华
长剑倚天　明珠镇海　霓虹泛影　银浪金沙
我的中华
我的根　我的魂　我的母亲　我的家
我的中华

◎《我的中华》手稿二

》创作历程

历五千年之悠久，经风雨之洗礼，中华民族巍然屹立在华夏大地。青山秀水孕育了一代代英雄才俊，励精图治创造了源远流长的华夏文明，让祖祖辈辈的华夏儿女以此为荣。

阎肃酝酿了好久，最终写出了这样一首大主题。然后，他与作曲家姚明一拍即合，音乐主题仍以中华瑰宝戏曲题材为依托，烘托出雄浑震撼的气氛，让人民有一种扬眉吐气的自豪与骄傲。最终，选定了我们中国音乐修养极高，声音震撼寰宇，美丽、大方、大气的无可替代的女高音歌唱家来演唱这首歌，这首歌就是《我的中华》！

她给我们带来自信，是我们的骄傲！

4 / 国泰民安

你还记得慈母手中线
你还记得长河落日圆
你还记得夜雪瓜洲渡
你还记得春风玉门关
五千年沧桑　经几多苦难
九百万山河　沉浮聚散
有多少仁人志士
渴盼着风轻云淡　花好月圆
还一片晴朗朗的天

你还记得停车枫林晚
你还记得钟声到客船
你还记得云破花弄影
你还记得千里共婵娟
九百万山河　看群芳灿烂
齐奋起再接再厉
铸造个风和日丽　万家团圆

拥一片明亮亮的天

国泰民安　国泰民安

河清海晏　春色满园

带着甜心的欢笑　衷心的祝愿

向新的世纪　纵马扬鞭

1997年3月24日

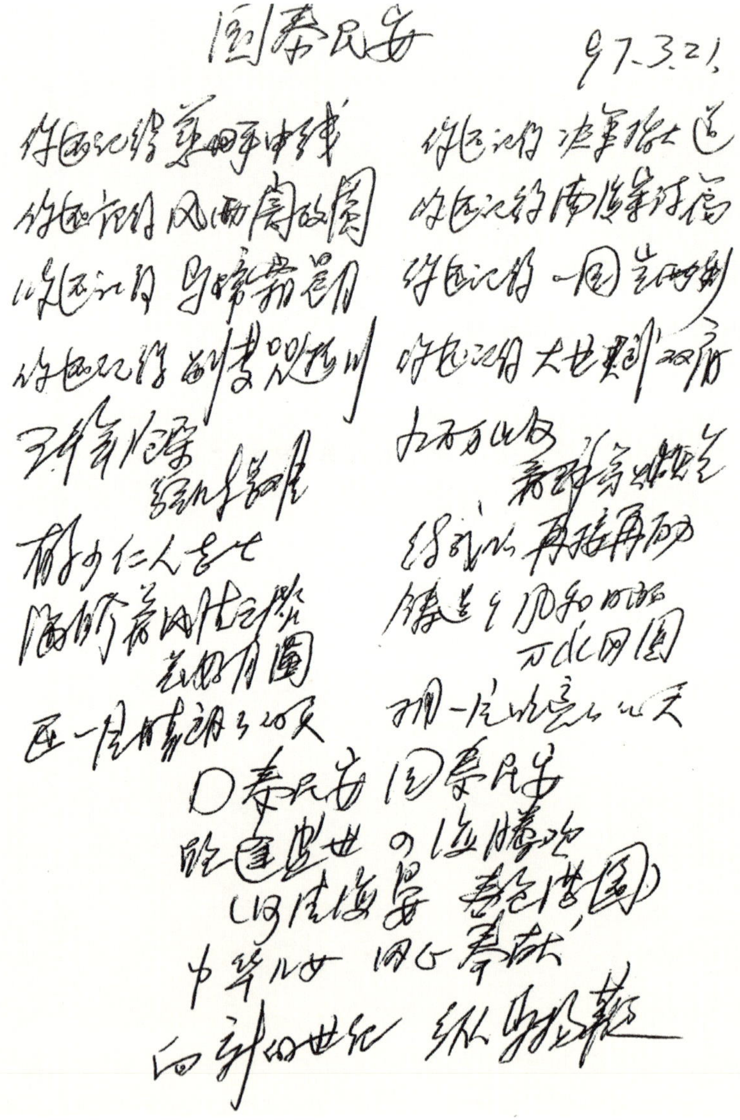
国泰民安 97.3.21

◎《国泰民安》手稿一

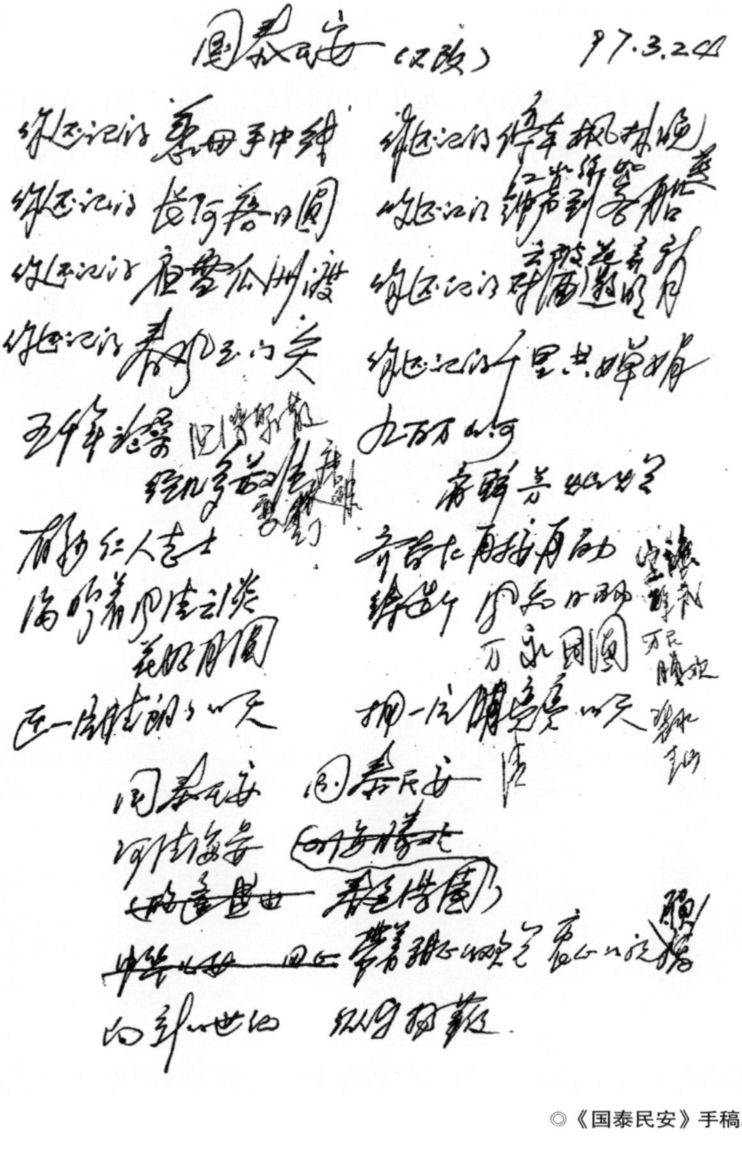

◎《国泰民安》手稿二

》创作历程

五千年华夏沧桑，九百万山河变幻！为了中华民族的伟大统一，为了华夏大地的风轻云淡，为了铸造一个万家团圆、举国欢腾的新天地，多少仁人志士忠义舍身死，慷慨大义赴国难，忘却名和利，只为国与民。阎肃心中始终有一种信念，肩上扛一份担当，就是企盼着我们的人民在幸福的国度里，人人都享受着河清海晏，春色满园，个个都纵马扬鞭，奔向前方！

二十四年前，阎肃创作了《国泰民安》这首歌词，小处落笔，激情收合，表达了一位部队文艺工作者对伟大祖国的祝愿。

◎阎肃寄给李文辉的军装照

5 / 中国人

（中华人民共和国成立四十周年电视片《我爱你中国》插曲）

走过了漫漫长夜五千年
经过了无数次的大磨难
多少回倒下又爬起来迎风站
张开的五指总要握成拳
曾有过震惊世界的大贡献
不甘心落在人家后边几十年
要把那落后的面貌快改变
一定要有扬眉吐气的那一天
中国人哟　中国汉
一定要有扬眉吐气的那一天
我们贫困　我们苦干
我们奋争　我们登攀
中国人哟　中国汉
历尽沧桑　依旧是勤劳勇敢
饱经忧患　依旧是善良乐观

压不弯的是脊梁　磨不断的是信念
联在一起是长城　站在一道是泰山
一定要有扬眉吐气的那一天

1989年8月20日

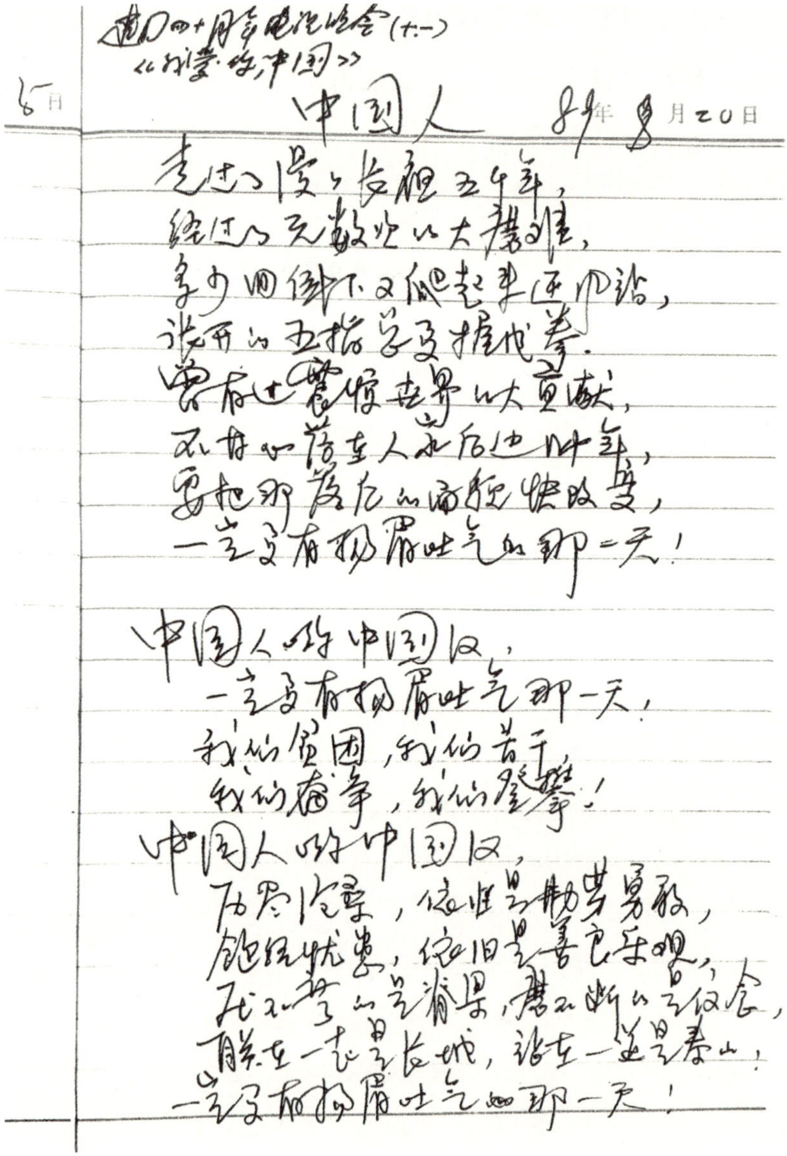

建国四十周年电视晚会（十一）
《我爱你，中国》

5日

中国人　89年8月20日

走过了漫漫长征五千年，
经过了无数次的大磨难，
多少回倒下又爬起来迈向前路，
张开的五指紧紧握成拳。
曾有过辉煌世界的大贡献，
不甘心落在人家后边那些年，
要把那落后的面貌彻底改变，
一定会有扬眉吐气的那一天！

中国人哪中国人，
一定会有扬眉吐气那一天，
我们贫困，我们苦干，
我们奋争，我们登攀！
中国人哪中国人，
历尽沧桑，依然是勤劳勇敢，
饱经忧患，依旧是善良朴实，
砍不断的是脊梁，磨不断的是信念，
肩上一头是长城，背上一边是泰山，
一定会有扬眉吐气的那一天！

◎《中国人》手稿

》创作历程

中国人走过了漫漫长夜五千年，经历沧桑而不衰，备受磨难而更强，无数次倒下又爬起来，分开的手指又拧成绳，在无数危难时刻，优秀的中华儿女、仁人志士，不惜以血荐轩辕，以生命捍卫祖国，铸就了巍然屹立于世界民族之林的中华民族。

在这片肥沃富饶的土地上，我们创造了伟大的文明，造纸术、指南针、火药及印刷术不仅推动了古代中国政治、经济、文化的发展，更深刻影响了世界文明发展的进程；高铁、扫码支付、共享单车和网购被“一带一路”沿线的二十国青年评选为中国的“新四大发明”。伟大的人民不断向世界贡献着中国智慧，改变着世界的面貌。

《中国人》这首歌词创作于1989年8月20日，那个时候，阎肃就充满信心，他预想到了：中国人，一定有扬眉吐气的那一天！

◎阎肃、李文辉结婚照

6 / 祖国在我心中

遥望海天蒙蒙
脚下岩石纵横
远离了故乡和亲人
身边只有这海鸥飞舞
海风呼啸　海浪翻腾

莫道天涯海角
祖国在我心中
透过那重重的云雾
分明看见了塞北柳绿
河东杏黄　江南桃红

当台风袭来　浊浪滔天　山摇地动
我长夜不眠　独守孤灯
翻看着远方的邮件
注视着亲人的笑容
想着那大漠烟尘　长城雄关　黄山青松

深知道明朝风雨后　又是一轮太阳红

当寂寞扰来　天地无声 一片寂静
我枯坐礁石　眺望长空
收听着电台的播送
沉醉于家乡的歌声
迷着那良宵月夜　弦管丝竹　铜锣编钟
便觉得明灯心头亮　天云万里连北京

啊 要把短暂的生命　化作壮丽的人生
愿把全部的力量　融进民族的振兴
因为啊　祖国在我心中　祖国在我心中

1990年4月23日

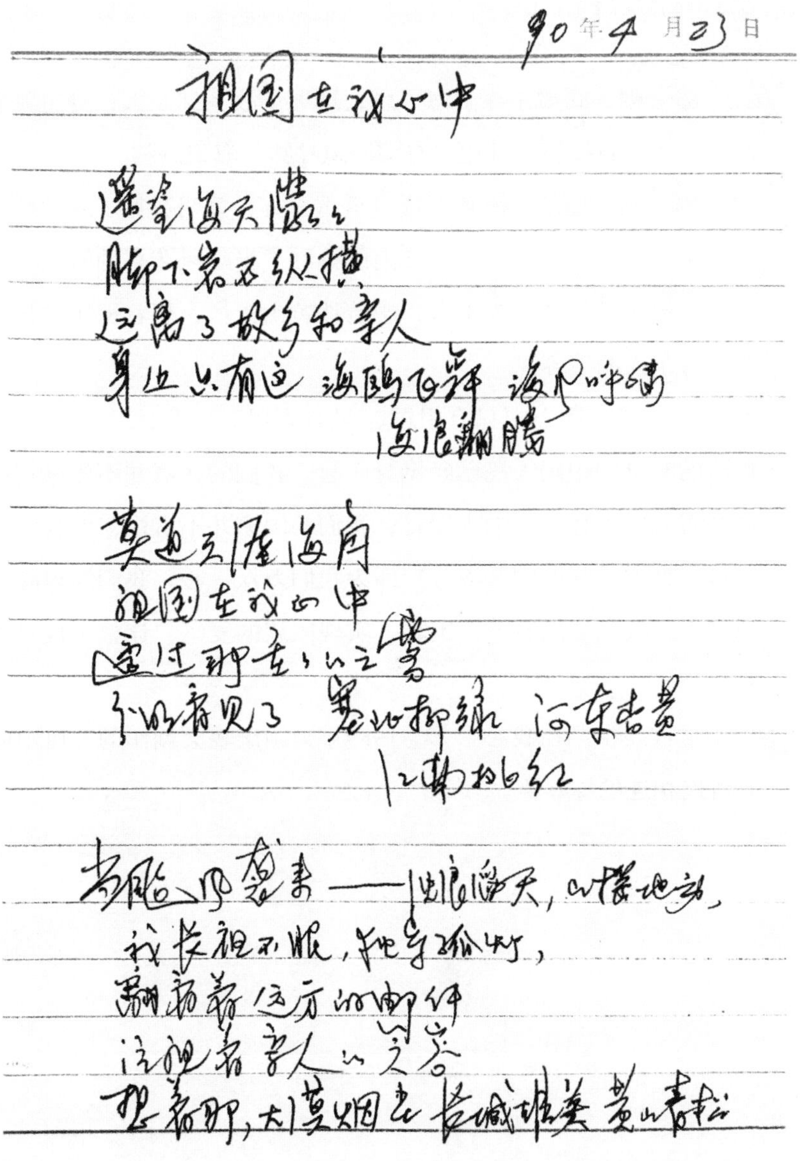
90年4月23日

祖国在我心中

遥望海天濛濛
脚下岩石纵横
远离了故乡和亲人
身边只有这 海鸥飞舞 海风呼啸
海浪翻腾

莫道天涯海角
祖国在我心中
遥望那远方云雾
仿佛看见了 塞北柳绿 河东杏黄
江南桃红

当飓风袭来——惊浪滔天，山摇地动，
我是祖国的眼，把守前哨，
翻阅着远方的邮件
注视着亲人的笑容
想着那，大漠烟尘 长城雄姿 黄山青松

◎《祖国在我心中》部分手稿

》创作历程

那一刻，阎肃正在南海采风，远离了故乡和亲人，身边只有那海鸥飞舞、岩石纵横，耳边只有那海风呼啸、海浪翻腾。

那一刻，他站在海角，透过重重云雾，分明看见了塞北的柳绿，看见了河东的杏黄，看见了江南的桃红。当飓风袭来的时候，浊浪滔天，山摇地动，他长夜不眠，想着那黄山青松，想着那雄关长城，眼里只有亲人的笑容。

那一刻，他心中只有祖国，只有人民。中华民族已经闯过了最危险的时刻，中国人民已经挺身而起。我们的武器并不先进，但我们肩并肩战胜了那么多的入侵者；我们的国家并不富裕，但我们手挽手度过了食不果腹的困苦岁月！因为我们万众一心，我们经得起任何狂风暴雨，我们能战胜所有困难，实现民族的复兴，让整个世界都为之震惊！

这首《祖国在我心中》与1989年为国庆晚会创作的《风雨同舟》是骨肉相连的姊妹篇。

◎阎肃与战友们在一起

7 / 五洲人民齐欢笑

（歌剧《江姐》选段）

不要用哭声告别
不要把眼泪轻抛
青山到处埋忠骨
天涯何愁无芳草
黎明之前身死去
脸不变色心不跳
满天朝霞照着我
胸中万杆红旗飘
胸中万杆红旗飘
回首平生无憾事
只恨不能亲手
把新社会来建造

到明天
到明天山城解放红日高照
请代我向党来汇报

就说我永远是党的女儿

我的心永远和母亲在一道

能把青春献给党　献给党

正是我无上的荣耀

无上的荣耀

到明天

家乡解放红日高照

请代我向同志们来问好

就说在建设祖国的大道上

我的心永远和战友在一道

我祝同志们身体永康健

为革命多多立功劳　多多立功劳

到明天

到明天全国解放红日高照

请代我把孩子来照料

告诉他胜利得来不容易

别把这战斗的年月轻忘掉

告诉他当好革命的接班人

莫辜负人民的期望党的教导

云水急　卷怒潮
风雷震　报春到
一人倒下万人起
燎原烈火照天烧
重整山河
开出幸福阳关道
丽日蓝天
五洲人民齐欢笑

1962年5月

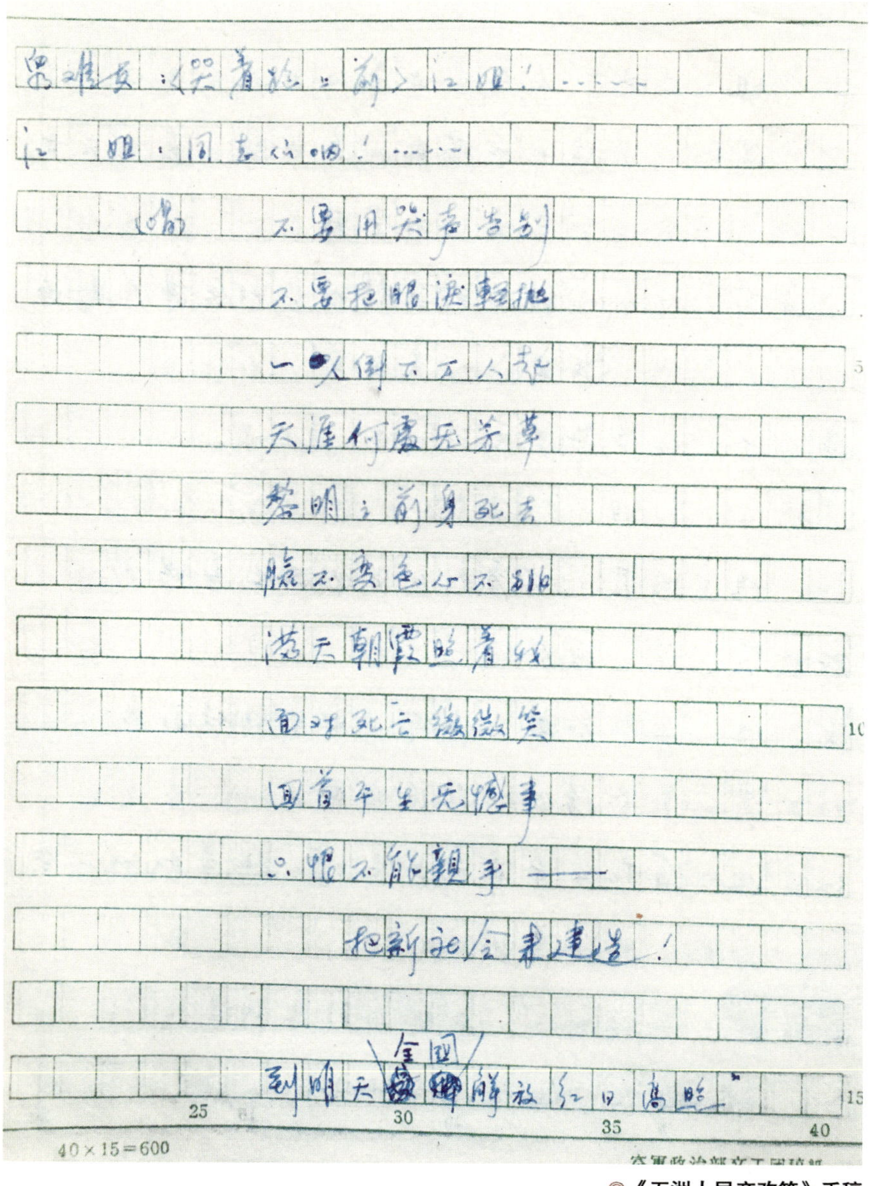

男难友：（哭着拉江姐）江姐！……

江　姐：同志们啊！……

（唱）　不要用哭声告别

不要把眼泪轻抛

一人倒下万人起

天涯何处无芳草

黎明之前身死去

脸不变色心不跳

满天朝霞照着我

面对死亡微微笑

回首平生无憾事

只恨不能亲手——

把新社会来建造！

到明天全国解放红日高照

40×15=600　　空军政治部文工团稿纸

◎《五洲人民齐欢笑》手稿

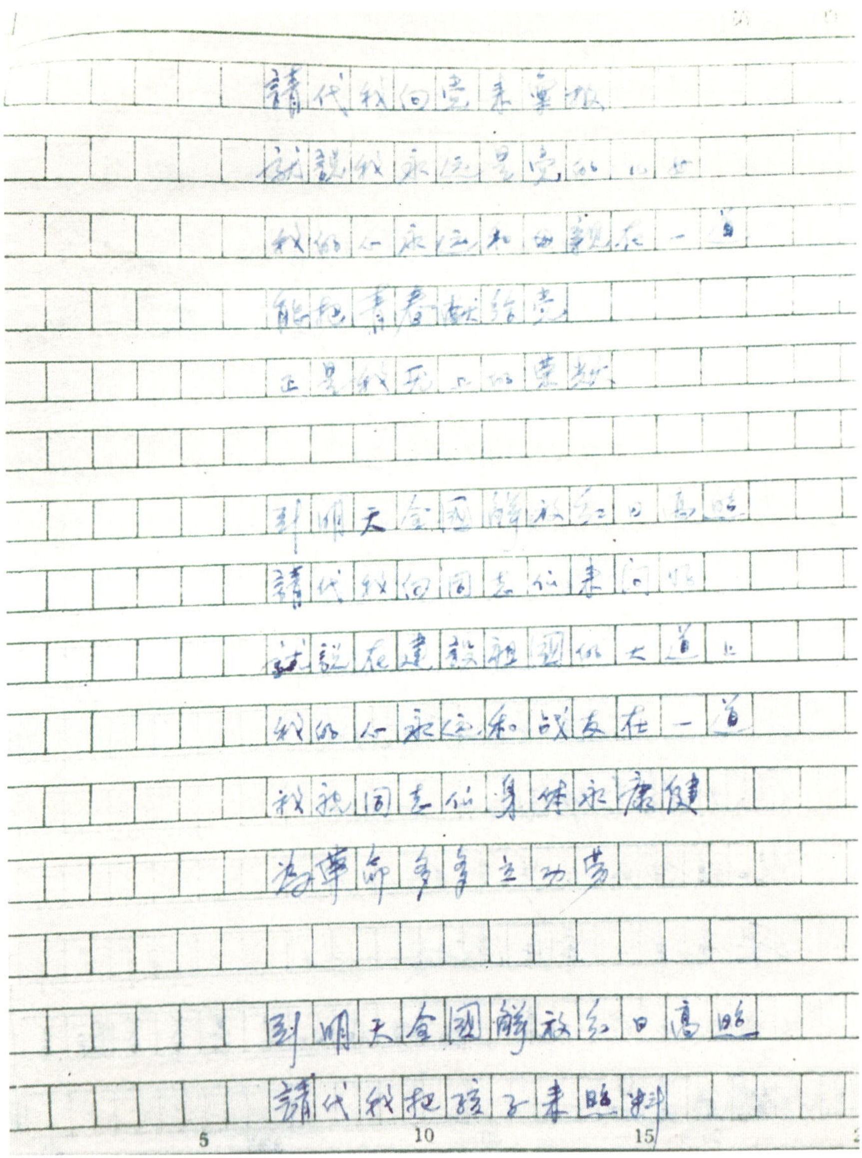

請代我向党来彙报
就說我永远是党的儿女
我们永远和她親在一道
能把青春献给党
正是我无上的荣光

到明天全国解放红日高照
請代我向同志们来问好
就說在建设祖国的大道上
我们永远和战友在一道
祝我的同志们身体永康健
为革命多多立功劳

到明天全国解放红日高照
請代我把孩子来照料

◎《五洲人民齐欢笑》手稿

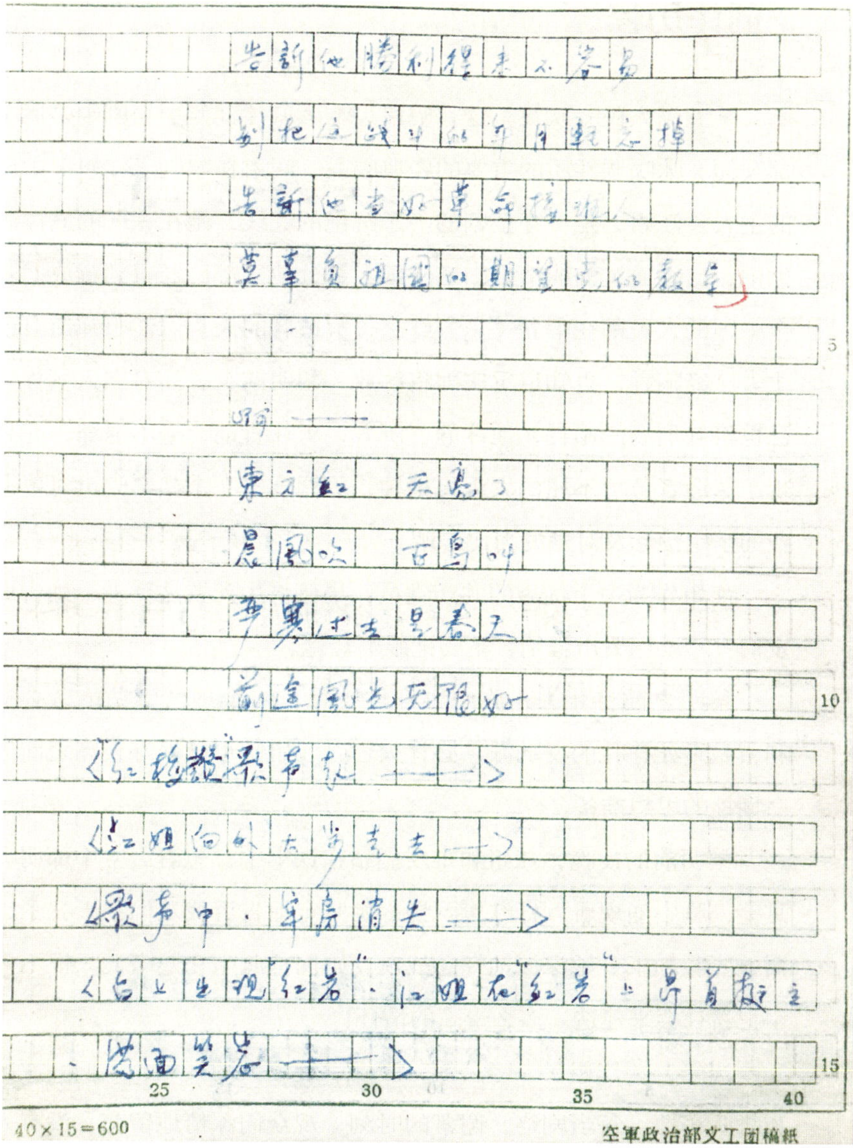
告诉他胜利得来不容易
别把战斗的年月轻忘掉
告诉他当好革命接班人
莫辜负祖国的期望先烈的教导

啊——
东方红 天亮了
晨风吹 百鸟叫
严寒过去是春天
前途风光无限好
《红梅赞》歌声起——>
《江姐向刑场走去——>
《歌声中，牢房消失——>
《台上出现"红岩"，江姐在"红岩"上昂首挺立，微笑着——>

◎《五洲人民齐欢笑》手稿

》创作历程

《五洲人民齐欢笑》这首唱段，在歌剧《江姐》全剧中是属于大部头的、咏叹调性质的重要的经典唱段，阎肃在歌剧《江姐》中设计的主人公江姐，是贯穿全剧的一条鲜艳的红线，她在森严的渣滓洞牢狱中，已经通过内线情报知道中国大部分地区都已经得到解放，几乎全中国的人民都在唱着《东方红》《解放区的天》。江姐知道自己的丈夫已经牺牲，也知道重庆即将解放，黎明前夕，面对亲人牺牲、自己也将赴刑场的噩耗，他冷静、沉着，勇往直前，毫不退缩，充分表现了革命者英勇不屈的大无畏精神，更展现了一个共产党员对革命事业的坚定信念及对党的无比忠诚。

江姐作为一个优秀的共产党员，早已将生死置之度外，她告诉战友们：不要用哭声告别，不要把眼泪轻抛。

黎明之前将死去，胸中万杆红旗飘，江姐早已望见革命必将胜利，做垂死挣扎的反动派，必将灭亡，江姐她早已做好天亮之前为革命牺牲的思想准备。

黎明前的夜晚，江姐和难友们站在铁牢中，想着天空中那明亮的月亮，胸中涌现着万杆红旗飘扬，她坚定地告诉战友们：天亮了，革命就要胜利了。她深深地怀念战友，她回首此生无憾事，只恨不能亲手把新社会来建造。多么崇高的情怀！

当年，《江姐》一经公演，立即引起巨大的轰动，人们一次次连夜排队买票，每当剧终，谢幕的时刻，观众们深情地留恋，没有人愿意离开剧场，一次次拉开大幕，再次谢场。那情景总是在眼前浮现，阎肃一直忘不了那感人的场景，忘不了那可爱的观众们。

8 / 旗帜颂

江河大地上　旗帜在飘扬
辉映九州四海　一派好风光
旗帜擎在手　眼明胸更壮
十三亿人奋起　担山赶太阳

我在你心里　你在我肩上
我的生命随着你升腾飞扬
同心复同德　坚实铸小康
我的青春跟着你纵情翱翔
你用创新理论把我们心灵武装
你用科学发展引华夏更加富强
你用和谐友谊送白鸽飞遍寰宇
你用中国特色写社会主义华章
飘扬吧　伟大的旗帜
高高地飘扬在我们的心上
飘扬吧　胜利的旗帜
高高地飘扬在世界东方

我在你怀里　你在我心上
我的情感随着你激越奔放
扶摇春色暖　抒卷岁月长
我的歌声跟着你传递八方
你用关注民生实现着共同理想
你用百花齐放给生活添置彩妆
你用团结奋斗指引着前进方向
你用民族复兴领我们再创辉煌
飘扬吧　伟大的旗帜
高高地飘扬在我们心上
飘扬吧　胜利的旗帜
高高地飘扬在世界东方
我们万众一心　手拉手迎风踏浪
我们高举旗帜　跟着党奔向前方

2007年11月11日

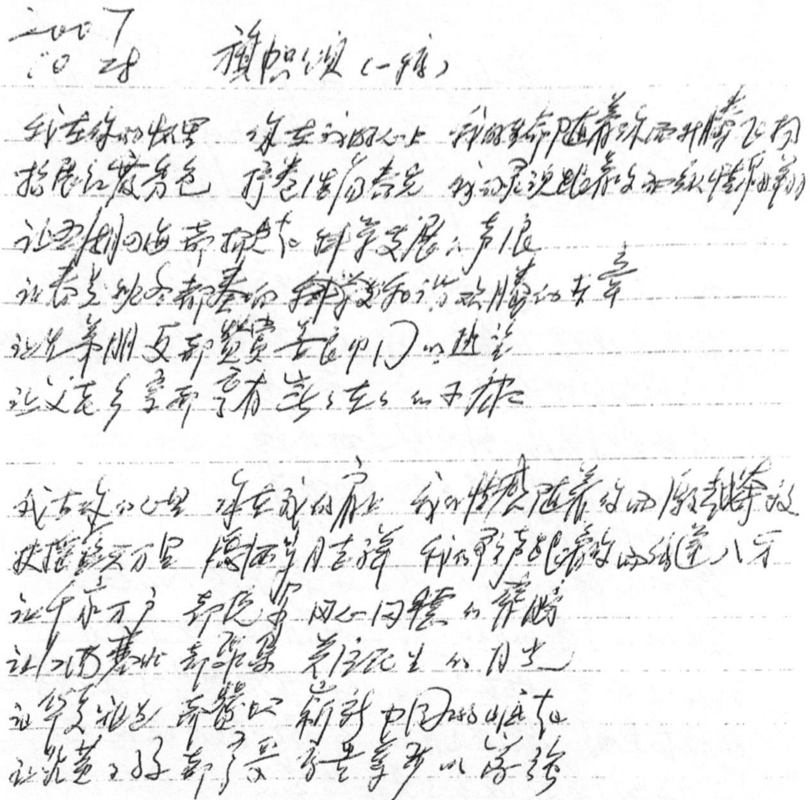

◎《旗帜颂》手稿一

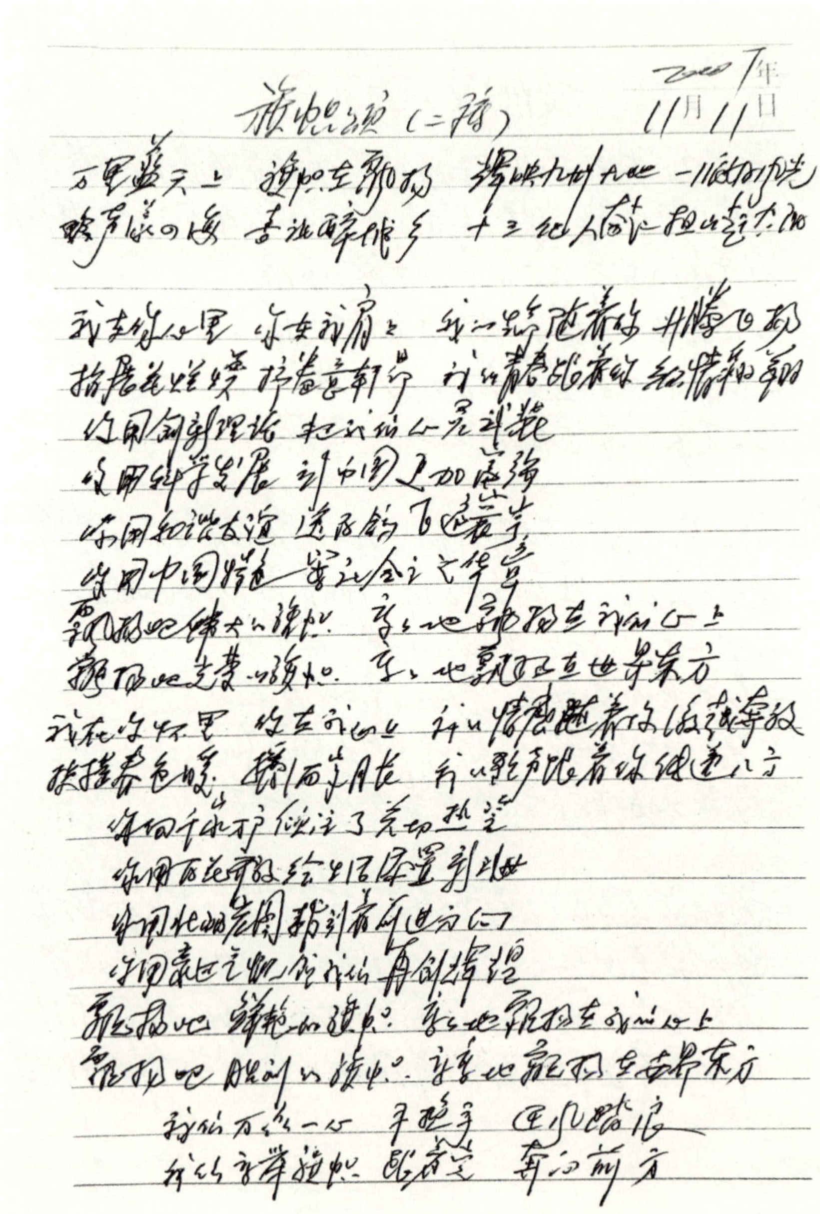

◎《旗帜颂》手稿二

»创作历程

1990年，全国双拥工作领导小组、中华人民共和国民政部、国家广播电影电视总局、中国人民解放军总政治部联合推出了一台十分形式多样、特色鲜明的军民迎新春文艺晚会——双拥晚会。双拥晚会紧握时代脉搏，反映时代特色，突出军民共建主题，展现军旅风采，早已成为全国军民普遍喜爱的文艺晚会，是每年春节期间北京文艺舞台上一道亮丽的风景，而且是唯一一台国家领导出席与军民共同观看的晚会。

双拥晚会每年都有鲜明的主题，如同一部厚重的历史，展现时代光辉的历程，2008年的主题是《旗帜高扬春光好》，主题歌《旗帜颂》就是阎肃和印青两位同志共同创作的。他们用“江河大地上旗帜在飘扬，辉映九州四海，一派好风光，旗帜擎在手，眼明胸更壮，十三亿人奋起，担山赶太阳，我在你心里，你在我肩上，同心复同德，坚实铸小康”“你用关注民生实现着共同理想，你用百花齐放给生活添置彩妆”，奏响了一首中国人民在党的领导下不断拼搏前进的时代凯歌。这首歌由彭丽媛演唱，大气的音色带着亿万军民在优美的旋律中任感情流淌。2009年，《旗帜颂》入选中宣部推荐100首爱国歌曲。

◎创作中的阎肃

9 / 旗帜飞扬

迎风踏浪　傲雪凌霜
从来是铁骨铮铮头高昂
因为啊　我们心中旗帜飞扬
自尊自信　自立自强
永远是江河大地写华章
襟怀广　天空海阔旗帜飞扬

热辣辣炉火旺　旺腾腾山河壮
壮巍巍宏图美　美煌煌日月长
平展展辟大路　路堂堂筑小康
康殷殷齐欢笑　笑吟吟望朝阳

朝阳朗照　我们敢登攀　奋发图强
奋发图强　我们团结紧　意志如钢
意志如钢　我们迎挑战　一如既往
一如既往　我们坚信那　正道沧桑

长征万里　千钧敢当

从来是战地黄花分外香

抬头望　冲锋路上旗帜飞扬

云水激荡　霞光万丈

永远是滟滟红日出东方

中国人　众手高擎　旗帜飞扬

2012年9月25日

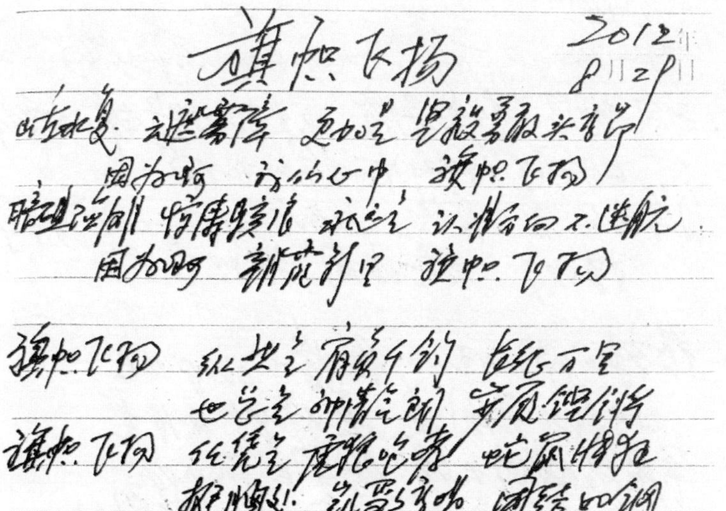
旗帜飞扬

2012年8月2日

◎《旗帜飞扬》手稿一

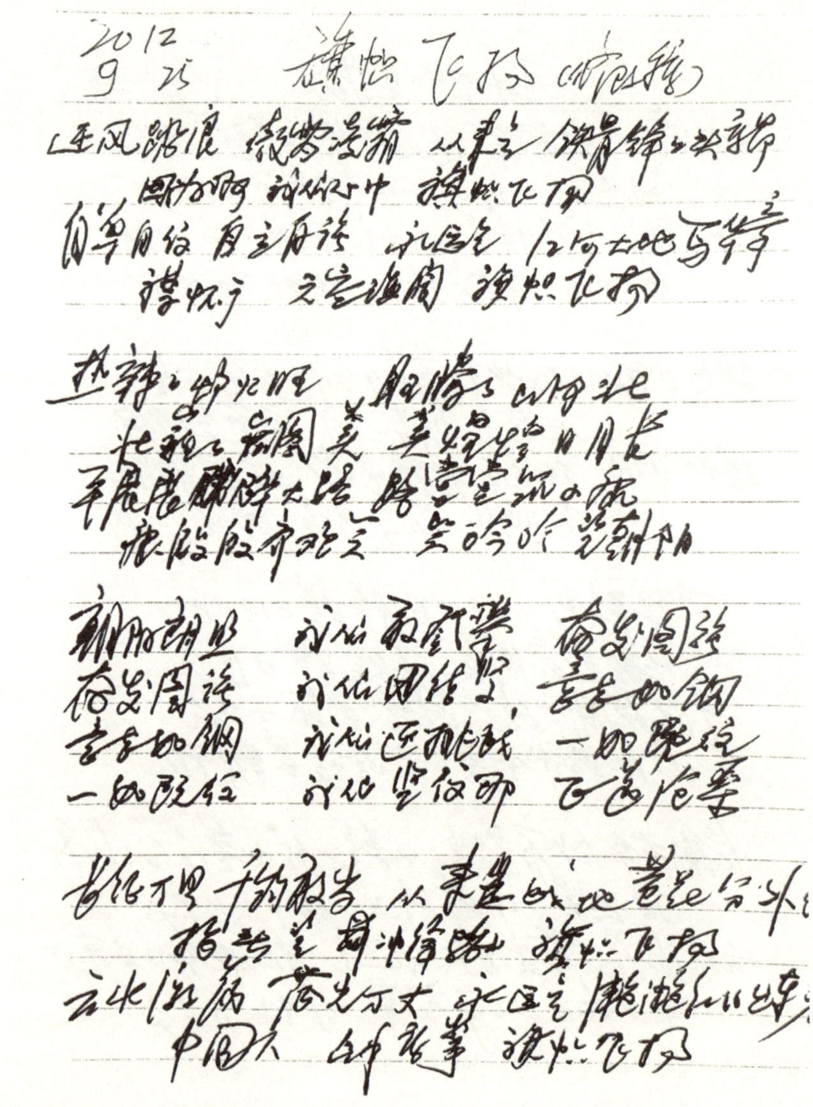

◎《旗帜飞扬》手稿二

》创作历程

学习与工作是阎肃一生的全部使命。一杯茶水一本书是他最好的休息，与时俱进、讴歌时代是他一生的使命，永远在创作中是他最大的乐趣。作为人民艺术家，每个时代节点都能看到他的标志性代表作。比如，1954年我国江南的一个飞机制造厂生产制造出第一架中国产 “初教五” 型号飞机并试驾成功的消息传来，阎肃兴奋不已，骄傲和激动促使他创作了平生发表的第二首歌词——《我的银燕祖国造》；60年代，他不声不响地利用探亲假完成了歌剧《江姐》的剧本创作，一经公演，引起轰动，流传至今，堪称我国歌剧史上的经典之作，成为我国歌剧史上的佳话。阎肃一生坚定地沿着为党、为军队、为人民全心全意服务的信念这一主线不断创作，矢志不渝。这首《旗帜飞扬》就是为2013年春节双拥晚会创作的一首歌。

10 / 乐乐呵呵奔小康

新打的粮食堆满场
新修的房子正朝阳
新办的企业销售旺
新春的庙会狮子龙灯　高跷旱船
闹四方
咱就是乐乐呵呵大步流星奔小康

经得起三九冰雪霜
顶得住三伏大太阳
中国的农民有铁脊梁挑得起岁月的苦和乐
拉出个乐队铜鼓洋号　吹吹打打　震四方
咱就是乐乐呵呵　大步流星奔小康

1991年6月21日

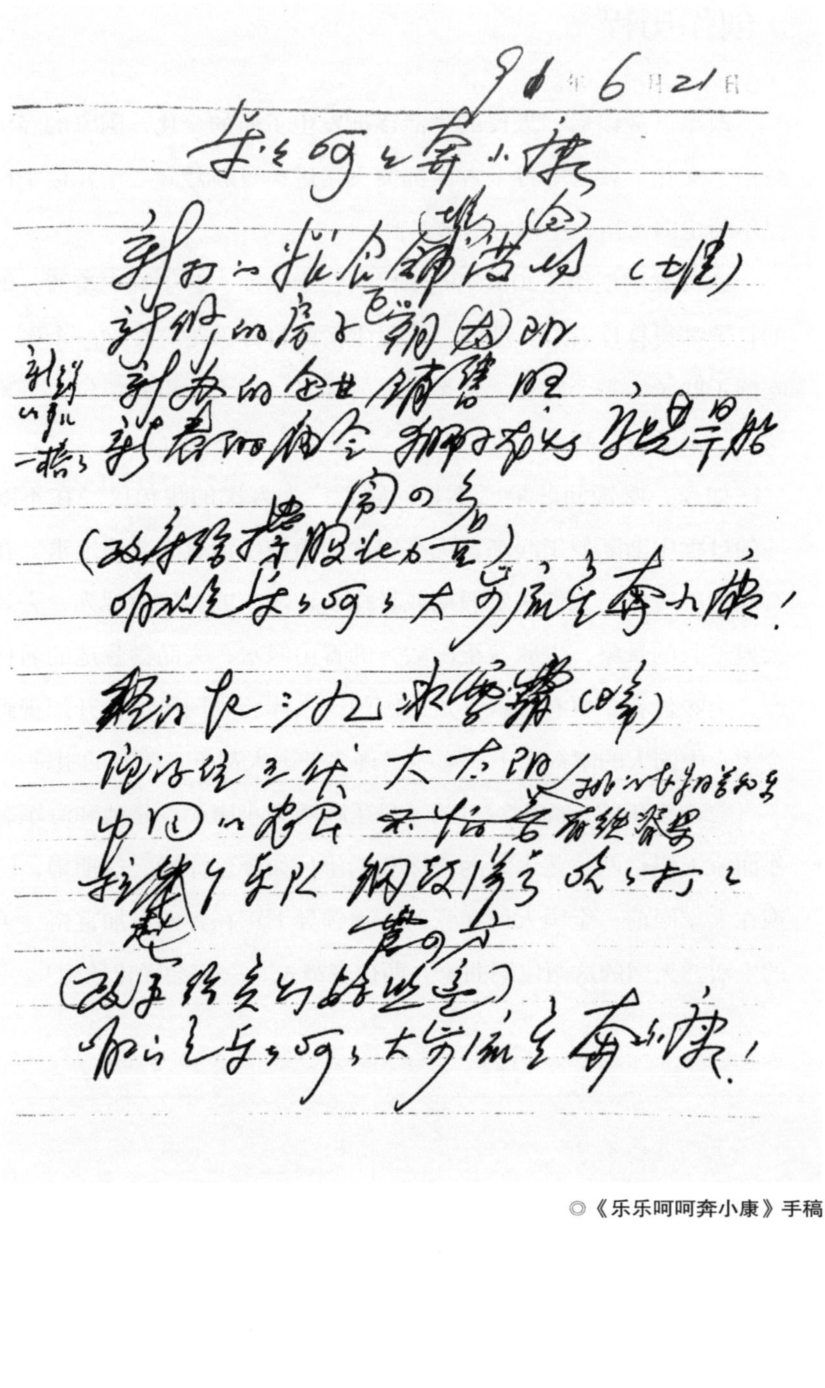
96年6月21日
乐乐呵呵奔小康
咱就是乐乐呵呵大步流星奔小康！
咱就是乐乐呵呵大步流星奔小康！

◎《乐乐呵呵奔小康》手稿

》创作历程

改革开放以后，人民的生活逐渐发生了质的变化，国家的经济、政治、文化、教育等各个方面都突飞猛进，日新月异。十几亿中国人民不断走向富裕，幸福感节节升高。

这首歌词创作于20世纪90年代。二十年前，苦于囊中羞涩，谁家的日子都得算计着过。那时，人民生活的目标就是“仨饱一个倒”，吃饱了肚子，睡个好觉，就是极大的满足。每天上班到单位，下班买菜、回家做饭这两点一线的生活，就是人人都盼望的幸福。

如今，吃饭问题早已不是问题，广大人民的腰包已经在不断奋斗的过程中渐渐鼓了起来，更高层次的精神生活成为普遍追求。在没有疫情的时候，人们法定假期或者探亲访友，或者旅游观光，去观看大地丰收的景象，去欣赏祖国峻秀的青山绿水，去品尝各地的名优特产、美味佳肴。更有甚者，走出国门，去体验异国风情，开阔视野。今天，中国人的幸福已不言而喻，许多外国人都投来羡慕的眼神。

二十多年前，阎肃写过的《乐乐呵呵奔小康》，是他和海军著名作曲家王锡仁两位艺术家的憧憬和期望！如今这憧憬、这期望，已展现在大家眼前，全国人民在党的坚强领导下正在奔向更加富裕、美好的生活。天国的这两位词曲家，两位老战友，一定会无比欣慰！

◎阎肃作品音乐会

11 / 风雨同舟

当大浪扑来的时候
脚下正摇摆个不休
看险滩暗礁　重重关口
伙伴们　拉紧手风雨同舟

当浓雾弥漫的时候
面对着奔涌的激流
任天低云暗　惊涛怒吼
伙伴们　拉紧手风雨同舟

八百里狂风吹得衣衫儿抖
是热血的男儿　正当显身手
管什么两岸猿声阵阵愁
放眼看　江山何处不风流

为了我的中华英勇去搏斗
认准了的方向　坚决不回头

让急风暴雨　浇个浑身透
伙伴们　拉紧手风雨同舟

1989年8月16日

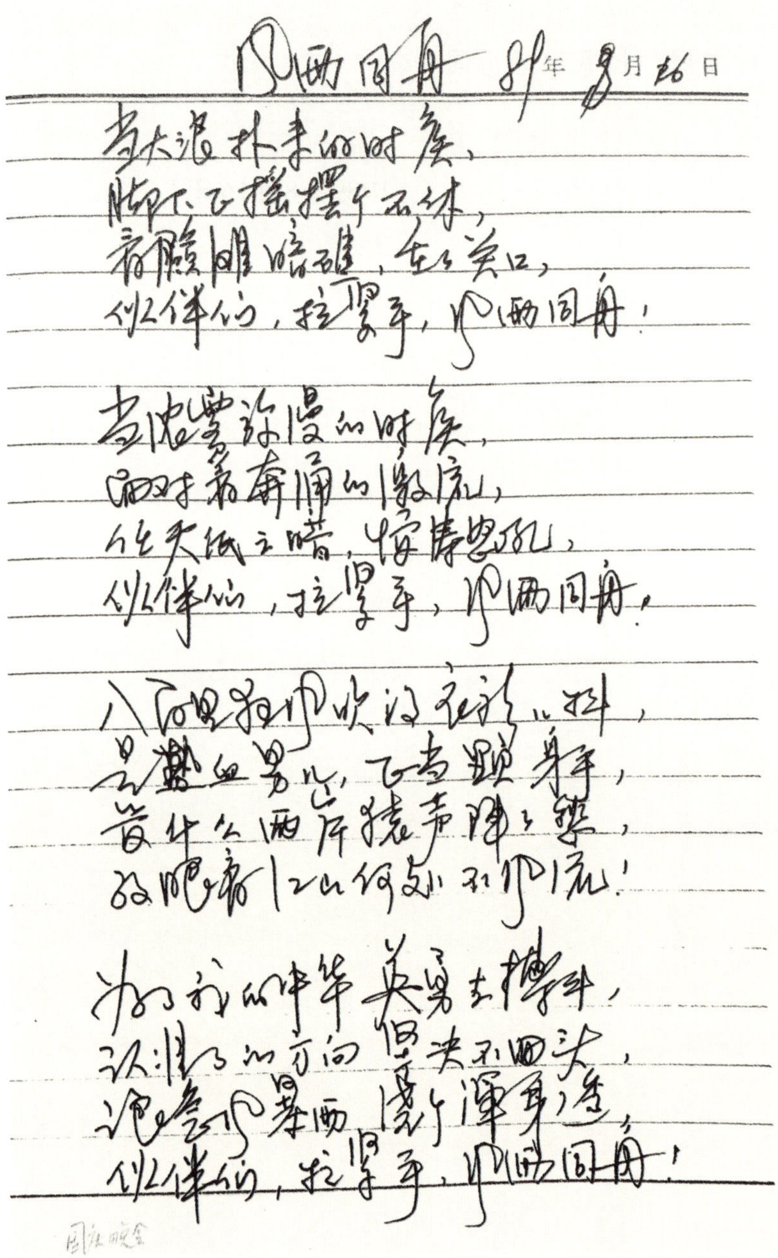

风雨同舟 84年 8月26日

当大浪扑来的时候，
脚下飞摇摆个不休，
前瞻眼暗礁，急急关口，
你伴我，拉紧手，风雨同舟！

当浓雾弥漫的时候，
面对着奔涌的激流，
任天低云暗，惊涛怒吼，
你伴我，拉紧手，风雨同舟！

八面里狂风吹得衣衫儿抖，
是热血男儿，飞向险关奔走，
管什么两岸猿声啼不住，
敢叫那江山何处不风流！

为了我们中华英勇去搏斗，
认准了的方向绝不回头，
纵急风暴雨，浪浪浑身湿透，
你伴我，拉紧手，风雨同舟！

国庆晚会

◎《风雨同舟》手稿

》创作历程

《风雨同舟》创作于1989年8月，阎肃认为，在任何条件下，我们都必须紧紧跟着党，坚定方向，听党指挥。只要“认准了的方向”，无论遇到何种艰难险阻、狂风暴雨，只要全国人民同舟共济，就没有战胜不了的狂风巨浪！这首歌是为当年的国庆晚会创作的，由范琳琳、刘欢、徐沛东演唱。

当1998年中国特大洪灾暴发的时候，当2008年汶川大地震突如其来时，《风雨同舟》都同时出现在各种大型活动中，它已经成为激励人民拉紧手，不畏艰险、战胜困难的力量。

◎在策划央视春晚节目期间，阎肃（右二）鼓励年轻人

12／黄河黄

黄河的水　千年年地淌
黄河的水　怎就这么黄
老祖宗用它洗过脸啊
留给咱一样样的面庞　一样样的心肠
黄河的水　翻滚滚的浪
黄河的儿女　走呀走四方
不管是离家多么远的路
都牵挂一样样的田野　一样样的爹娘

黄河的浪　奔腾腾的长
流不尽祖祖辈辈　辛劳与善良
殷红的热血　银亮亮的汗
揉成了一样样的浑厚　一样样的金黄
黄河的水　金灿灿的黄
黄河的子孙　刚劲劲的强
老祖宗捧着河水浇大地
留给咱一样样的志气　一样样的力量

1996年4月6日

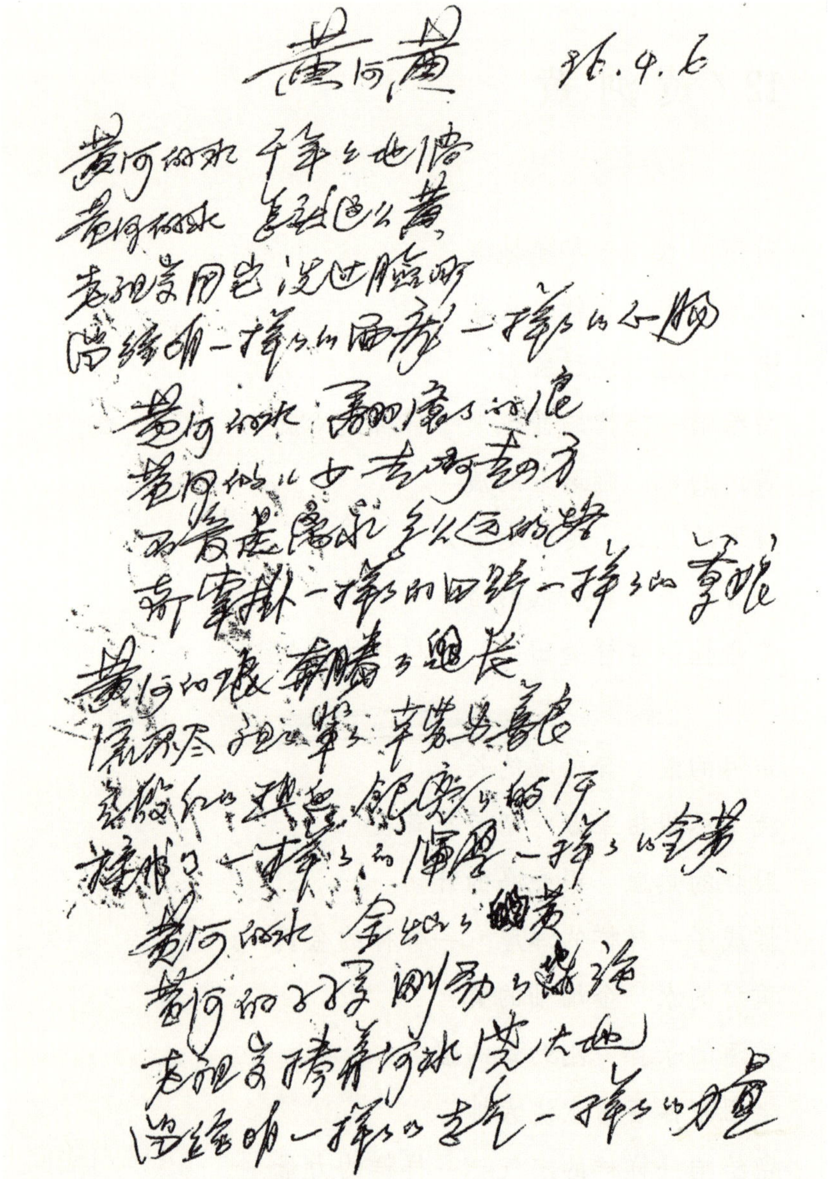

◎《黄河黄》手稿

》创作历程

孟庆云从南京调到北京以后，阎肃与他一起写过不少很有影响的歌曲，比如《亲亲的茉莉花》《长城长》《我就是天空》《五星邀五环》等。1996年的一天中午，俩人在院子里碰到一起，孟庆云说："阎老，再写个歌吧。""再写个什么呢？"阎肃问。孟说："咱写过长城，写过长江，还没有写过黄河呢。"阎肃没有接话，只是摆摆手，意思就是："等着吧。"回到家里，阎肃就琢磨："孟说的有道理，是应该写写黄河！"黄河是我们中华民族的母亲河，孕育了伟大的华夏文明。但曾几何时，黄河就是一匹难以驯服的野马，一头放荡不羁的怪兽，肆无忌惮，狂奔怒吼，让黄河沿岸的老百姓日夜不得安宁。现如今，黄河两岸的人民在中国共产党的领导下，早已摆脱了水患，过上了安稳的生活！这是多么鲜活的历史，这是多么伟大的变化！黄河母亲浇灌了中华大地，孕育了我们祖祖辈辈一样样的勤劳与善良，练就了中华儿女一样样的柔肠与刚强。一首《黄河黄》，真真儿道出了中华儿女的志气与力量！

13 / 黄河北流

黄河滔滔东入海
到此弯弯向北流
舍不得乡亲父老情谊厚
依依相望他是一步三回头

黄河波涛震天吼
到此悄悄往北流
惦念我田园干渴风沙后
漫卷碧浪他是一腔净温柔

黄河向北流　年年献丰收
旗展天地阔　四十载写春秋

汗涌黄河水　花满宁夏州
丹心映北斗　明朝更风流

黄河向北流　六盘舞彩绸
迈向新世纪　一步一层楼

1997年11月20日

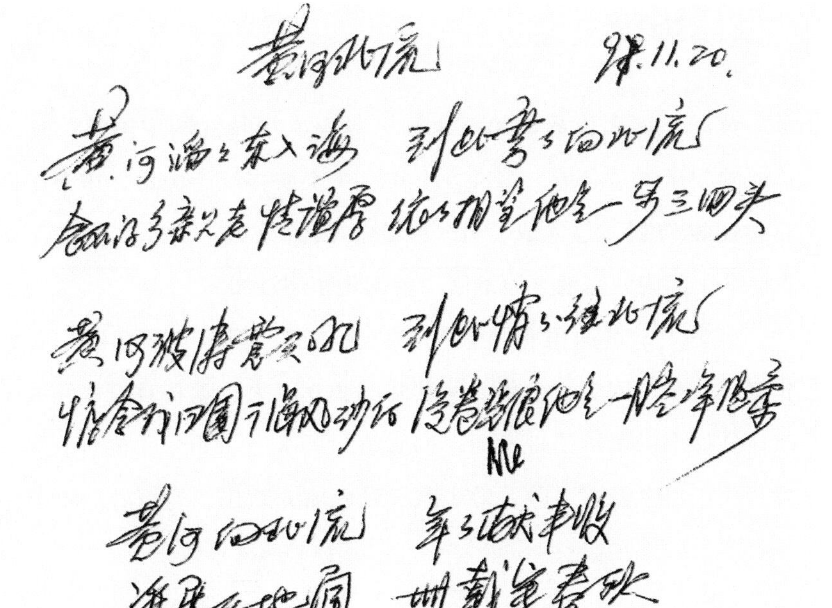

◎《黄河北流》手稿

》创作历程

黄河是闻名世界的第五大河，是仅次于长江的中国第二长河。黄河源起于青藏高原，流经九个省，中上游多属于山地，中下游以平原、丘陵为主，总体成“几”字形。因流经黄土高原，夹带泥沙较多，到了河南一带的平原地区，就出现了泥沙淤积。

历史上，黄河虽水患频发，数次改道，但依然是弯弯曲曲地向北流，一步三回头。中华人民共和国成立以来，党和政府带领人民，以愚公移山的精神治理黄河，彻底解除了水患。如今的黄河依然向北流，却年年奉献着丰收，数十载春秋壮丽人欢乐，老百姓的生活一步一层楼。

14 / 歌从黄河来

桃花花你就红　杏花花你就白

问声我的那个亲哥哥呀　歌从哪里来

西出那个昆仑山　东流入大海

哎哟　我的那个亲妹妹哟　歌从黄河来

黄土地的情啊黄河川的爱

唱动天下儿女心啊　伴着那浪花开

歌从黄河来　句句入心怀

要听歌从黄河来　快找那山西台

2014年3月17日

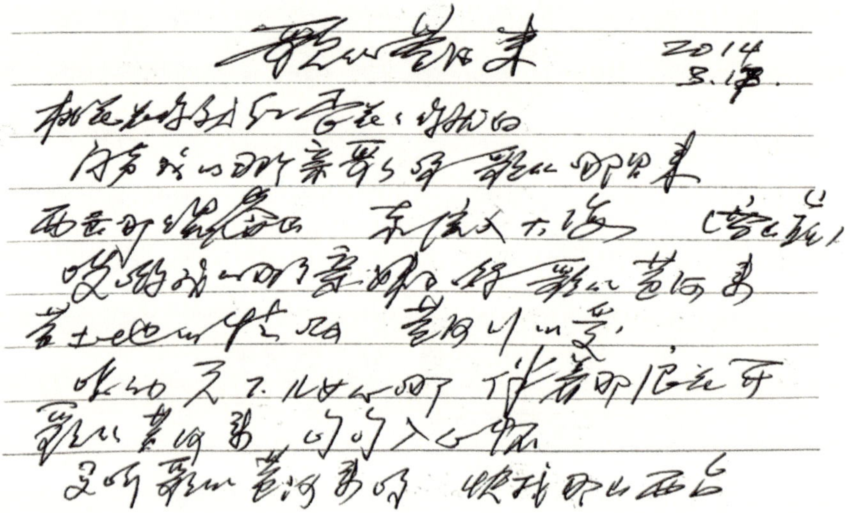

◎《歌从黄河来》手稿

》创作历程

几年前，阎肃写过一首歌叫《歌从黄河来》，在家里我们也经常聊起来，所以我一直以为《歌从黄河来》只是一首歌。平时，家里只有我们老两口，除了聊聊他的创作，我就看看电视。但我看电视非常单一，一年三百六十五天，总是中央1、北京1，偶尔看了其他频道，也是老伴儿有目的地让我看的节目，他过来调的台。

有一次，有大同的朋友来到家里，我们无意中谈到了《歌从黄河来》，这位朋友说："《歌从黄河来》是我们山西卫视的一档节目！"我恍然大悟，原来《歌从黄河来》不仅仅是一首歌，还是一档由阎肃担任主要嘉宾的音乐节目，怪不得那段时间他经常被邀请去山西卫视。《歌从黄河来》这档节目，是全国第一档以着力宣传民歌、全景展示民歌风情为目的的专场节目。那些来自黄河岸边、透着力量的雄浑声音，以风格鲜明的原生态表现形式为观众呈现了黄河文明的朝气蓬勃，表现了民歌独有的鲜活与生命力。祝愿《歌从黄河来》常唱常新，祝福《歌从黄河来》栏目收视长虹！

◎阎肃与姜春阳同台演出

15 / 绿色的呼唤

穿过那滚滚黄沙　茫茫荒原
我听见　听见了春天那绿色的呼唤
我听见　听见春姑娘轻盈的脚步
我看到　芳草碧树那美丽的笑容

透过那荒荒大漠　沉沉关山
我听见　听见了春天那绿色的呼唤
我愿意　奉献出我一生的爱恋
去追求　拓荒勇士那奋斗的甘甜

幽远的驼铃　和我的足音　交响合唱
浪漫的红柳　把我的青春伸向远方
用明珠彩带为祖国母亲　编织衣衫
绿色的呼唤
在我的心上　久久地回旋

创作于1994年12月10日

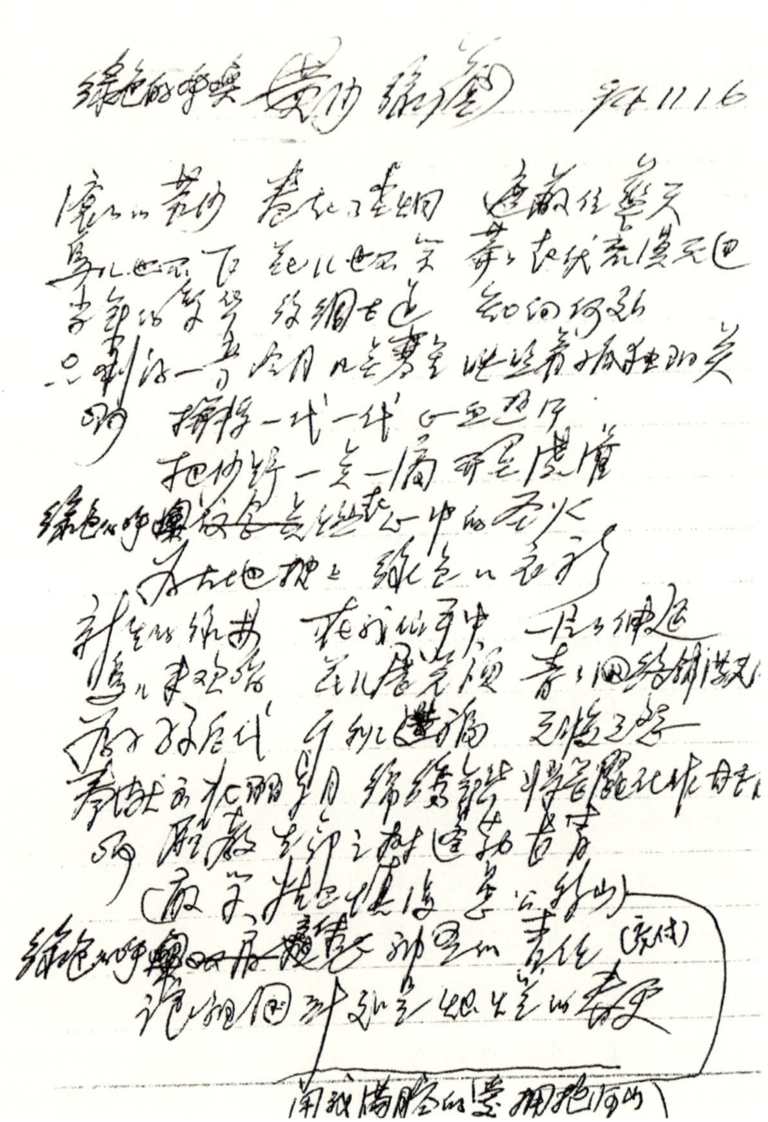

◎《绿色的呼唤》手稿一

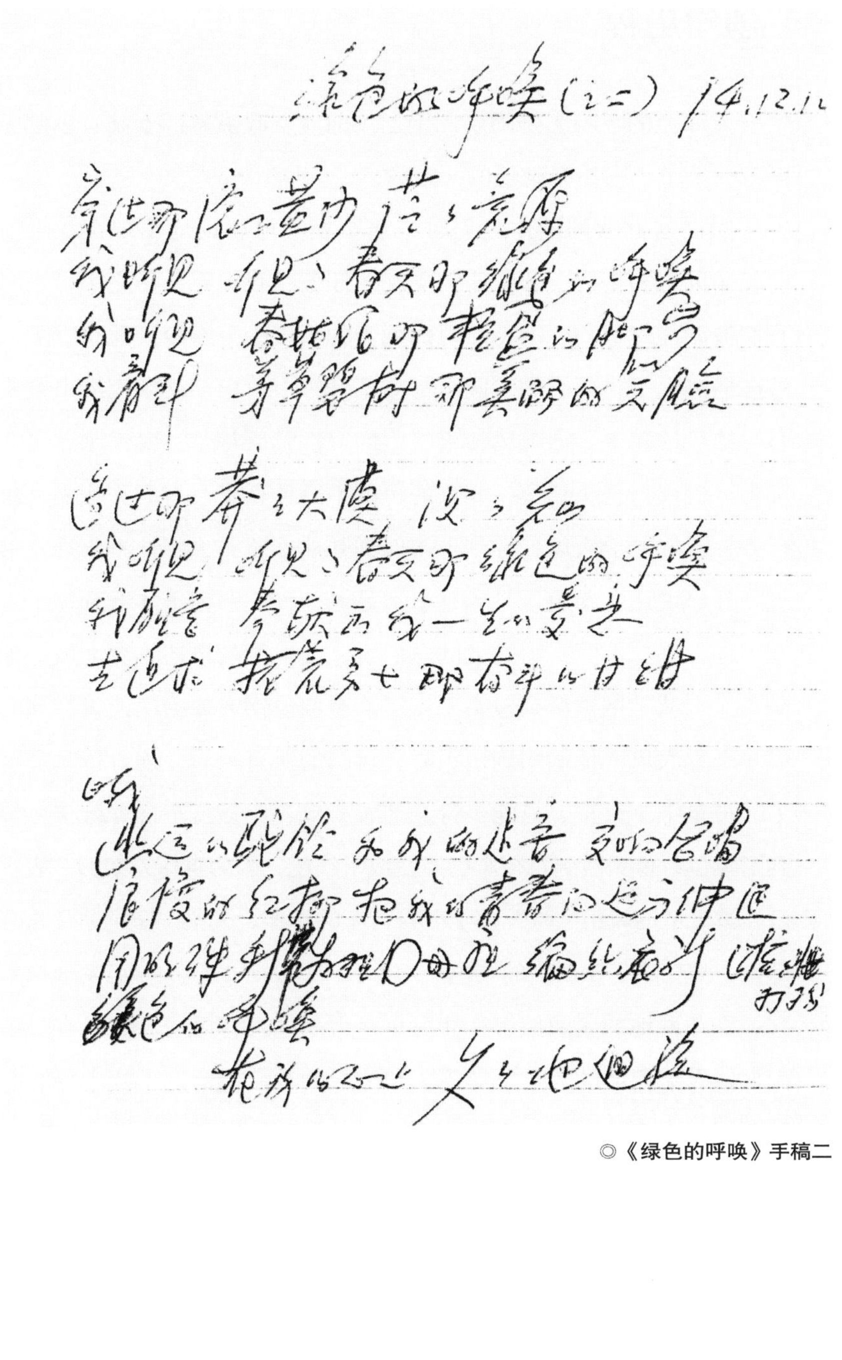
绿色的呼唤（之二） 14.12.12

穿过那滚滚黄沙 茫茫荒原
我听见 听见春天那绿色的呼唤
我听见 春姑娘那轻盈的脚步
我看到 青翠碧树那美丽的笑脸

穿过那莽莽大漠 滚滚红尘
我听见 听见春天那绿色的呼唤
我放飞 春天和我一生的梦想
去追求 拥抱那春天的甘甜

啊
悠远的驼铃 和我的足音 交响合唱
青青的红柳 把我的青春延伸
[illegible] 编织着 [illegible]
绿色的呼唤
把我的心 久久地回荡

◎《绿色的呼唤》手稿二

》创作历程

《绿色的呼唤》是阎肃二十七年前应空政歌舞团女高音歌唱家接厚芳的请求，写给某林场的一首歌。

回忆这首歌词创作过程时，塞罕坝不可思议地出现在我眼前。回想20世纪60年代，部队的“支左”任务，我也在队伍之中。当时，我们被派往包头的二冶，那时内蒙古的天气十分寒冷。北京春天的风沙已经够大了，所有的女同志都离不开纱巾，出门必须用纱巾蒙头遮脸，挡风沙泥土，遇上风沙天气，回家洗脸后都是一盆浑水。可在内蒙古，仅仅与包头相比，北京的风就不算什么了。有一天我们外出有任务，正好赶上大风，等到下午回到驻地，所有人都认不出谁是谁，等到开口说话才知道这是老赵、那是老李，一照镜子才看到每个人都变了样。第二天听二冶的老同志们说，前一天的风还不算大风。他们50年代末从鞍钢被派到包头来支援冶金部包钢、二冶的建设，那时的风才真是大风。他们初到包头时，自己的所有家当，连自行车都带来了，可是下了火车，只能步行。迎着大风，用自行车推着行李。等走到了单位，低头看到自行车已经变成了红色，因为自行车架的“表皮”已经被无情的风给“吹”掉了。自行车的车架、大梁、车把，凡是金属部位，都变成了铁锈红的本色。六十多年过去了，包头早已变成树木林立、香花遍地的美丽城市；北京更是天高气爽，风轻云淡。有时站在阳台，看见碧蓝的天空下那美工塑造般的朵朵白云，不禁十分感慨。塞罕坝，多么伟大的工程！我们本就是勤劳的民族，无数热血儿女，立人树木，为子孙万代，也为全世界的环境改善做出了巨大贡献。

接厚芳想要这个题材的歌，阎肃也觉得植树造林是造福人民、泽及后代的丰功伟业，应该歌颂，于是便有了这首《绿色的呼唤》。

◎阎肃作品音乐会

16 / 白洋淀放歌

白洋淀　水连天
明珠闪闪照平原
碧波红莲风光美
芦花帐里荡渔船

满舱鱼虾满船笑
水寨人家日月甜
一双铁桨千尺浪
雁翎队的歌声天下传

1991年5月25日

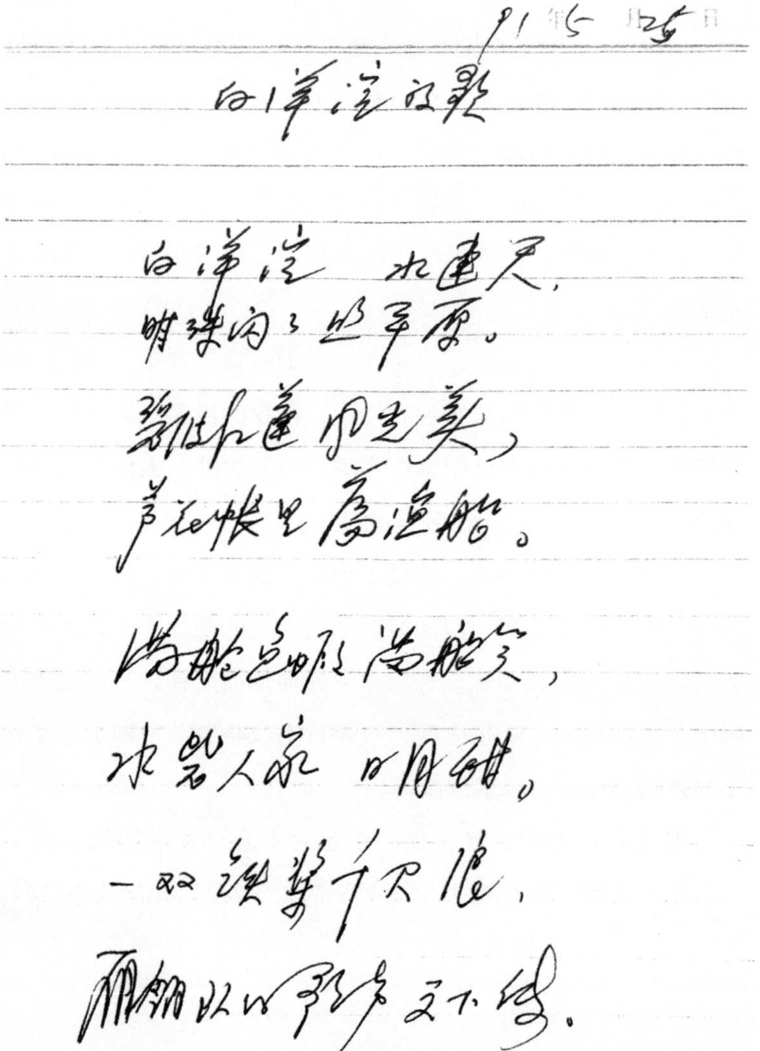

91年5月26日

白洋淀放歌

白洋淀 水连天，
明珠闪闪照平原。
翠堤红莲风光美，
芦花帐里荡渔船。

满船鱼虾满船笑，
水乡人家日月甜。
一双铁桨千尺浪，
丽舸比比歌声天下传。

◎《白洋淀放歌》手稿

》创作历程

白洋淀位于河北省保定市安新县，是新建雄安新区的重要组成部分，其水面广阔，是太行山脉的永定河与滹沱河交汇而形成的一个由无数个淀泊组成的“大湖”，水产资源非常丰富。据说，白洋淀由海变湖，又由湖变陆，地貌经过多次变迁，才形成了今天这样的白洋淀。整个白洋淀内沟壑纵横，河淀相通，田园相通，湖陆相通，神秘而奇妙。

白洋淀的地形奇妙，一年四季景随时移：春季，烟波浩渺，灵动生机；夏季，娇艳的荷花香波传送，神秘的芦苇身影婆娑；秋季，鱼跳蟹肥，丰收的歌声淀中飘；冬季，白雪皑皑，人们可以在广阔的冰淀上往来穿梭，也是一份独有的享乐。

白洋淀的地形奇妙，成就了独特的战争奇迹，红色成为它永远的底色。抗日战争时期，白洋淀地区就在党的领导下，开展农民运动，著名的抗战武装雁翎队，利用白洋淀那沟泊交错，在茂盛密实的芦苇荡中，灵活机动，随机应变，打得日本侵略者节节败退。全民抗战，小兵张嘎的英勇故事永世流传。

保定是阎肃的故乡，他心中念念不忘这片深情的土地，他说：“这是上苍赐予华北地区人民独特奇妙的享受，是华北人的骄傲。”

17 / 我的家园

（纪录片《复兴之路》插曲）

山弯弯　水弯弯
田垄望无边
笑甜甜　泪甜甜
一年又一年
燕子飞　蜜蜂唱
坡前柳如烟
风暖暖　梦暖暖
这是我家园
最难忘
妈妈脸上又见皱纹添
啊　这是我家园

2009年6月16日

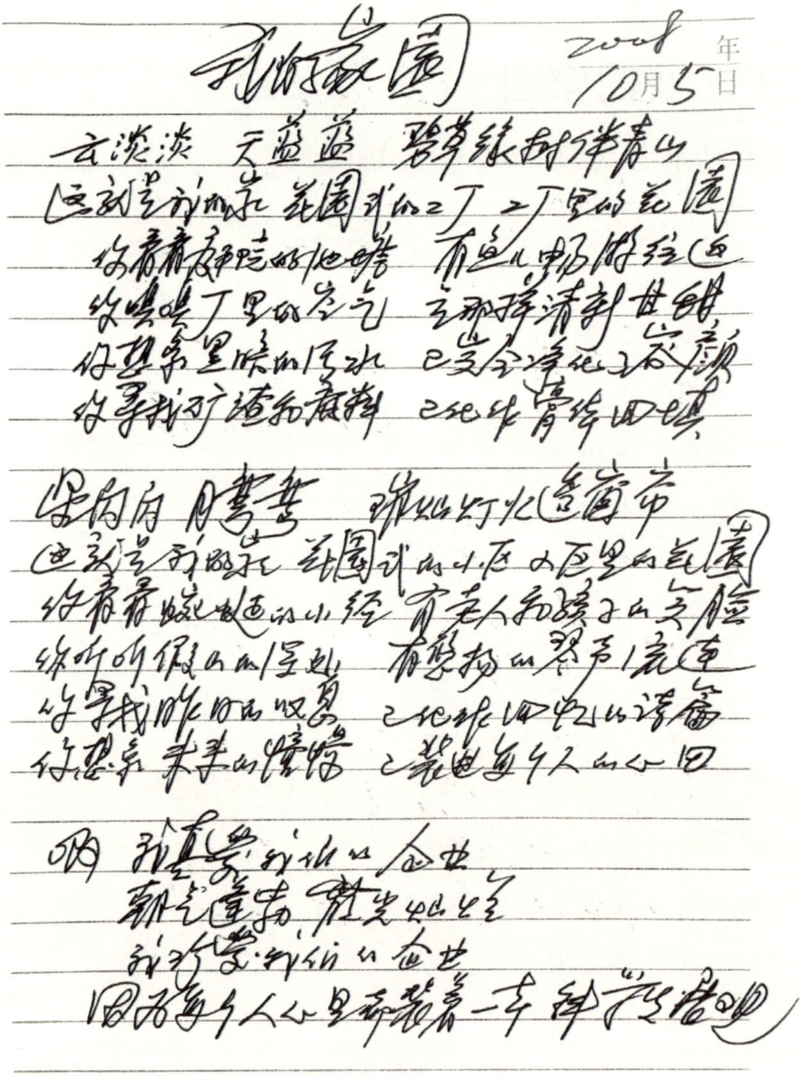

◎《我的家园》手稿一

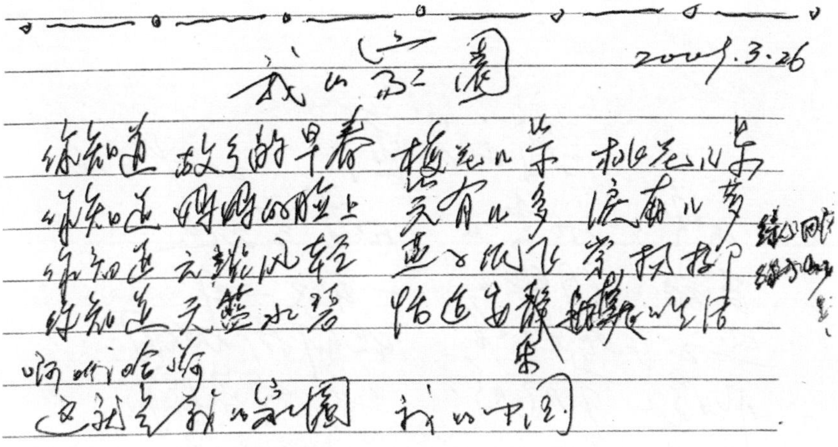

◎《我的家园》手稿二

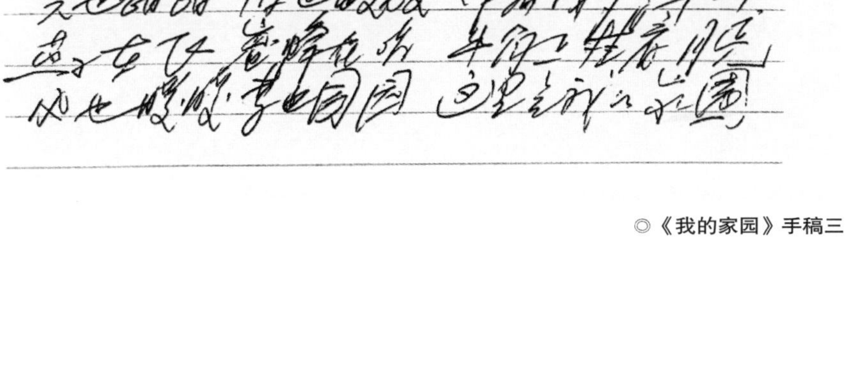

◎《我的家园》手稿三

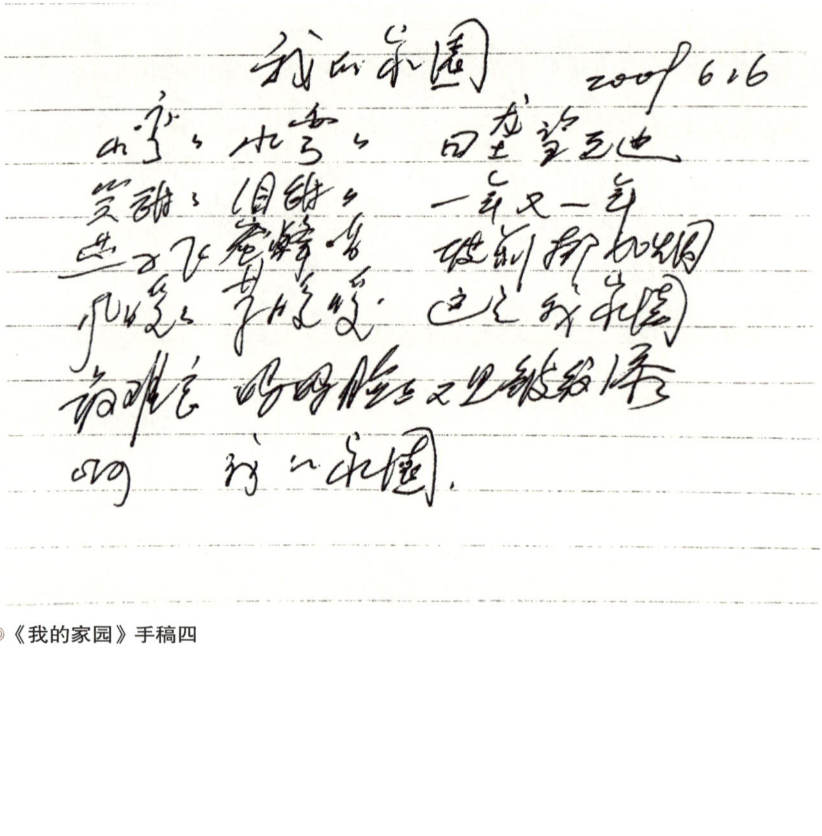

◎《我的家园》手稿四

》创作历程

大型音乐舞蹈史诗《复兴之路》是为中华人民共和国成立六十周年创作的，它向人们展示了中国近百年的悲惨历史、蹉跎岁月，让人民为当今祖国母亲的繁荣昌盛而欢欣鼓舞，确实称得上“史诗”！

整个节目共有五个章节，每个章节都以不同的文艺形式告诉人们：中华民族在中国共产党的领导下披荆斩棘、励精图治，每向前迈进一步都是一个跨越。我们跨越了衣不蔽体、食不果腹的艰难岁月；我们跨越了战火纷飞、居无定所的悲惨世界；我们跨越了贫穷落后、任人欺凌的屈辱时代。在中国共产党的领导下，在伟大的中华大地上，我们看到了曙光，望见了希望。历经风风雨雨的中国人民，早已绽放出笑脸；我们身后的绿色长城，早已攻无不克，战无不胜。

阎肃在大型舞蹈史诗《复兴之路》中担任策划“核心创意组”成员，并创作插曲《我的家园》。

《我的家园》，阎肃从2008年10月5日至2009年6月16日先后创作了四稿，直到最终满意，他就是这样一个人，对于创作，他总是要找到最好的才会拿出来！

◎阎肃与家人合影

18 / 绣红旗

线儿长　针儿密
含着热泪绣红旗　绣呀绣红旗
热泪随着针线走
与其说是悲　不如说是喜
多少年　多少代
今天终于盼到了你　盼到了你

千份情　万份爱
化作金星绣红旗　　绣呀绣红旗
平日刀从不眨眼
今日里心跳分外急
一针针　一线线
绣出一片新天地

1962年5月

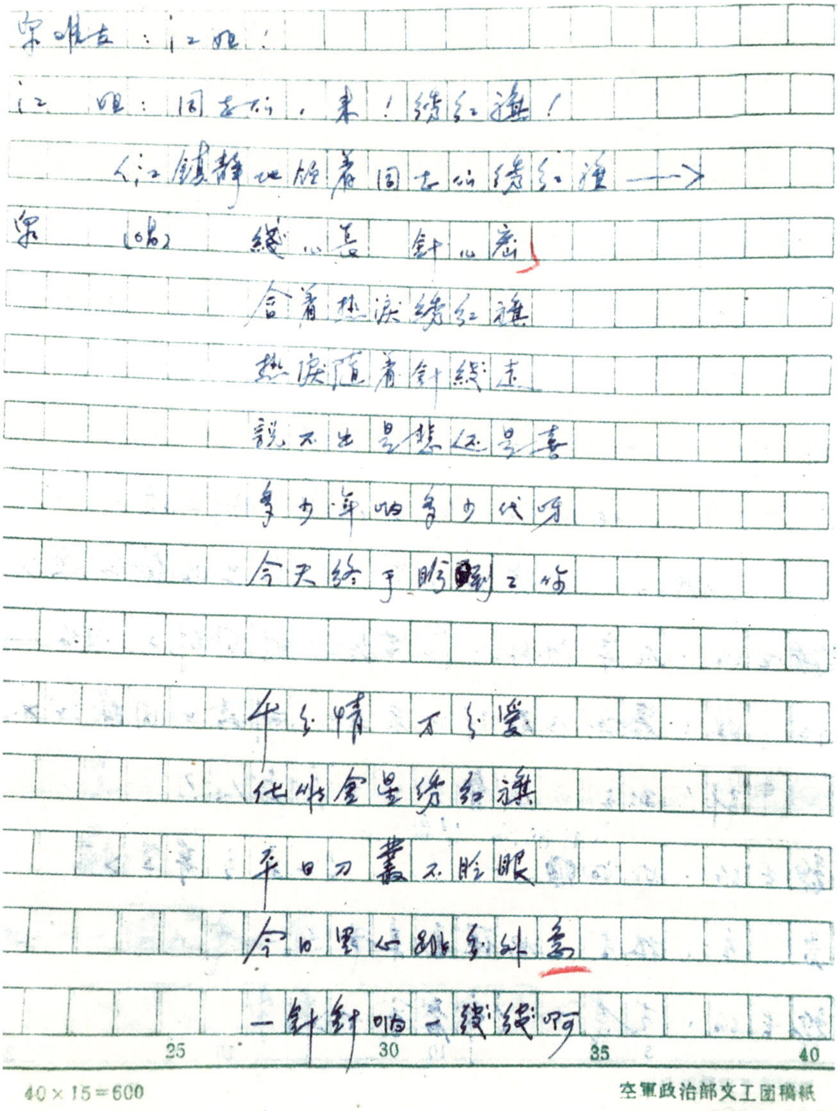
宋唱在：江姐！

江姐：同志们，来！绣红旗！

（江姐静静地领着同志们绣红旗——>

宋（唱）线儿长 针儿密

含着热泪绣红旗

热泪随着针线走

说不出是悲还是喜

多少年啊多少代呀

今天终于盼到了你

千针情 万针爱

化作金星绣红旗

平日刀丛不眨眼

今日里心跳分外急

一针针啊一线线呀

◎《绣红旗》手稿

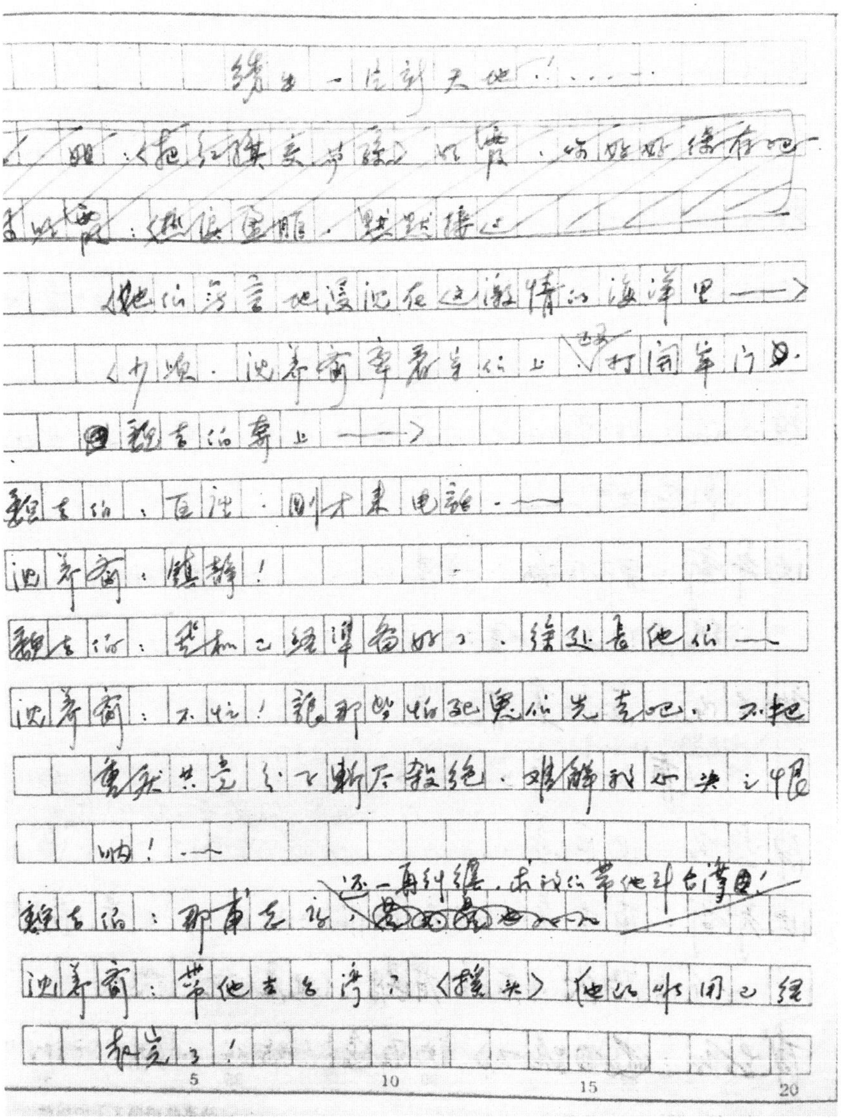

绣出一片新天地！……

~~江姐：《把红旗交给你》 红霞，你好好保存吧！~~

~~孙明霞：《热泪盈眶，默默接过》~~

《她们誓言地浸沉在这激情的海洋里——》

《小顺、沈养斋拿着箱子的上，（迅速）打开车门。》

《魏吉伯奔上——》

魏吉伯：处座，刚才来电话——

沈养斋：镇静！

魏吉伯：我们已经准备好了，该送走他们——

沈养斋：不忙！让那些怕死鬼们先走吧，不把重庆共党人们斩尽杀绝，难解我心头之恨哪！——

魏吉伯：那甫志高，还一再纠缠，求我们带他到台湾去！

沈养斋：带他去台湾？《摇头》他的作用已经耗完了！

◎《绣红旗》手稿

》创作历程

解放战争以不可抗拒的雷霆之势，像滚滚长江奔腾不息的巨浪般向前推进，国民党节节败退，只剩下重庆、西藏等极少数地区还被落荒而逃的国民党顽固分子盘踞，做最后的、疯狂的垂死挣扎。

当《东方红》《解放区的天》两首歌曲响彻祖国大地的时候，被关在中美合作所、白公馆、渣宰洞的革命者们，正处于黎明前最黑暗的时候，也是斗争最激烈的时刻。为了迎接新中国的诞生，江姐做好了牺牲自己的准备，同时组织难友共同绣出一面五星红旗，迎接解放，体现了身陷囹圄的革命者们对未来新中国的企盼和祝福。

“绣红旗”表现了革命的中国知识女性，面对敌人，外柔内刚，百折不屈，视死如归，从容不迫，巾帼不让须眉的豪迈，永驻人们心中。

1964年，伟大领袖毛主席观看歌剧《江姐》（毛主席一生只看过《白毛女》和《江姐》两部歌剧），并给予肯定和鼓励，同时鼓励《江姐》多演出，演给全国人民观看。两个月以后，毛主席在中南海亲切接见了编剧阎肃，给予他莫大的鼓励，那是阎肃一生中无上的光荣。

陪同毛主席观看《江姐》的还有刘少奇、朱德、周恩来等国家领导人和部队的首长。后来，机缘巧合，罗瑞卿总参谋长给阎肃提了一条“意见”说：“阎肃同志，我若是想将《绣红旗》唱段中那句‘说不清是悲还是喜’，改成‘与其说是悲，不如说是喜’，你看怎么样？”阎肃听后感觉非常好，与《江姐》的风格完全贴切，严丝合缝，不禁赞叹罗总长的高明！这是《江姐》剧本中唯一被“别人”改动之处，不过确实改得好，所以一直保留。非常感谢罗总长，永远怀念罗总长！

◎阎肃军装照

19 / 我为共产主义把青春贡献

（歌剧《江姐》选段）

春蚕到死丝不断
留赠他人御风寒
蜂儿酿就百花蜜
只愿香甜满人间
一颗红心忠于党
征途上从不怕火海刀山
为劳苦大众求解放
粉身碎骨也心甘
为革命粉身碎骨也心甘
啊　谁不盼神州辉映新日月
谁不爱中华锦绣好河山
正为了东风浩荡人欢笑
面对着千重艰险不辞难
正为了祖国解放红日照大地
愿将这满腔热血染山川

粉碎你旧世界奴役的锁链
为后代换来那幸福的明天
我为祖国生　我为革命长
我为共产主义把青春贡献
不贪羡荣华富贵
不留恋安乐温暖
威武不屈　贫贱不移
百折不挠志如山
赴汤蹈火自情愿
早把生死置等闲
一生战斗为革命
不觉辛苦只觉甜　只觉甜

1962年5月

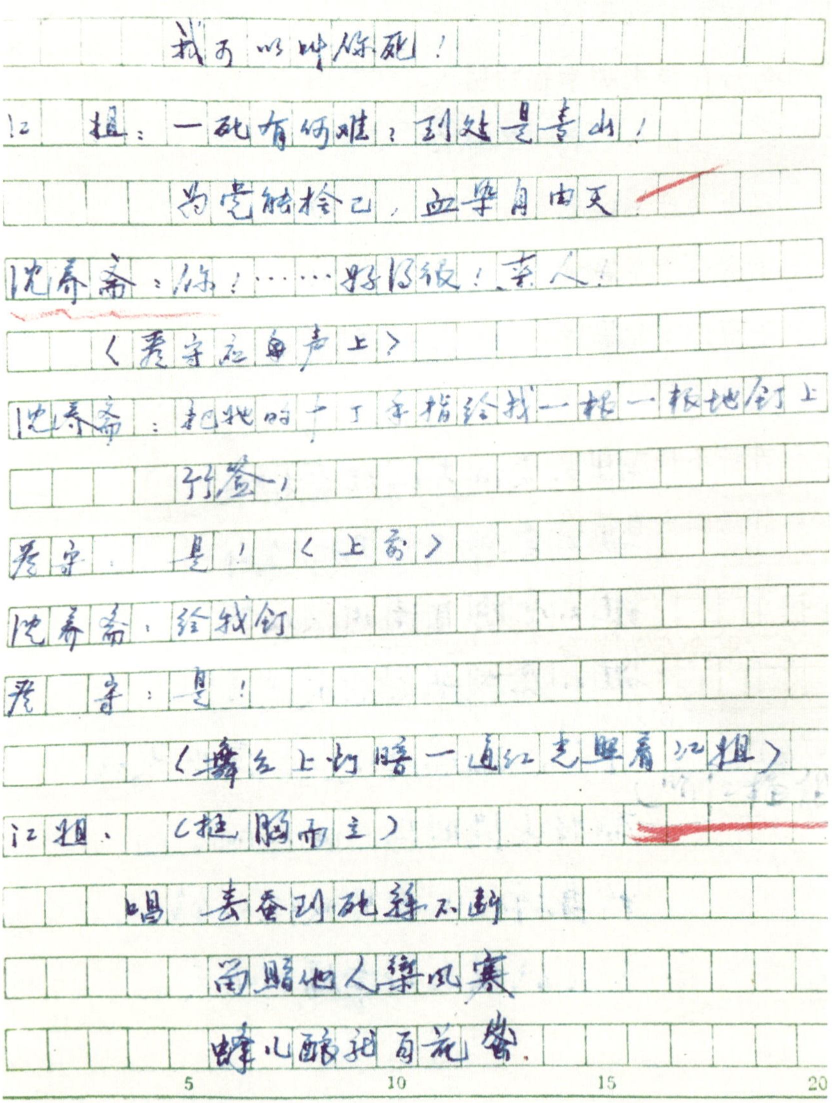
我可以叫你死！
江　姐：一死有何难？到处是青山！
为党能舍己，血染自由天。
沈养斋：你！……好得很！来人！
（看守应声上）
沈养斋：把她的十个手指给我一根一根地钉上竹签！
看守：是！（上前）
沈养斋：给我钉
看　守：是！
（舞台上灯暗一道红光照着江姐）
江姐：（挺胸而立）
唱　春蚕到死丝不断
留赠他人御风寒
蜂儿酿就百花蜜

◎《春蚕到死丝方尽》手稿

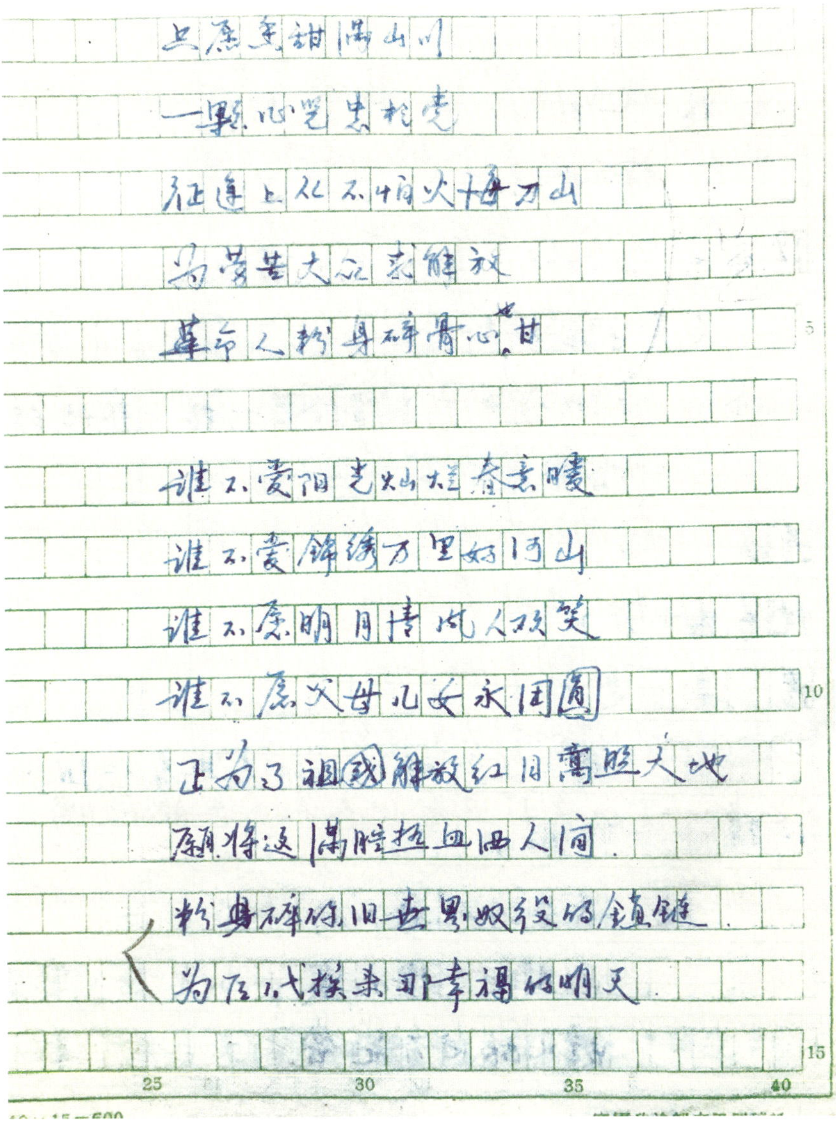
只愿香甜满山川
一颗心坚忠於党
征途上从不怕火海刀山
为劳苦大众求解放
革命人粉身碎骨也心甘

谁不爱阳光灿烂春意暖
谁不爱锦绣万里好河山
谁不愿明月清风人欢笑
谁不愿父母儿女永团圆
正为了祖国解放红日高照大地
愿将这满腔热血洒人间
粉身碎旧世界奴役的锁链
为后代换来那幸福的明天

◎《春蚕到死丝方尽》手稿

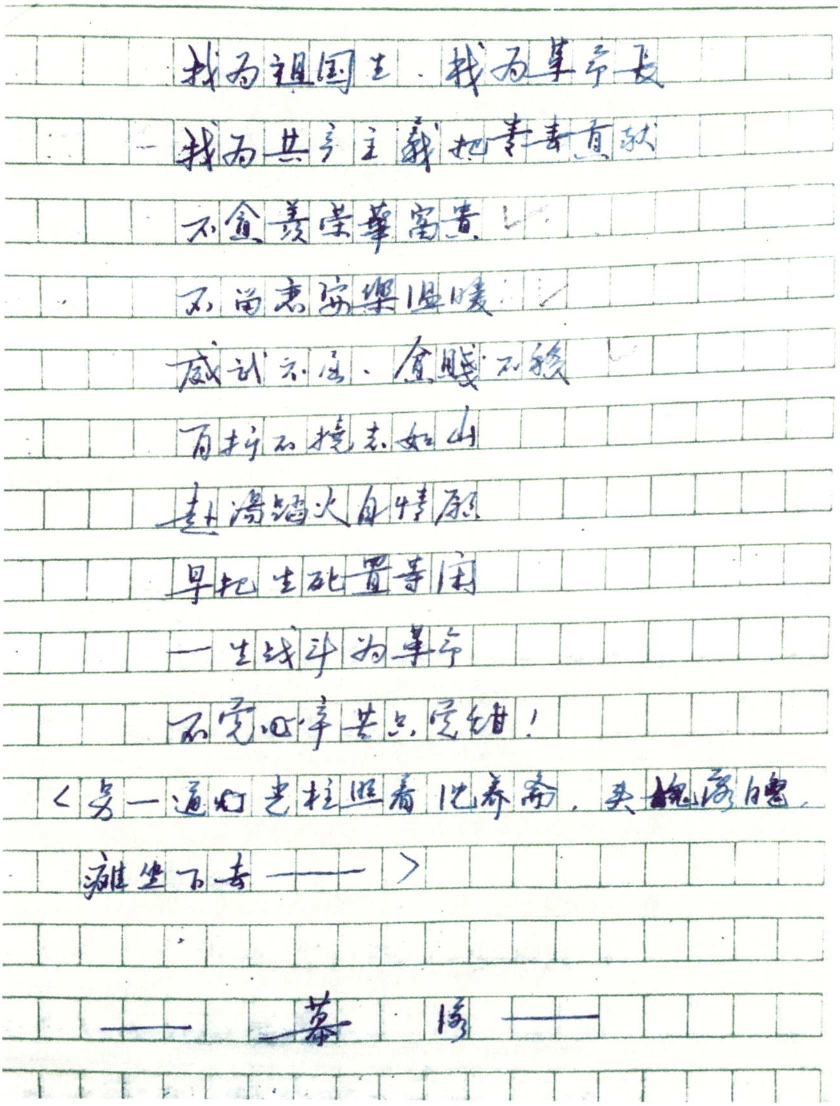

我为祖国生，我为革命长
我为共产主义把青春贡献
不贪荣华富贵
不留恋安乐温暖
威武不屈、贫贱不移
百折不挠志如山
赴汤蹈火自情愿
早把生死置等闲
一生战斗为革命
不觉心辛苦只觉甜！
〈另一道灯光柱照着阮春燕，吴[illegible]，
渐渐暗下去——〉

——[illegible]——

◎《春蚕到死丝方尽》手稿

»创作历程

“春蚕到死丝不断，留赠他人御风寒，蜂儿酿就百花蜜，只愿香甜满人间，一颗红心忠于党，征途上从不怕火海刀山，为劳苦大众求解放，粉身碎骨也心甘……”1949年，全中国大部分地区都已经解放。10月1日，伟大领袖毛泽东主席站在天安门观礼台上，向全中国、全世界庄严地宣布：“中华人民共和国中央人民政府今天成立了！”顿时，天安门红旗飘飘，广场上万众沸腾。

而此刻，重庆还处在黎明前的黑夜，江姐和众多革命战友及无辜群众，还被关在铁牢里边，但他们已经知道了共产党胜利，全国绝大部分解放了，以及新中国成立的消息。牢狱中的战友们已经看到了反动派的慌乱不堪，预感到敌人此时会下黑手。党组织让华子良通知江姐提前进入暗道，但是江姐想到的是狱中全体革命同志及众难友，她坚持按原计划行动。为保障越狱成功，她宁愿牺牲自己，即使粉身碎骨也心甘情愿。在最后时刻，她带领狱中的难友共同绣红旗，庆祝新中国的成立，虽然江姐不知道新中国的国旗是什么样子，但是她知道，那是一面五星红旗。

在那危机时刻，江姐沉着冷静，早已把生死置之度外。面对千重艰险不辞难，早已百折不挠志如山，一生战斗为革命，不觉辛苦只觉甜。这就是中国共产党领导下的革命战士，江姐、赵一曼、刘胡兰、田玉梅等都是党培养的铁骨铮铮的女子。

《我为共产主义把青春贡献》是歌剧《江姐》第六场的主要唱段，这是一段浓墨重彩的咏叹调，感人至深。

20 / 强军梦

精良的新装备　光荣的老传统
过硬的真本领　优秀的好作风
忠诚热爱　坚毅勇猛
铸就我英雄的强军梦
能打能胜　敢拼敢赢
激励我勇当排头兵
嘿　向前冲

军领上金星亮　胸怀中太阳红
江山的期望重　人民的深情浓
忠魂热血　勇攀高峰
凝成我飞跃的强军梦
百折不挠　一往无前
鼓舞我勇当排头兵
嘿　真光荣

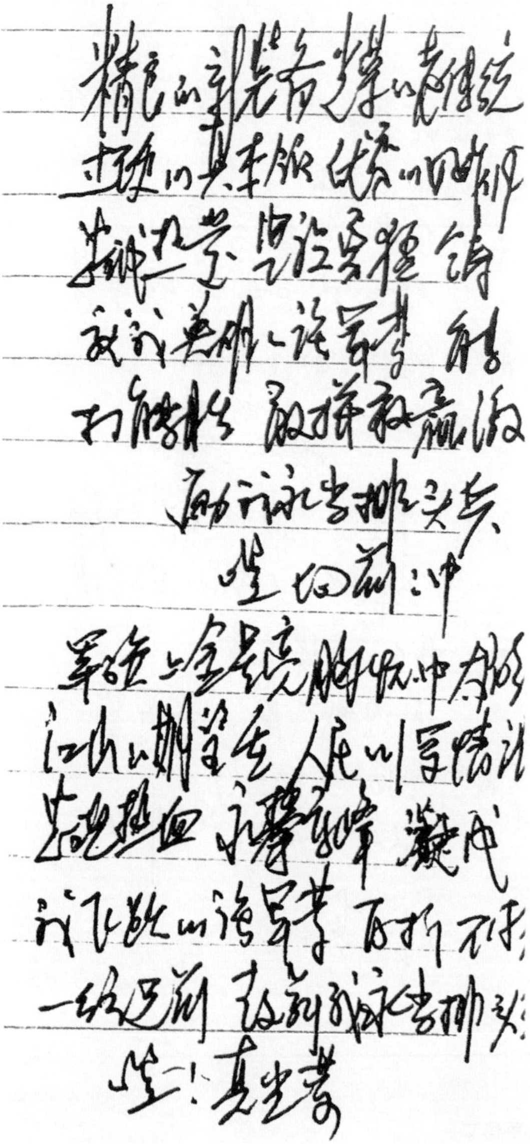

◎《强军梦》手稿一

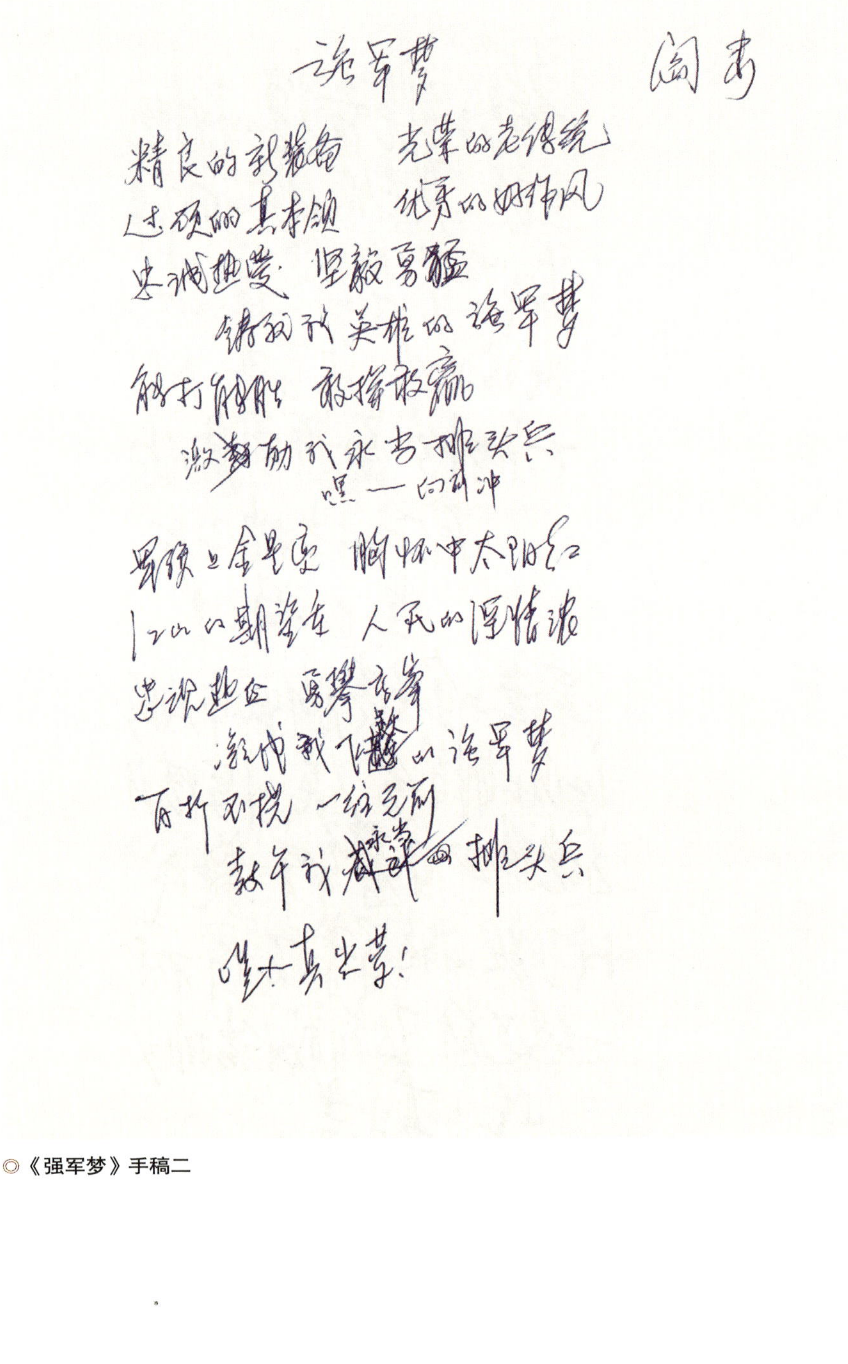
强军梦　　阎肃

精良的新装备　光荣的老传统
过硬的真本领　优良的好作风
忠诚热爱　坚毅勇猛
铸就我英雄的强军梦
能打胜仗　敢拼敢赢
激励我永当排头兵
嘿　一向前冲

肩头上金星亮　胸怀中太阳红
江山的期望在　人民的深情浓
忠诚热血　勇攀高峰
激发我飞腾的强军梦
百折不挠　一往无前
鼓舞我永当排头兵

嘿　真出彩！

◎《强军梦》手稿二

》创作历程

十多年前，习总书记提出了“中国梦”，老伴儿很兴奋，当时我们在家中不止一次地讨论这个话题。一开始，我们感到这个提法很新鲜，也很有意思。第二天，晚上又提起“中国梦”，老伴儿说“梦”是“梦想”，连续两个晚上，我们都很认真、很动脑筋地讨论“中国梦”。通过学习，我们都体会到了习总书记的深远用意和远大目标，也就明白了习总书记是用“中国梦”在激励中国人民，激励全党全军齐奋起。

回忆中华民族五千年的漫漫长路，悠久的历史长河中，今天的中国是五千年历程中最强盛的时期，也是最富强的时代，更是人民生活最殷实、最幸福、最满足的时代。这让世人都看到了中华民族是最刚毅要强的民族，没有我们克服不了的困难。我们将永远朝着伟大梦想、伟大理想前进。

阎肃身为一名老兵，更是深刻地理解强国必须强军，中国梦就是强军梦，身为军人，尤其身为老兵，站位、立足点应该更高，认识理解应该有更高的标准，肩上应该更有担当，心中更明确了文艺工作者的责任，肩上的使命应该更有重量，信心更加明确。

让我们沿着习总书记指引的目标，为我们的祖国更强盛，人民更富裕而努力奋斗。

◎阎肃下部队

21 / 人民空军忠于党

战斗的烽火
淬炼了我们钢铁的翅膀
英雄的旗帜
飞扬着我们忠诚的信仰
人民哺育我们成长
大地给予我们力量
我们接过前辈的光荣
勇敢地踏上战场

我们飞向前方
心中一轮灿灿红太阳
凌九霄破音障
翼上红星闪闪放光芒
长风呼啸雷霆壮
人民空军永远忠于党

2010年11月12日

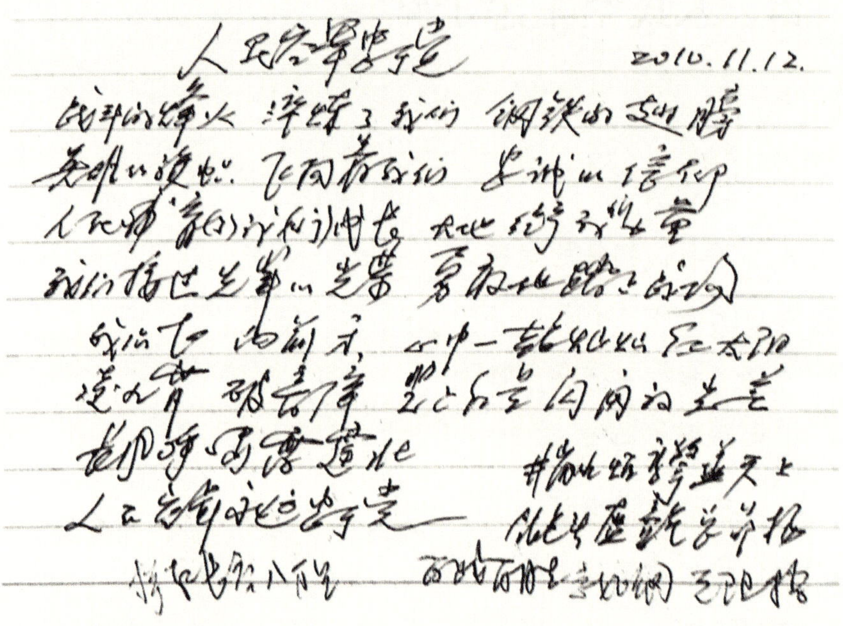
人民空军忠于党 2010.11.12.

◎《人民空军忠于党》手稿

»创作历程

2010年“八一”建军节前，八十多岁的阎肃心想：要过节了，军人的节日，自己作为军营中军龄超长的老兵，是部队这片沃土给了他丰富的营养、滋润着他一直笔耕不辍，始终奋战在时代的潮头。他想，自己应该拿出一点儿像样的作品，来庆贺这神圣的“八一”建军节 。《人民空军忠于党》歌词写就，阎肃很满意，就念叨着：“谁作曲呢？找李昕吧，让他出新！”

李昕原本是电视节目导演，偏偏音乐细胞强大，有作曲才能，并以作曲身份进入了空政文工团创作组，成为空政文工团创作室的 “多产” 主力“队员” 。老爷子找到李昕，两人一拍即合 。

曲子一出来，果然不同凡响。《人民空军忠于党》立即得到领导的认可与官兵的喜爱，成为表现空军精神风貌的又一部标志性曲目。

◎舞台上的阎肃

22 / 谁在长空吹玉笛

清凉寂静月色里　是谁在长空吹玉笛
一声声似断似续　一声声如丝如缕
拨动我的心弦　揉进我的心底
我知道　我知道　那是你　那是你
一番番欢声笑语　　一声声柔情蜜意
传到家乡去　送到人心里
为万家灯火安宁　在祖国夜空巡弋
任霜风凄冷　高天寒流急
你镇守九霄　纵横云海　从容驰驱

我愿意化身嫦娥　张开飞天羽翼
轻启广寒宫门
桂花美酒　衷情陪伴你
我愿邀来织女　铺开云锦霞衣
召集银河星斗　延伸鹊桥　为你歌一曲
寂静清凉的月色里　谁在长空吹玉笛

2006年11月21日

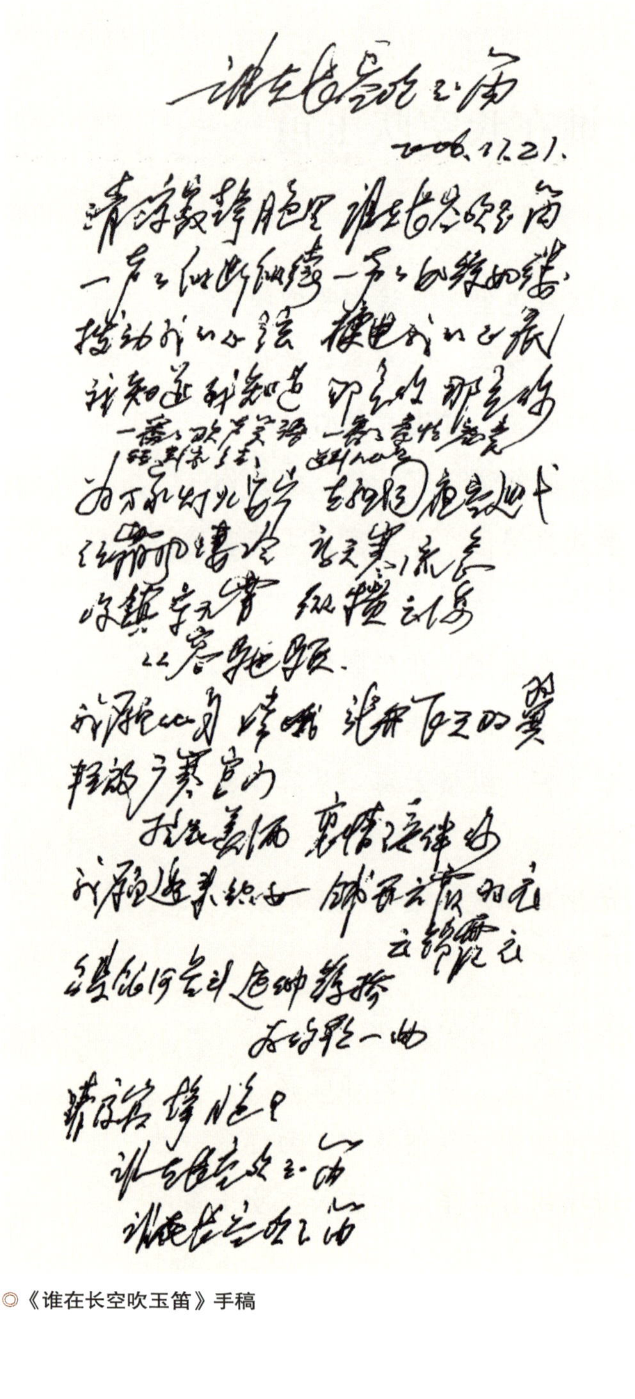
谁在长空吹玉笛

2006.11.21.

◎《谁在长空吹玉笛》手稿

»创作历程

那一年是2006年，阎肃又一次来到空军某航空兵部队采风、访问。他非常喜欢到飞行部队，因为早在四十多年前他曾到飞行部队带职当兵，接受全方位锻炼，早已对飞行部队产生了深厚的感情。在飞行部队体验生活，阎肃受益匪浅，也因此在1959年创作了歌词《我爱祖国的蓝天》。

阎肃非常欣赏飞行员，他觉得飞行员是了不起的人。能够选择飞行事业的人，一定是甘于奉献、本能地具有无私情怀的最高尚的人；而飞行员的妻子，能喜欢他们、喜欢并支持他们的事业，能够做到与飞行员丈夫共担当，也应是极有胸怀和抱负，且极为高尚的。

他说，和飞行部队接触得多了，时间久了，见得也多了，他好像也揣摩着了飞行员妻子们的内心境界。她们时刻陪伴着飞上蓝天的伴侣，她们仿佛看到丈夫在祖国上空、辽阔无垠的蓝天白云间穿梭着、护卫着；她们感觉到丈夫的眼睛里充满了美丽，内心充满了自豪。阎肃感觉，飞行员的妻子每天担心的不仅仅是丈夫的安全，而更多想着的，是蓝天中的美好与壮丽、勇敢与豪迈！如果说《我爱祖国的蓝天》是祖国飞行员的铮铮誓言，那寄寓着牵挂与柔情的美妙歌声《谁在天空吹玉笛》则是无私军嫂们的深情爱恋。

◎阎肃与铁源在部队教歌

23 / 蓝天行

问君可有梦　　我梦在蓝天
云深不知处　　豪情戍边关

问君可有爱　　我爱在蓝天
展望十万里　　一览好河山

啊　雷隐隐　　雾漫漫
持长虹　　当彩练　　舞翩跹
星闪闪　　月弯弯
迎红日　　乘长风　　唱凯旋

问君可有梦　　我梦在蓝天
问君可有爱　　我爱在蓝天
蓝天在哪里　　蓝天在心间

2012年4月10日

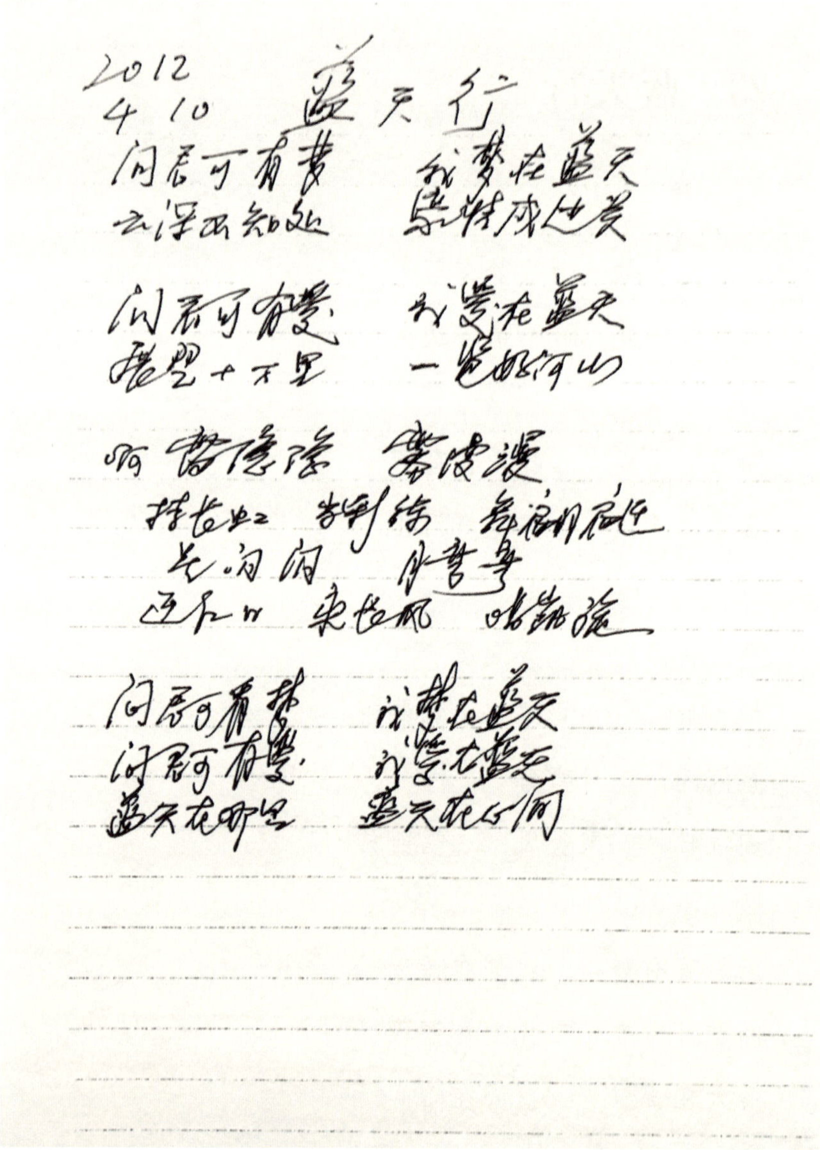
2012
4 10 蓝天行
问君可有梦 我梦在蓝天

问君可有爱 我爱在蓝天
一览好河山

问君可有梦 我梦在蓝天
问君可有爱 我爱在蓝天
蓝天在哪里 蓝天在心间

◎《蓝天行》手稿

»创作历程

1959年，阎肃、文彩、姜春阳、羊鸣四位一起到广州部队当兵锻炼，带职体验生活。那时，阎肃、文彩、姜春阳年近三十岁，羊鸣应该是小他们几岁！半年多的基层锻炼，给阎肃最深刻的体验就是“生活是创作的源泉，而创作又高于生活”，这是永恒不变的真理。

这次在基层飞行部队体验生活的时间比较长，他们与基层官兵同吃、同住、同生活，几乎形影不离，对基层官兵的一言一行了如指掌，对他们忠于祖国、热爱祖国的感情了然于胸，这在阎肃也是相通的，于是，《我爱祖国的蓝天》便在真情实感的升华中诞生了。

在《我爱祖国的蓝天》创作五十多年后，阎肃又创作出了《蓝天行》，这可以看作是《我爱祖国的蓝天》的姐妹篇。《蓝天行》这首词创作于2012年，当时空军报的一篇报道感动了老伴儿，他很快就写出了歌词，自己比较满意，两年后空军有部不太成熟的音乐剧，政治部领导让阎老写一首歌词，老爷子认为《蓝天行》放在其中很合适，且会起非常重要的作用。

《蓝天行》代表了一种坚强不变的信仰，勇敢无畏的追求，壮丽美好的梦想。《蓝天行》这首歌人们还不是很熟悉，但是，这首歌确实是一首词曲都非常成功的好歌。蓝天是阎肃的灵魂，身穿“空军蓝”六十五年有余，他的心中一生铺满着蓝天。

24 / 风花雪月

行进队列中　昂首挺起胸
一身阳刚正气　威武又光荣

前进队列中　青春火正红
呼啸风花雪月　燃我强军梦

铁马雄风　激荡豪迈心胸
战地黄花　抒发壮丽深情
楼船夜雪　磨砺英雄肝胆
边关冷月　照我盘马弯弓

高歌队列中　心底在冲锋
战胜一切强敌　我是中国兵

2014年10月23日

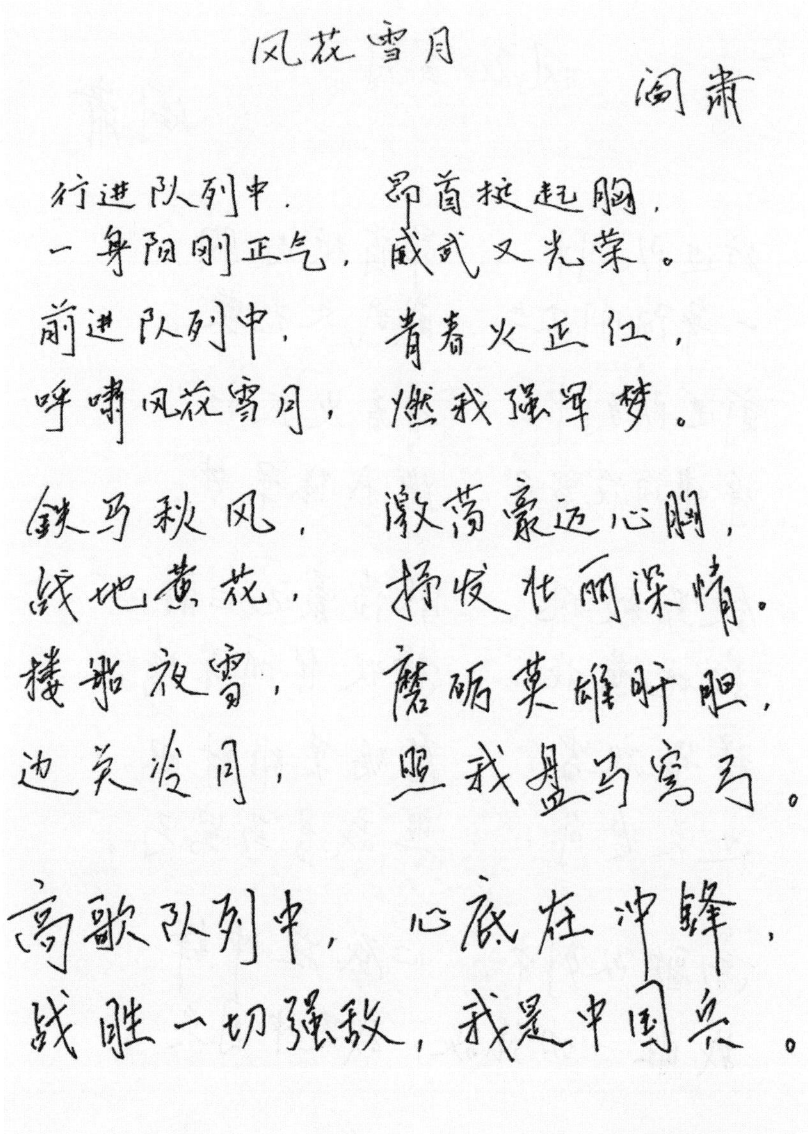

风花雪月

阎肃

行进队列中，昂首挺起胸，
一身阳刚正气，威武又光荣。
前进队列中，青春火正红，
呼啸风花雪月，燃我强军梦。

铁马秋风，激荡豪迈心胸，
战地黄花，抒发壮丽深情。
楼船夜雪，磨砺英雄肝胆，
边关冷月，照我盘马弯弓。

高歌队列中，心底在冲锋，
战胜一切强敌，我是中国兵。

◎《风花雪月》手稿一

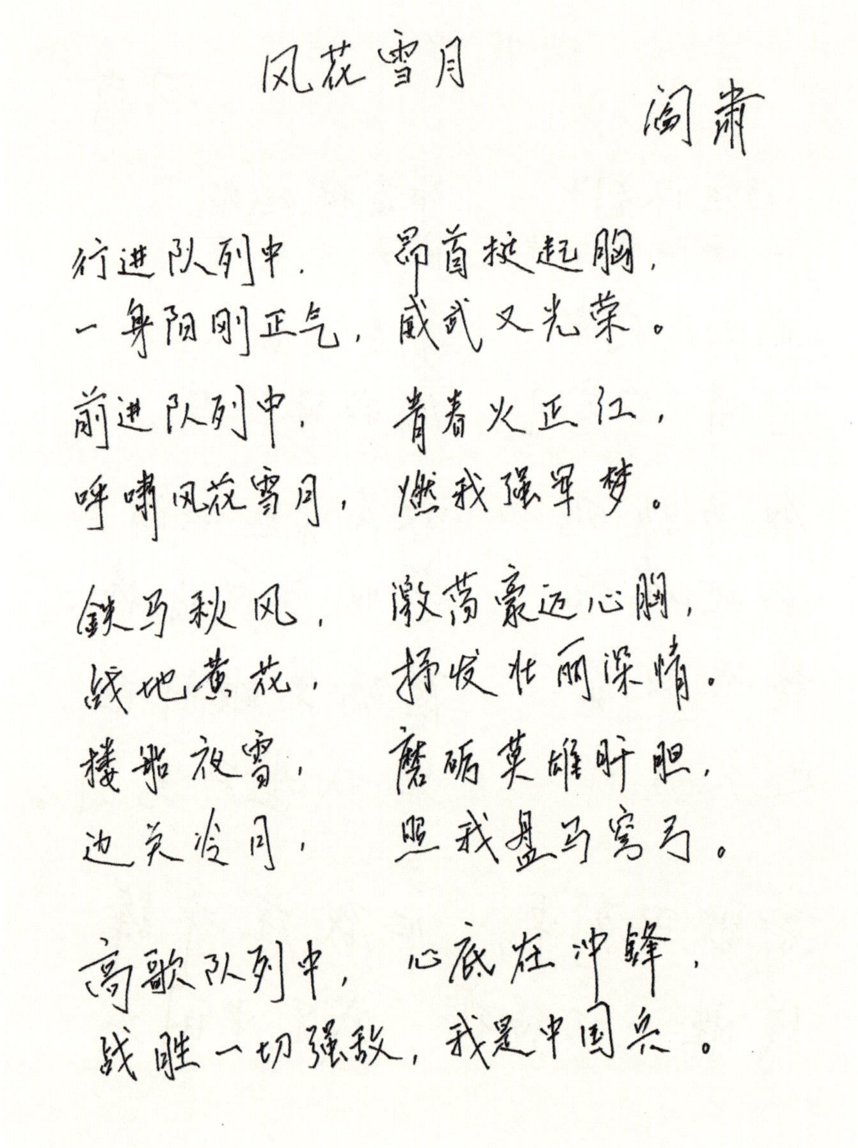

风花雪月

阎肃

行进队列中，昂首挺起胸，
一身阳刚正气，威武又光荣。

前进队列中，青春火正红，
呼啸风花雪月，燃我强军梦。

铁马秋风，激荡豪迈心胸，
战地黄花，抒发壮丽深情。
楼船夜雪，磨砺英雄肝胆，
边关冷月，照我盘马弯弓。

高歌队列中，心底在冲锋，
战胜一切强敌，我是中国兵。

◎《风花雪月》手稿二

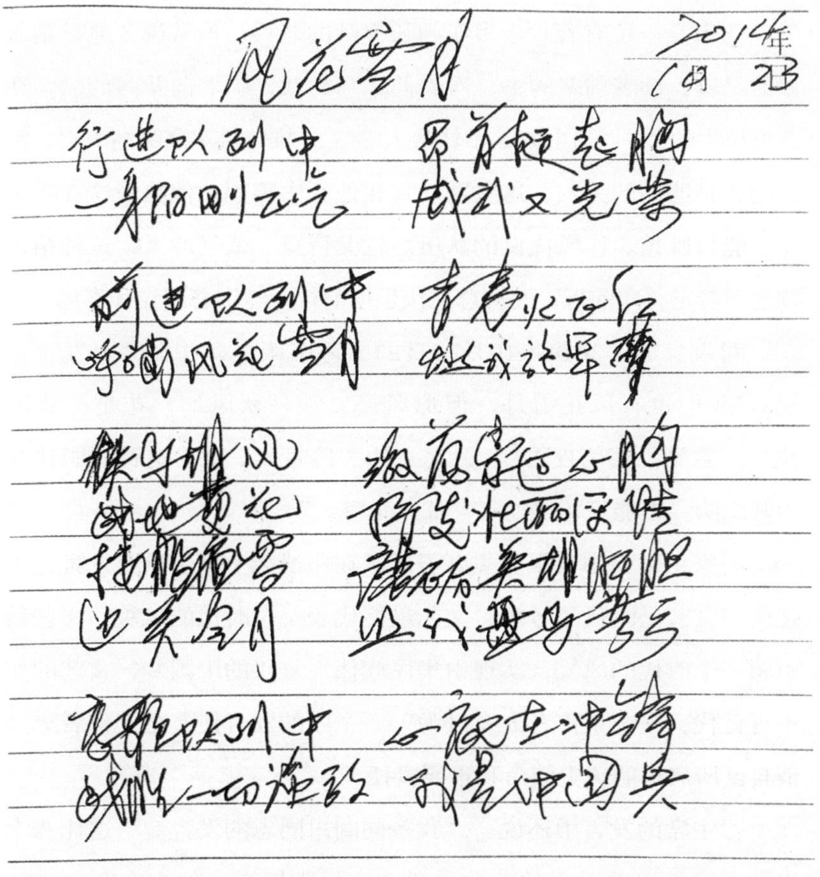

风花雪月　2014年10月2日

行进队列中　昂首挺起胸
一身阳刚正气　威武又[illegible]

前进队列中　青春火飞扬
呼啸风花雪月　燃成诗篇章

铁骨雄风　激荡起心胸
[illegible]黄花　[illegible]
[illegible]　[illegible]
[illegible]月　[illegible]

[illegible]队列中　[illegible]
[illegible]一切[illegible]　我是中国兵

◎《风花雪月》手稿三

»创作历程

阎肃是一位有着六十多年超长军龄的老兵，他常说“他是踏着前辈的足迹，读着前辈的书，看着前辈写的戏，唱着前辈写的歌，在军营里长大的”，“追上去，不让敌人喘气，雄鸡雄鸡高呀高声唱，解放区的天是明朗的天”，这些歌一直在他心中哼唱！他热爱这支听党指挥、能打胜仗、作风优良的队伍。枕戈待旦、豪气冲天，这种精神引领他跟着走，向前行，而且总是快乐地前行，沐浴着阳光和春风。

阎肃参加了2014年10月15日的文艺座谈会，并在会上发言，他说：“我们也有风花雪月，但那风是‘铁马秋风’，花是‘战地黄花’，雪是‘楼船夜雪’，月是‘边关冷月’。就是这种肝胆让我心中常念叨‘正能量，接地气’那六个字。”

国家主席、中央军委主席习近平在座谈会上做了重要发言，主席强调“文艺是时代的号角，文艺最能代表一个时代的风貌，文艺最能引领一个时代的风气，实现中华民族伟大复兴的中国梦，文艺的作用不可替代，文艺工作者大有可为”。主席的发言使文艺工作者更加认清自己所肩负的历史使命和重要责任。

习主席的发言中还说：“我赞同阎肃同志的发言。”这让八十四岁的阎肃心里热乎乎的，非常激动，异常振奋，他在内心向自己表白：“我愿意为兵服务一辈子，我愿意为党、为国家、为祖国的文艺事业献出我的一切，包括生命。”

会后，他回到家里，立即投入工作状态。一般这个状态，家里人都不会打扰他，让他闷头干活，直到23日，突然叫我：“请帮忙看看，你觉得怎么样？”我拿过来，认认真真地看了一遍说：“真快！当然也很好！”

《风花雪月》就是这样创作出来的！

◎阎肃挥毫

25 / 全心全意

我梦里想的　心里盼的　你总在惦记
我高声唱的　轻声笑的　你都很珍惜
我渴望幸福岁月　你安排风和日丽
我期待展翅飞翔　你铺开朝霞万里
啊　这才叫全心全意
全心全意就是心连心　在一起
全心全意才能同命运　共呼吸
大路通天　浩浩荡荡十三亿
高歌奋进　共同高举五星红旗

你引的道路　指的方向　我坚信不疑
你立的规矩　定的主意　我时刻铭记
你铺开朗朗乾坤　山川都扬眉吐气
你含笑走遍大地　才焕发勃勃生机
啊　这就是全心全意
全心全意就是心连心　在一起
全心全意才能同命运　共呼吸

大路通天　排山倒海十三亿

团结奋进　永远高举五星红旗

2014年10月23日

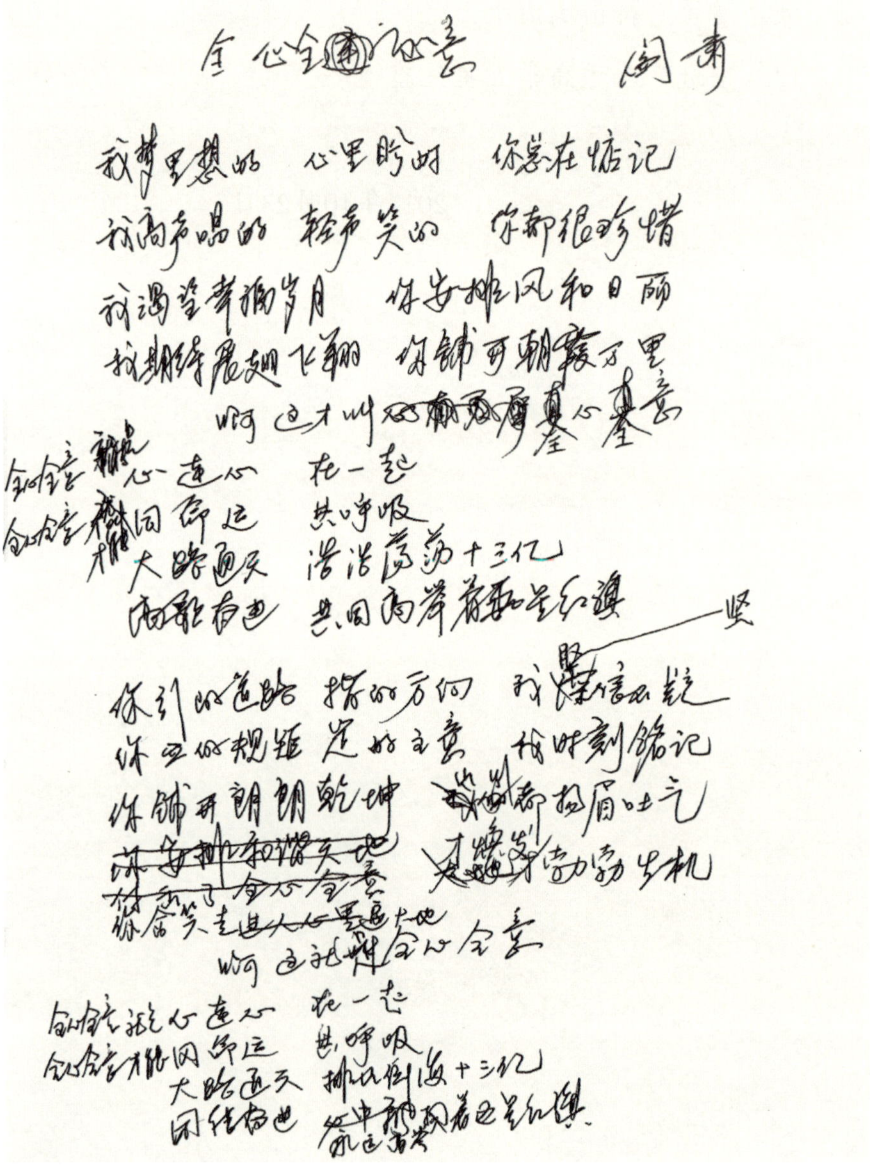

全心全意　阎肃

我梦里想的　心里盼的　你总在惦记
我高声唱的　轻声笑的　你都很珍惜
我渴望幸福岁月　你安排风和日丽
我期待展翅飞翔　你铺开朝霞万里
啊　这才叫[illegible]全心全意
全心全意　心连心　在一起
全心全意　同命运　共呼吸
大路通天　浩浩荡荡十三亿
高歌奋进　共同高举着五星红旗

你引的道路　指的方向　我坚信不疑
你立的规矩　定的主意　我时刻铭记
你铺开朗朗乾坤　[illegible]都扬眉吐气
[illegible]　才[illegible]勃勃生机
[illegible]全心全意
啊　这就[illegible]全心全意
全心全意　心连心　在一起
全心全意　才能同命运　共呼吸
大路通天　排山倒海十三亿
团结奋进　[illegible]着五星红旗

◎《全心全意》手稿一

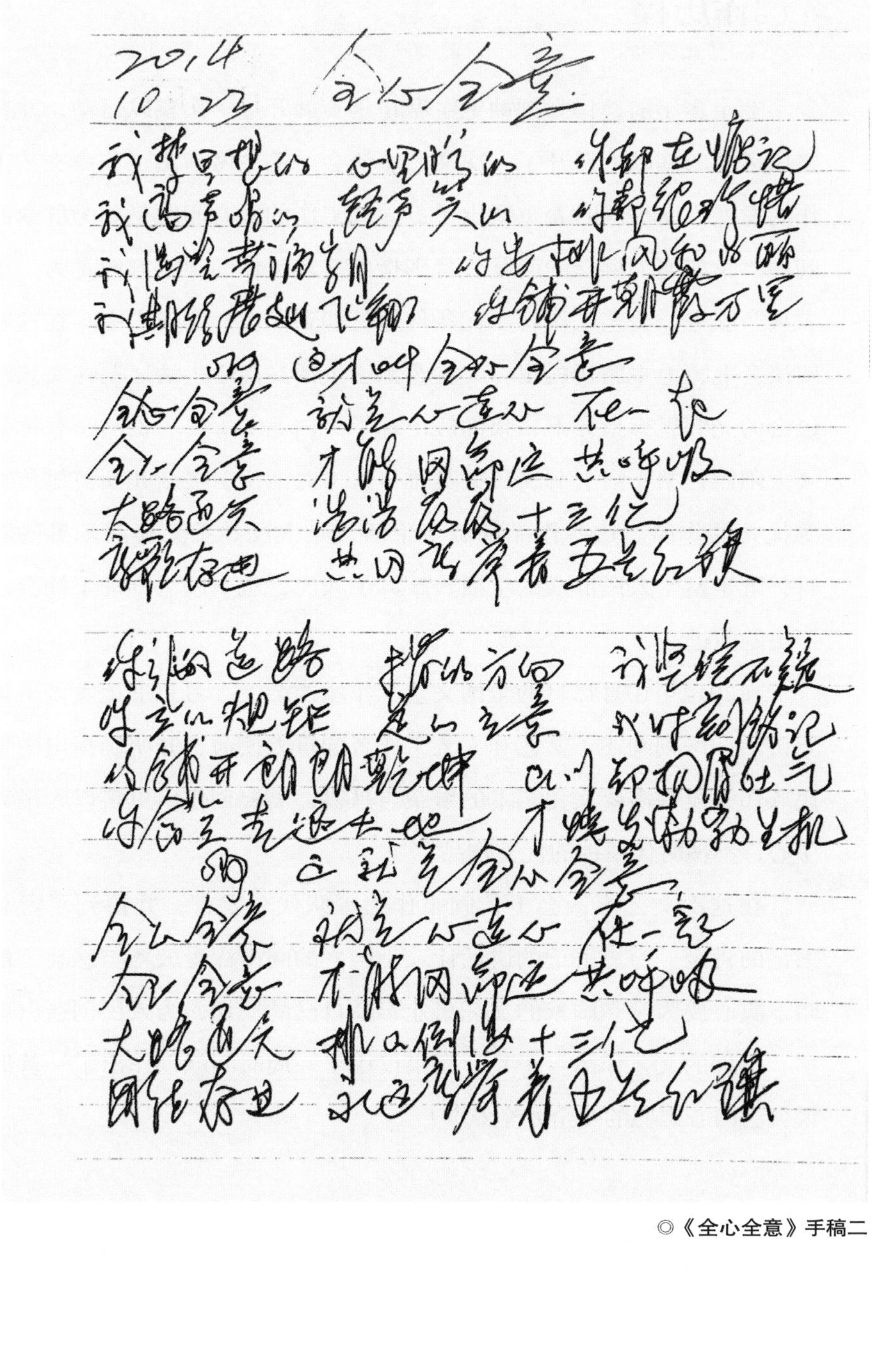
2014
10 22
全心全意

全心全意 就是心连心 在一起
全心全意 才能同命运 共呼吸
大路通天 浩浩荡荡 十三亿

全心全意 就是心连心 在一起
全心全意 才能同命运 共呼吸
大路通天 排山倒海 十三亿
团结奋进 永远飘扬着五星红旗

◎《全心全意》手稿二

》创作历程

七十多年前，伟大领袖毛主席在延安展开过一次整风运动，并在整风运动的基础上召开了一次文艺座谈会。毛主席指出了革命文艺工作的发展方向，同时着重指出了：文艺工作的中心问题是要为群众的问题，及如何为群众的问题，特别指出文艺工作的根本方向是为“工农兵”服务，文艺工作者要无条件地长期到工农兵群众中去。在这次座谈会上，毛主席还提出：“文艺源于生活又高于生活。”在文艺座谈会的光辉思想指导下，泉涌般出现了《白毛女》《王贵与李香香》《太阳照在桑干河上》《吕梁英雄传》《血泪仇》《新儿女英雄传》等优秀的作品。这些作品都源于生活，是人民熟悉又喜闻乐见的题材，既丰富了人民群众的生活，鼓舞了人民，也引领、推动了社会、历史的前进。

在2014年10月15日的全国文艺工作座谈会上，习总书记发表了重要讲话，深刻阐述了文艺和文艺工作者的重大使命，并明确指出中华民族伟大复兴需要文化艺术的繁荣与昌盛，需要创作出更多以人民为中心，不愧时代精神的优秀作品。

在这次文艺座谈会上，阎肃作为军队代表发言，并得到了习总书记的肯定。习总书记的讲话让八十四岁的阎肃深受鼓舞与感动，他暗下决心要为党和国家的文艺事业奉献自己的一切，为人民创造出更多、更好的文艺作品。于是，阎肃仅用了一周时间就创作出了一首诉说自己内心志愿的《全心全意》！

26 / 将门家书

节日来临　无暇前去看你　聊寄家书一封
你新任连长　担子不轻
不能回家团聚　自在情理之中
我和你母亲　身强体健　白发相映烛花红
人道我一家父子兵　这正是我家的光荣
借手中这管笔　祝你不断进取　一路长风

长风长风　你知道我为何给你取这名
就为让你驰骋在军营　为民立大功
自古来戍边卫国　将士们勇筑长城
甘受那军旅艰苦　见惯了冷月秋风
让百姓安居乐业　保社会祥和繁荣
高扬我英雄正气　警惕他酒绿灯红

长风长风　你知我多少情义在信中
就只盼你不坠青云志　奋翼学大鹏
长风长风　你知我多少忧虑未言明

就只怕你欢乐贪享受　浮夸图虚名
我自信老骥伏枥　尚有这报国心雄
宁舍弃天伦之乐　未敢忘大业在胸
笑看那风云变幻　坚信这众志成城
待明年春花报喜　我为你把酒庆功

1995年7月9日

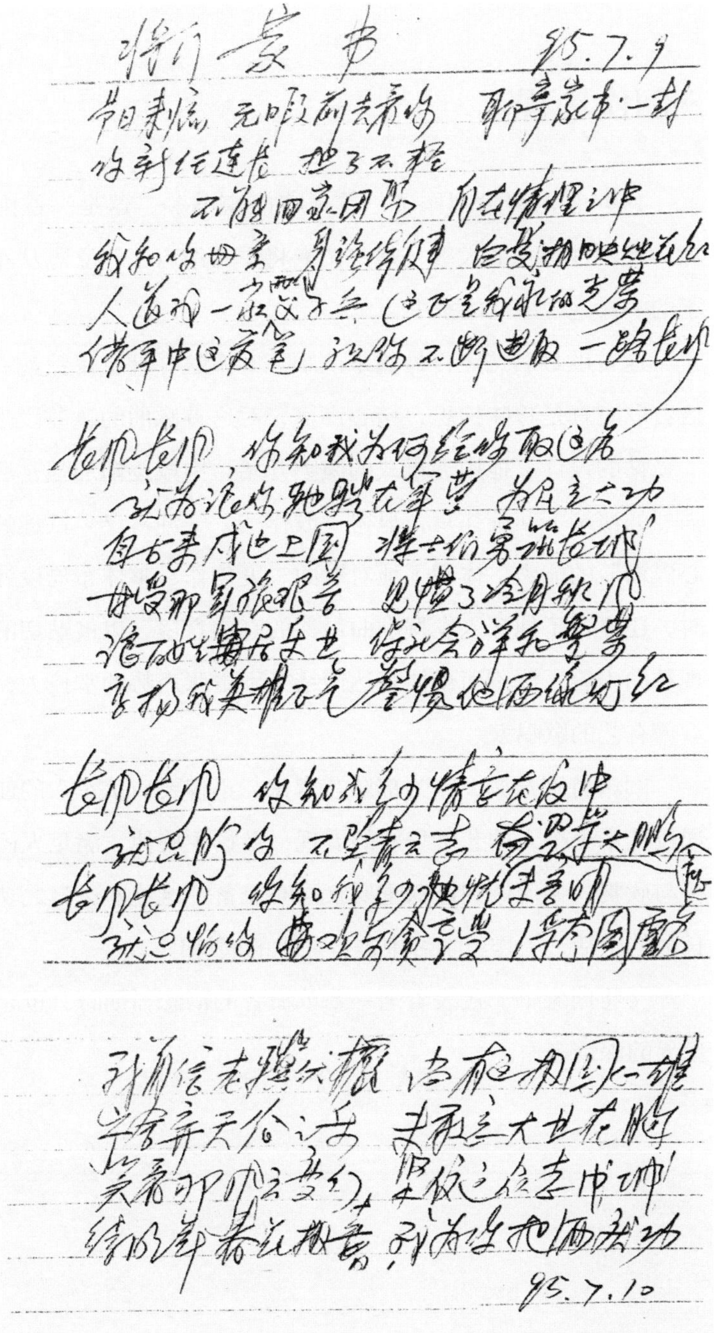
将门家书 95.7.9
节日来临 无暇前去看你 聊寄家书一封
你新任连长 担子不轻
不能回家团聚 自在情理之中
我知你母亲 [illegible]
人道 [illegible]
[illegible] 不断 [illegible] 一路长风
长风长风 你知我为何给你取这名
就为让你驰骋在军营 [illegible]
自古来 [illegible] 长城
[illegible]
[illegible]
[illegible]
长风长风 你知我 [illegible]
[illegible]
长风长风 你知 [illegible]
[illegible]
[illegible]
[illegible]
[illegible]
[illegible]
95.7.10

◎《将门家书》手稿

》创作历程

1994年，阎肃创作了一首《将门家书》，这是一首内涵深邃博大、戏剧性很强的大歌，是一位老将军写给自己和立志从军报国的儿子的一封饱含深情的家书。

这首歌最后选定佟铁鑫来演唱。阎肃这样评价佟铁鑫：铁鑫拿到这首歌时真是吟味构思，精心谋篇，对这首歌曲的章节段落，认真做了妥帖的设计。他用近景式的演唱开始，中段逐渐加强，后段语气在强烈的情绪下回旋往复，显得一鼓作气，气冲霄汉。铁鑫的这种“精心谋篇”的能力，体现了他对歌曲二度创作、整体布局设计能力的同时，还显示了他深入发掘歌曲最深的真实意境，以最贴切的意趣来表现歌曲内容，深刻而得体表达情绪又不虚张声势的掌控力，这是真正有德有艺的歌唱家。

阎肃特别强调，作为部队艺术家，不仅要肩负军人的使命，还要通过艺术家个人的艺术华彩的展现，弘扬主旋律，满足人民大众的期待与欣赏。如何做到这双重要素同时兼备？这绝非一日之功，需要在长久的生活、工作、学习中进行艺术的磨炼！

《将门家书》代表着老一辈革命者的信念与期盼，也是阎肃内心世界的深情表白。

◎年轻时的阎肃夫妇

27 / 云霄天兵

浓密密的云雾　在身边滚动
天和地都在迸发激烈的吼声
脚下起伏着摇摆晃晃的山巅
心中燃烧着烈火　烈火熊熊
身边只响着一个号令　时间就是生命
我站在五千米　五千米的高空
心急如焚哪　热血沸腾
任你是刀山剑树死亡之谷　我也要　冲　冲　冲

纵身一跃　像出膛的枪弹
面对无边无际浪滚滚的苍穹
为了我的亲人　我的父老　我的弟兄
带着阳光的温暖　春风的嘱托　战士的光荣
纵身一跃　像雄鹰在俯冲
五千米顷刻化作勇敢者的长征
为了我的祖国　我的旗帜　我的使命
带去阳光的抚爱　生命的雨露　绚丽的彩虹

2008年5月16日

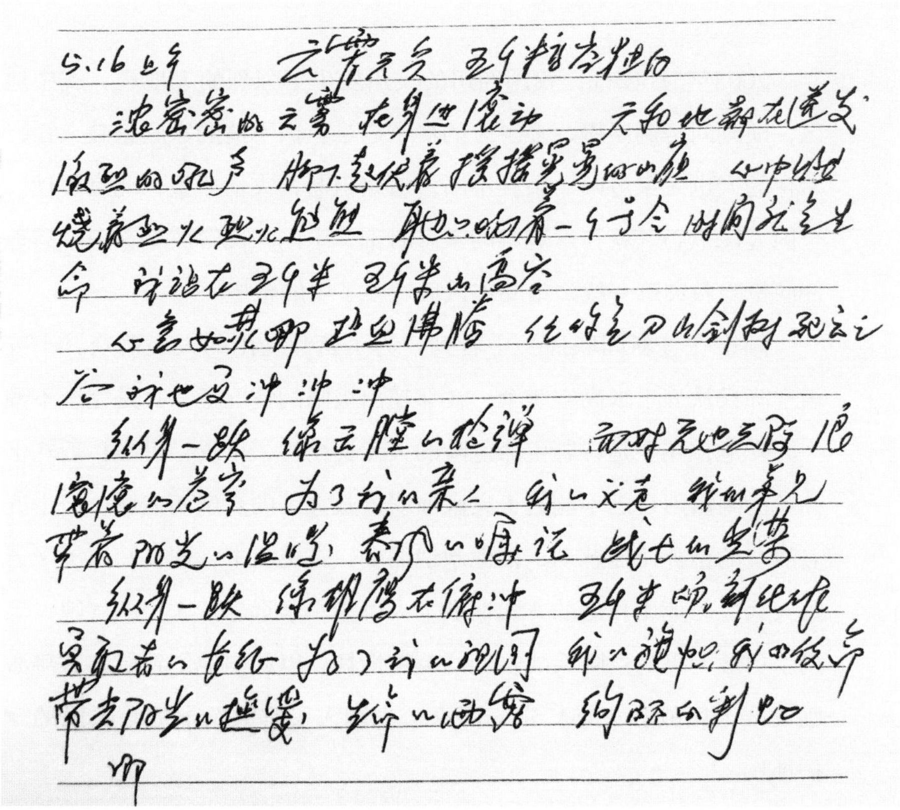

◎《云霄天兵》手稿

》创作历程

2008年5月12日，我国四川的汶川发生了强烈的大地震，震中地区，顷刻间房倒屋塌，多少万的乡亲遇难，数不清的家庭家破人亡，幸存的人也无家可归。余震不断，道路阻断，灾情严重，北京震动，全国人民揪心。就在这危难的紧急时刻，中国人民解放军义不容辞地冲向抢险救灾第一线，给受灾人民送去了生的希望。

阎肃在《新闻联播》中看到，为了营救受困的人民群众，十五名空降兵从五千米高空跳伞，在那超出极限的情况下，真是完全不顾个人安危，完全是冒着生命危险的大无畏精神，可贵！可敬！近八十高龄的阎肃因自己不能赶去灾区前线营救灾区的乡亲而遗憾，但十五名战友的精神让他感动，催他激情涌动，奋笔疾书，连夜写出了《云霄天兵》。他用自己的方式讴歌了人民空军永远忠于人民的气魄，颂扬了勇敢无畏的空降兵战友们的英雄情怀，以此向他们致敬并鼓舞激励灾区人民战胜灾难！党、国家、中国人民解放军永远是人民的守护神！

◎可爱老头儿

28 / 库歌

燕山的风　　吹拂着我们
美丽的营院　巍巍的雪松
龙泽的月　照耀着我们
亲手建设　绿色的军营
胸前拥抱着　壮丽的北京
心中铺展开　万里长空
团结求新　奉献创新　是光荣传统
雷厉风行　严谨细致　是战斗作风
收得进　管得好
发得出　供得上
英勇顽强向前进
我们是钢铁的航材员

2002年9月23日

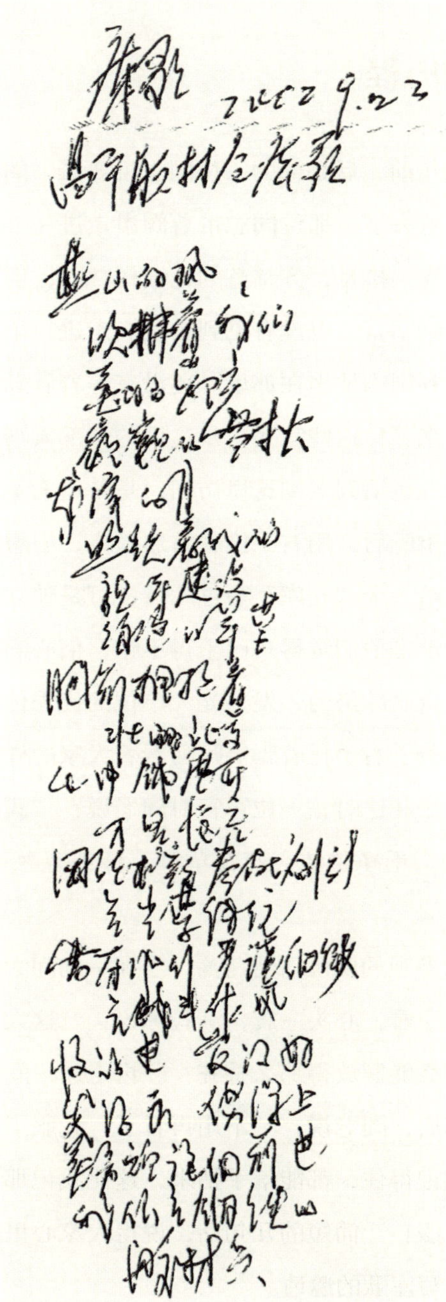

◎《库歌》手稿

》创作历程

十几年前，后勤部的一位同志说要带“阎老”去一个地方，阎肃没问就跟着去了。那位同志带着阎肃走进一个非常肃静又门禁很严的地方：房屋一排排，齐整整的，绿树林立，郁郁葱葱。车走了一段，却没有看到军官，也没有见到士兵。走进一个屋子，立即看到一屋子的官兵，齐刷刷地坐在那里。还没有等着后勤的同志介绍，热烈的掌声就响起来了！这些官兵，是这里的全部人马，专门管理供应航材的仓库，特地邀请阎老到这里访问，是希望七十多岁的阎老为他们写个库歌。阎肃听后，用右手摸着右边脸庞，心想，我写了那么多的歌，还真没有给一个“仓库”写过库歌，可是他立即又想：想为自己单位写歌，肯定是他们觉得自己干得不错，信心满满，大家希望用另一种方式牢记自己的努力，发扬光大单位的优秀传统，肯定有的写。他们望着阎老爷子右手托着腮笑呵呵看着大家的样子，就像等待听一位领导宣布命令。这时，一位军官对阎老说：“我们请您参观！”部队的营房院子，干净整洁。花花草草，郁郁葱葱，迎风招展，一派生机勃勃。

陪同参观的队伍浩浩荡荡，当那一间间大房子都打开了大门，阎肃走进去一看，心头一震，满脸惊讶：“这大大小小的物件都叫什么名字？怎么能摆放得那么整齐？”再走进一间，还是满脸惊讶，走过几间大库后，阎老说：“不用再看了，我服了你们了，这么多物件，你们都能记得住，都能信手拈来，这比我记那方块字可是难多了！了不起！佩服！”简短的几句话，说得大家心里热乎乎的。阎肃也在心里接受了写库歌的邀请。

29 / 心里装着谁

天心里装着明月
花心里装着芳蕊
在这花香月美的时刻
想一想我心里装着谁

马心里装着千里
鹰心里装着高飞
在这潮奔浪涌的时代
问一问我心里装着谁

可装着宣誓的身影
可装着先驱的教诲
走过的千山万水
面对的大野芳菲
是不是装着普普通通的老百姓啊
便坦坦荡荡　无愧地迎接那每一寸朝晖

装着谁　心里装着谁

装着谁　心里装着谁

走过千山万水

面对的大野芳菲

只心里装着普普通通老百姓啊

便坦坦荡荡无愧迎接每一寸朝晖

创作于1989年

抄写于2002年8月14日

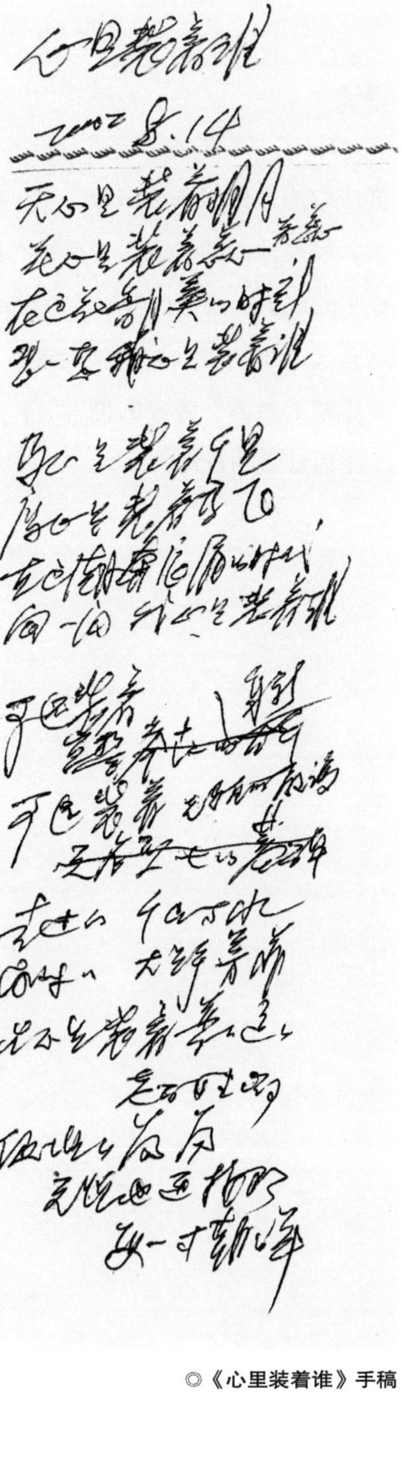

◎《心里装着谁》手稿

》创作历程

党的干部应以为人民服务为宗旨，以干净为本色，忠诚担当，开拓进取，务实为民是他们的天职。老百姓心里总是盼着安居乐业，国家强大。这朴实的愿望需要一群群心有百姓的公仆来实现。

阎肃用这首《心里装着谁》不仅表露了人民的心声，更借此希望为官者牢记“先辈的教诲、曾经的誓言”，始终把老百姓的幸福装在自己的心里，化为日常的行动。

◎阎肃（左二）和同学在南开中学学习时留念

30 / 故乡是北京

走遍了南北西东　也到过了许多名城
静静地想一想　我还是最爱　我的北京

不说那天坛的明月　北海的风
卢沟桥的狮子　潭柘寺的松
唱不够那红墙绿瓦太和殿
道不尽那十里长街卧彩虹
只看那紫藤古槐四合院
便觉得甜丝丝　脆生生　京腔京韵自多情

不说那高耸的大厦　旋转的厅
电子街的机房夜市上的灯
唱不够那新潮欢涌王府井
道不尽那名厨佳肴色香浓
单想那油条豆浆家常饼
便勾起细悠悠　蜜茸茸　甘美芬芳故乡情

走遍了南北西东　也到过了许多名城

静静地想一想　我还是最爱　我的北京

创作于1987年

抄写于1989年6月2日

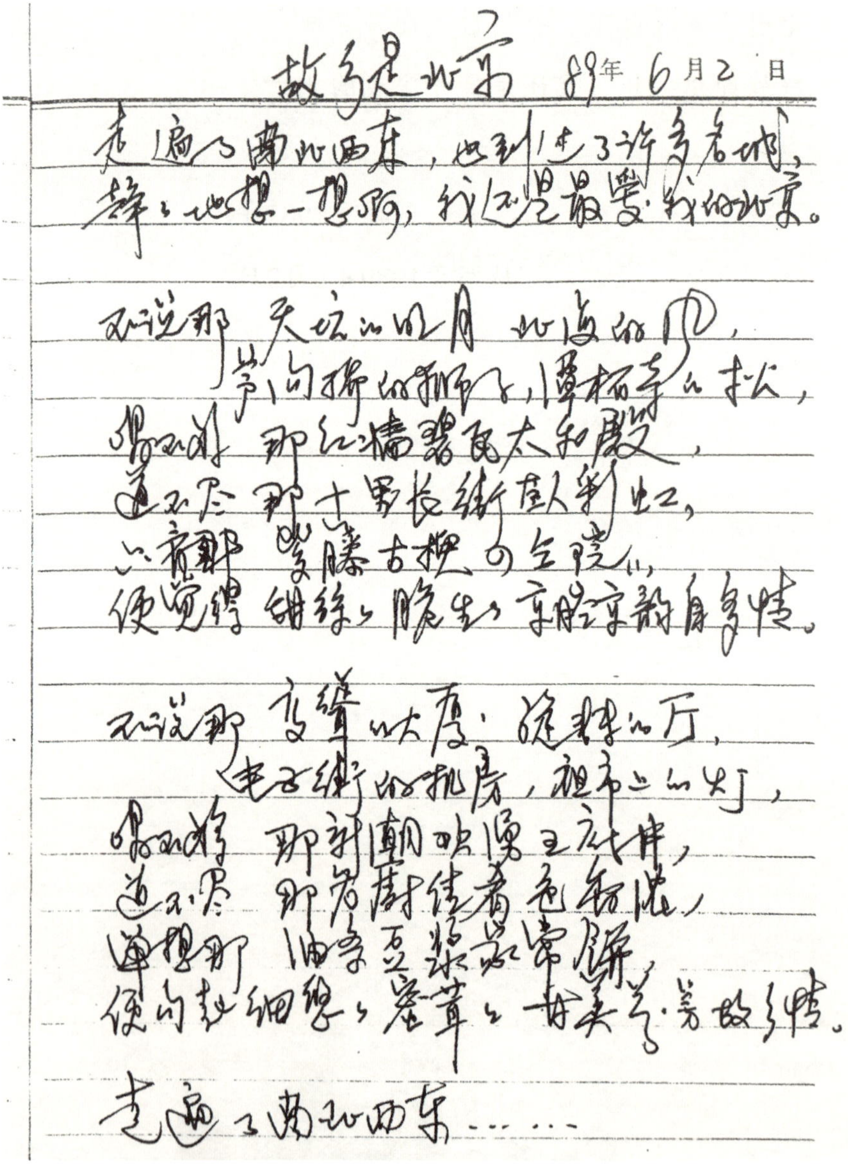

故乡是北京　89年　6月2日

走遍了南北西东，也到过了许多名城，
静静地想一想啊，我还是最爱我的北京。

不说那　天坛的明月　北海的风，
卢沟桥的狮子，潭柘寺的松，
唱不够　那红墙碧瓦太和殿，
道不尽　那十里长街卧彩虹，
只看那　紫藤古槐四合院，
便觉得　甜丝丝　脆生生　京腔京韵自多情。

不说那　高耸的大厦　旋转的厅，
电子街的机房，程控的灯，
唱不够　那新潮吹响王府井，
道不尽　那京剧传着[illegible]，
单想那　油条豆浆[illegible]，
便[illegible]细丝丝　[illegible]　故乡情。

走遍了南北西东……

◎《故乡是北京》手稿

》创作历程

说起京味儿歌曲，永远不能忘记一个久未露面的人！那就是20世纪80年代北京电视台文艺部的一位年轻女导演——谢鑫。1987年，谢鑫找到大家非常熟悉的、北京电视台的老朋友阎肃老师，和阎老商量能否创作一些非常有北京特色的作品。阎肃听了谢导的想法，立即对谢导说："新鲜，容我琢磨一下，然后再联系。" 阎肃是一贯具有挑战性思维的，喜欢发掘新事物，虽不喜欢随波逐流，但从不无原则地厌恶新鲜的文艺创作。

快到六十岁的阎肃，在这之前，主要从事戏剧、歌剧、京剧样板戏的创作，也已经有了很多部成功的剧作和歌曲。京剧、昆曲、京韵大鼓、曲剧、小品、相声，这些历史悠久的具有北京独特地方色彩的文化遗产是宝贵财富，阎肃非常喜欢，也非常热爱，虽然他算不上是很老的"老北京"，但他的老家也是北京的近邻，且他在北京生活了几十年之久，真是一份巧合的情缘。

创作京味特色的作品？他掐指细数，唯独还缺少一些有京味儿戏韵特色的歌曲！他喜欢北京，热爱北京，北京的一切于他都是独一无二的，几十年的观察，他对北京的了解已如数家珍；他的青少年时期是在四川重庆度过的，它虽与北京相距遥远，却也饱含着厚重的历史，奇妙的是恰恰与北京官话又是同属于一个语系，阎肃具备了最优越的创作条件，所以他愿意接受谢导的邀约。

他深思熟虑并坚定写京腔戏韵歌曲想法的信心以后，立即将心意传递给了谢导，谢导说："我满怀信心，等待好消息。"

接下来最重要的是必须找到一位既有文化基础又善于学习，既思维灵活又不拒绝戏曲，而且遇事好商量的曲作者！思来想去，身边的姚明可能比较合适。因为沈阳空军文工团撤编，姚明有机会调过来，虽然还没有过成功的作品，但他在乐队当过指挥，到沈阳音专进修过作曲，还学会了编曲配器，比较全面。姚明很活跃，给人感觉也很聪明，爱逗笑话，经常“弄个顺口溜”就将大家逗得哈哈大笑。虽然调来时间不长，但是和大家融合得很好。他一心只想搞创作，说是向阎老爷子学习，这真是天作之合！阎肃找到姚明，说明想为北京电视台写北京韵律的歌曲，想让他来作曲，姚明非常爽快，说：“那些戏曲我也喜欢，一板一眼地也明白一点儿！放心吧！瞧好儿吧！”

阎肃创作的第一首京味歌词是《故乡是北京》，灵感来源于70年代的老华侨赵浩生先生。赵先生于1952年去美国留学获博士学位后受聘耶鲁大学任教。当我们国家走出了三年困难时期，经济状况得到基本恢复，国民生活不断好转，国家开始开放的时候，赵先生回到祖国访问。祖国的和平、北京的亲切、祖国人民对生活稳定的“知足感”和“幸福感”深深感动着他，并使他铭记在心。对祖国的怀念，让他在后半生回国访问几十次，或者说无数次更准确。他当过记者，也写过很多文章，并且到处做报告，发表演讲，激发了无数海外游子报效祖国的意念和决心。他不断地介绍和宣传中国，为扩大中国在国际上的影响，为中国的文化、艺术、学术及经济等方面的国际交流做出了积极的贡献。1987年，阎肃再次看到赵浩生老先生的消息时又生感慨，感慨赵老先生身在国外，心里始终装着祖国，惦记着故乡，所以那天晚上他就写出了《故乡是北京》，这也成为阎肃创作的第一首京韵歌词!

第一位看到歌词的当然是我，第二位是谢鑫导演。谢导拿着词稿喜上眉梢，姚明在歌词得到谢导的赞许之后拿到歌词，聪明的他也是做足了功课，有备而行。他充分领会了歌词的意蕴，温习、吸收了京剧的板腔元素及京韵大鼓的韵律和曲风，将这两宗足够强大的声韵元素揉在了一首歌曲中展示北京的特色，足矣！姚明是个快手，当他拿着小样找到阎老，唱给阎老听时，仅一遍就得到阎老的认可。当时，两位就商定由团里的通俗歌手安冬演唱，安冬的试唱、录音也都受到好评。

1989年，阎肃参与中央电视台新年晚会的策划与撰稿，同时也将《故乡是北京》这首歌推荐给了袁德旺导演。袁导很喜欢，满意这个题材，但是袁导觉得这首歌用民族唱法更恰如其分，更能充分反映它的主题，所以最后选定李谷一演唱这首歌。谷一本来就有丰厚的戏曲功底，任何一首歌到她手中，都能演绎得与众不同。在中央电视台“难忘1988”新年晚会上，李谷一演唱了《故乡是北京》。一袭红色旗袍，开口“走过了南北西东 ——”，甜丝丝，蜜茸茸，那柔柔的情，那深深的意，顿时引起叫好声一片，一时间引起巨大的轰动。从此，《故乡是北京》成为李谷一演唱的代表曲目。

创作北京特色作品的创意发起者是谢鑫导演，创作京韵歌曲的开拓者是阎肃同志，创作京味戏韵歌曲作曲界的先行者应该是姚明和冯世全两位同志。

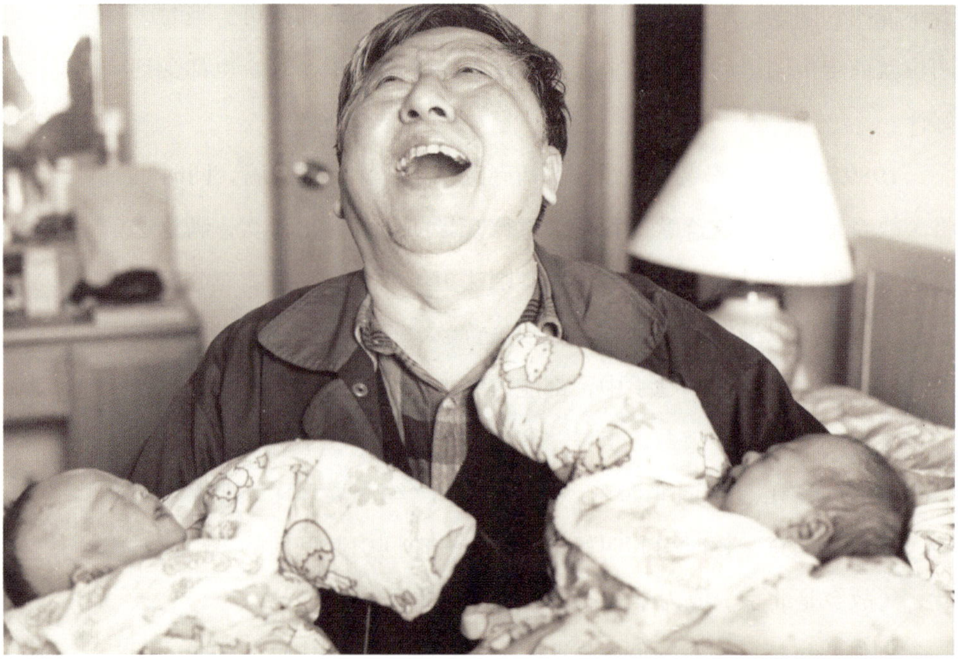

◎阎肃喜得外孙、外孙女

31 / 雾里看花

雾里看花　水中望月
你能分辨这变幻莫测的世界
涛走云飞　花开花谢
你能把握这摇曳多姿的季节

烦恼最是无情夜
笑语欢颜难道说那就是亲热
温存未必就是体贴
你知哪句是真　哪一句是假
哪一句是情思儿凝结
借我借我一双慧眼吧
让我把这纷扰
看个清清楚楚明明白白真真切切

借我借我一双慧眼吧
让我把这纷扰
看个清清楚楚明明白白真真切切

1993年6月28日

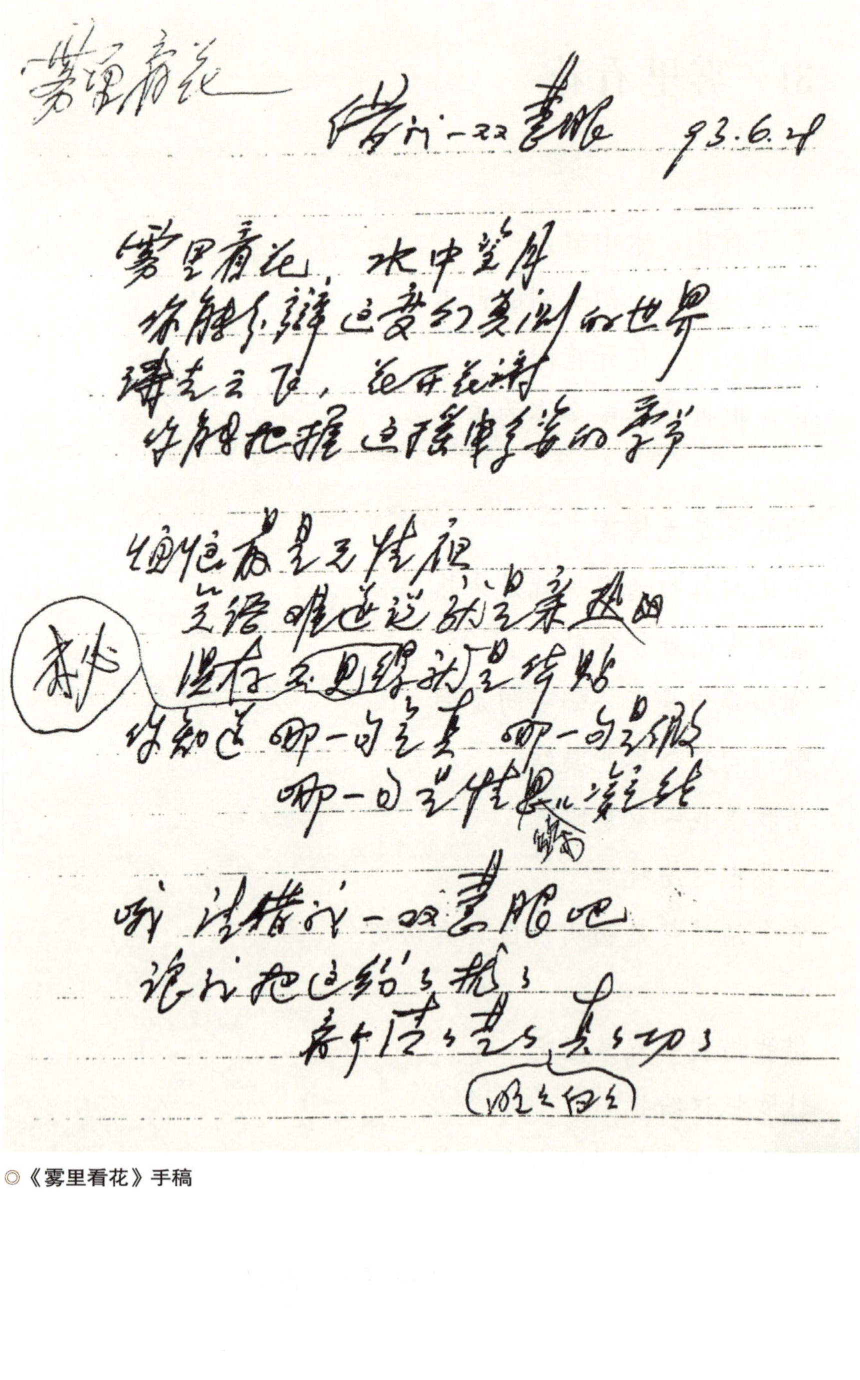

雾里看花

借你一双慧眼　93.6.28

雾里看花，水中望月
你能分辨这变幻莫测的世界
涛走云飞，花开花谢
你能把握这摇曳多姿的季节

烦恼总是无情
笑语难道说就是亲热
温存未必就是体贴
你知道哪一句是真　哪一句是假
哪一句是情丝凝结

我　请借我一双慧眼吧
让我把这纷纷扰扰
看个清清楚楚真真切切
（明明白白）

◎《雾里看花》手稿

»创作历程

1993年3月15日，《商标法》颁布十周年之际，央视经济部拟举办一台纪念晚会，阎肃参与策划了这台晚会。讨论中他建议：写个打假的歌吧。导演觉得很有必要，随即组织人去写。十余天过后，反馈回来的意见说："没法写，谁出的主意让谁去写吧。"就这样，写"打假歌"的任务就又回到了提倡议的阎肃老爷子手中。

那时候人们反映最多的假冒商品是化肥、农药等，但阎肃想，总不能写"化肥是假的，农药是假的，皮鞋是真的"吧？想来想去，突然想到了他曾经看过的川剧《白蛇传》中有韦驮踢"慧眼"的情节，灵机一动，说："识别真假也应该有慧眼啊!"于是，"借我借我一双慧眼吧，让我把这纷扰看个清清楚楚，明明白白"的歌词一气呵成，顺势而出了。

"雾里看花，水中望月"原本是说明，那些假冒伪劣产品形式上的变幻莫测会让人眼花缭乱，却不曾想到，因为他用词灵活多变，又贴近生活，无意中让人们产生了情与爱的揣摩、猜测。也有人说，从歌词里看出"禅机"，能从中悟出人生哲理。那就只能顺应人意了。这本是一首打假歌曲，却被当成情歌唱红了，无意间也让歌手那英的歌唱事业攀登上了又一层高峰。

中国文联原副主席、文化部原副部长陈晓光说："《雾里看花》这首歌好就好在它有不确定性，不管是什么经历、什么年龄、什么阶层的人，也不管他们受过什么教育，每个人都能从那'不确定性'中得到启迪，受到引导，而且能够明明白白。"

歌名原本叫《借我一双慧眼》，可是因为这歌真是太受欢迎了，唱着，唱着，歌名就很自然地变成了《雾里看花》。

总之，这首歌词中蕴涵的哲理十分丰富，语言生动、贴切，耐人寻味，酣畅淋漓又和谐舒畅，十分精彩。

◎阎肃一家受邀北京电视台

32 / 马字令

踏花归去马蹄香
金马献瑞出东方
天马行空胸怀广
宝马银鞍征路长
烈马红鬃声威壮
骏马飞驰意气扬
一马当先精力旺
万马奔腾国运昌
马到成功喜从天降
龙马精神激穹苍
千军万马同心闯
万户千家马年吉祥

创作于1990年9月9日

抄写于2001年12月2日

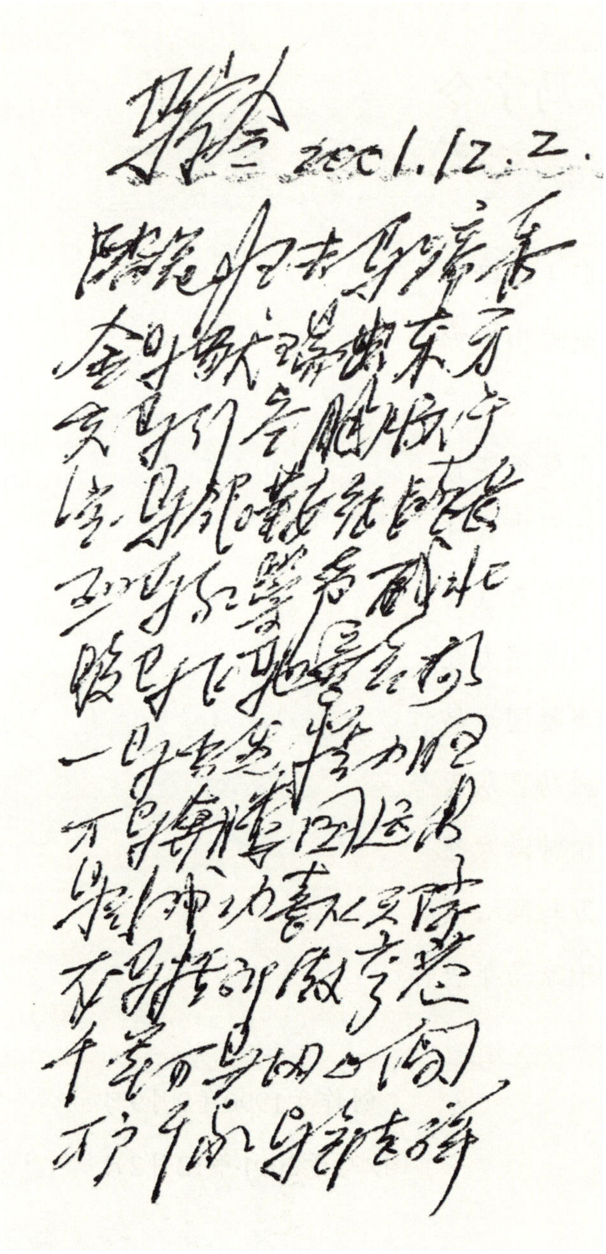
马字令 2001.12.2.

◎《马字令》手稿

》创作历程

1990年，正是马年！那年的央视春晚由阎肃担任撰稿兼策划，他创意了一个歌曲大联唱节目：《马字令》。

《马字令》从《我骑着马儿过草原》《马儿啊，你慢些走》《三套马车》《女驸马》《我为祖国献石油》《敢问路在何方》《康定情歌》《放马山歌》《三套马车》《马铃儿响玉鸟儿唱》《骑马挎枪走天下》《铃儿响叮当》《武家坡》等17首歌曲中选取带有“马”字的唱段，由十六位表演者联袂演出。每位演唱者既要唱得好，又要善于表演；既要有激情，又要得心应手地表现歌曲的片段。经过精挑细选，胡松华、彭书民、张暴默、杨学进、姜昆、刘伟、唐杰忠、刘秉义、刘斌、马玉涛、苏红、罗宁那、陈佩斯、牛群、赵莉被选定为该节目的表演者。张暴默因为当时演唱热播电视剧《西游记》的主题曲《敢问路在何方》而备受观众瞩目，所以两次出场。十六位大腕串烧演唱了十七首带有马字的歌曲，十分悦耳，让大家耳目一新。

《马字令》这种歌曲联唱形式，在阎肃参与的几十台大型节目中，只展露过一次，其实阎肃真是编排歌曲联唱的专家能手。早在60年代初，每次休假，我们俩都要去北海公园，坐在柳荫下看着那些游船，观察那游船的千姿百态。这时，阎肃往往就会哼出好多不同的歌，连接得特别好，特别舒服，其实就是歌曲大联唱。这种小资式的享受，持续到1966年下半年。之后没有那么轻松和悠闲了，也就再没有周末去民族文化宫听中央乐团音乐会的机会了！再后来，需要他的任务越来越多，而且多是部队、国家部委、央视主办的大型活动，直到他生命的最后。

33 / 春来沙家浜

（电视剧《沙家浜》主题歌）

有的往事可能遗忘
那段情缘却缠绕在心上
有的歌曲已不再会唱
那动人的音调却回荡耳旁

春梦无痕　秋月如霜
总想追忆　更觉迷茫
可是你那俊俏的模样
时常在我心中徜徉

垒起七星灶　　铜壶煮三江
摆开八仙桌　　招待十六方
芦苇青青　　碧波荡荡　　鱼米稻花香
杨柳青青　渔歌朗朗　　春来沙家浜

2008年7月

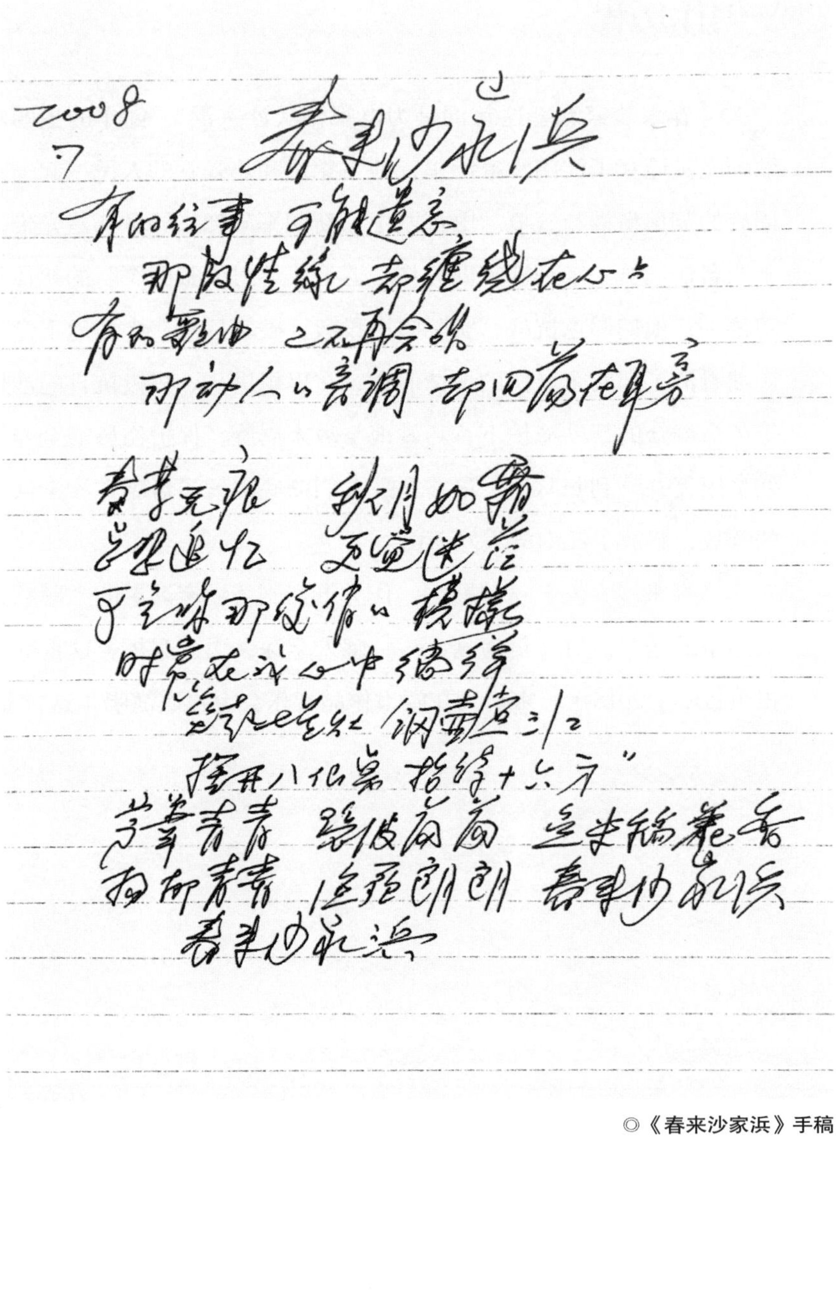

2008.7
春来沙家浜
有的往事 可能遗忘
那段情缘 却缠绕在心上
有的歌曲 已不再会唱
那动人的音调 却回荡在耳旁
春来沙家浜

◎《春来沙家浜》手稿

》创作历程

《春来沙家浜》这首词是为电视剧《沙家浜》创作的主题歌，歌词完美诠释了江南沙家浜里，地下党员和热爱党的人民一起与敌人周旋的英勇精神与气概。电视剧中，新四军某部指导员郭建光带领着十八名伤病员，来到沙家浜养伤，遇上了“忠义救国军”的胡传魁与刁德一，他们假意抗战，实际暗中投敌，破坏抗战。中共地下党员阿庆嫂看清了那两个家伙的虚情假意，在思想进步、积极抗日的沙奶奶等革命群众的帮助掩护下，巧妙地与敌人周旋，保护伤员安全养伤，伤员康复并顺利归队后，最终和战友们彻底消灭了盘踞在沙家浜一带的顽敌，解放了江南的大好河山。

《春来沙家浜》这首歌词，作为电视剧《沙家浜》的主题歌，加上沛东的谱曲，更显得磅礴大气，感人至深，引人遐想。这首歌由宋祖英首唱。2015年，宋祖英在阎肃作品音乐会上再次演唱了这首歌。

◎阎肃夫妇共享天伦之乐

34 / 亲亲的茉莉花

古老的东方　有个少女　名叫茉莉花
太阳抚着她　月亮抱着她　春风雨露轻轻吻着她
她不爱奢侈的宫殿　艳丽的装扮　金饰的繁华
只将一片芳心　一腔爱恋　送给千万百姓家

啊 茉莉花　亲亲的茉莉花
我爱你秀丽淡雅　洁白无瑕
茉莉花　亲亲的茉莉花
伴着你的清香　带着你的甜蜜
我走遍了天涯

1993年8月3日

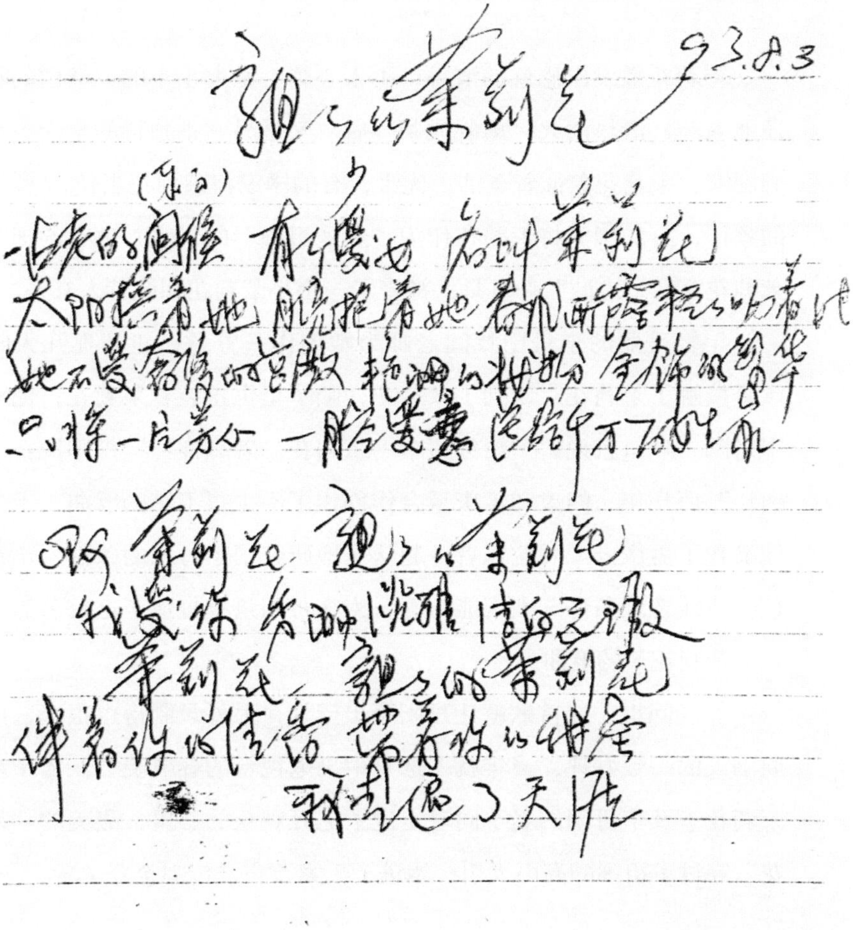

亲亲的茉莉花　93.8.3

一片绿的山坡　有个姑娘　名叫茉莉花
太阳照着她　月亮抱着她　春风露水轻轻吻着她
她不爱荣华的宫殿　艳丽的妆扮　金饰的繁华
只将一片芬芳　一腔爱意　洒落在大地
呀　茉莉花　亲亲的茉莉花
我爱你　秀丽淡雅　清白无瑕
茉莉花　亲亲的茉莉花
伴着你的清香　带着你的牵挂
我走遍了天涯

◎《亲亲的茉莉花》手稿

»创作历程

茉莉花散发出悠悠的清香，沁人心脾，她那小小的、洁白的花朵还能入药，清热清火。熏制成茶叶后，又是另一番独特的享受。在我们国家，茉莉花象征着圣洁、优雅，有的国家将茉莉花当作“爱情”的象征，有的国家将茉莉花作为“热爱祖国”的代表，也有的国家用茉莉花寓意“忠诚”。真是太神奇了，小小茉莉花如此惹人喜爱。

年轻美丽的李丹阳找阎老师为她创作一首歌，正巧那几天阎老频繁接触了茉莉花，谈到了茉莉花，脑子里也正装着茉莉花，他对着李丹阳，顺口就说：“给你写个‘茉莉花’怎么样？”丹阳说：“好啊！”那几年，阎肃和孟庆云合作创作了不少很不错的歌曲，于是，他又找了孟庆云。两位作者一起认真地研究了李丹阳的条件、声音特色、声线音域条件、表现能力等，为李丹阳量身打造了这首名为《亲亲的茉莉花》的歌曲。

一经问世，这首歌就让丹阳喜出望外，另外录制得也很好，得到周围人的一致好评，当年就入选了中央电视台的春节晚会。《亲亲的茉莉花》及李丹阳的名字同时走进了亿万观众的心里，甜美的“茉莉花”穿过了祖国的高山大川，飘进了千家万户，传唱至今。

◎阎肃夫妇共享天伦之乐

35 / 月季赞

小小月季花　清香又淡雅
不求富贵与奢华　只爱寻常百姓家
俏俏月季花　不负好年华
不辞辛苦与劳累　年年月月总开花
装点九城春光好

任风刀霜剑相摧打　断枝偏能绽新芽
用生命装点江山如画
平平淡淡里　伴明月　迎朝霞
俏俏月季花　花开满京华
不求人夸好颜色　只愿默默常奋发
平平淡淡里　含笑眼　望天涯

装点九城风光好　年年月月总开花
任风刀霜剑不惧怕　断枝偏能绽新芽
簇拥着平安大道一路奋发　伴明月　迎朝霞

俏俏月季花　花开满京华

不求人夸好颜色　　平平淡淡里含笑望天涯

1998年12月7日

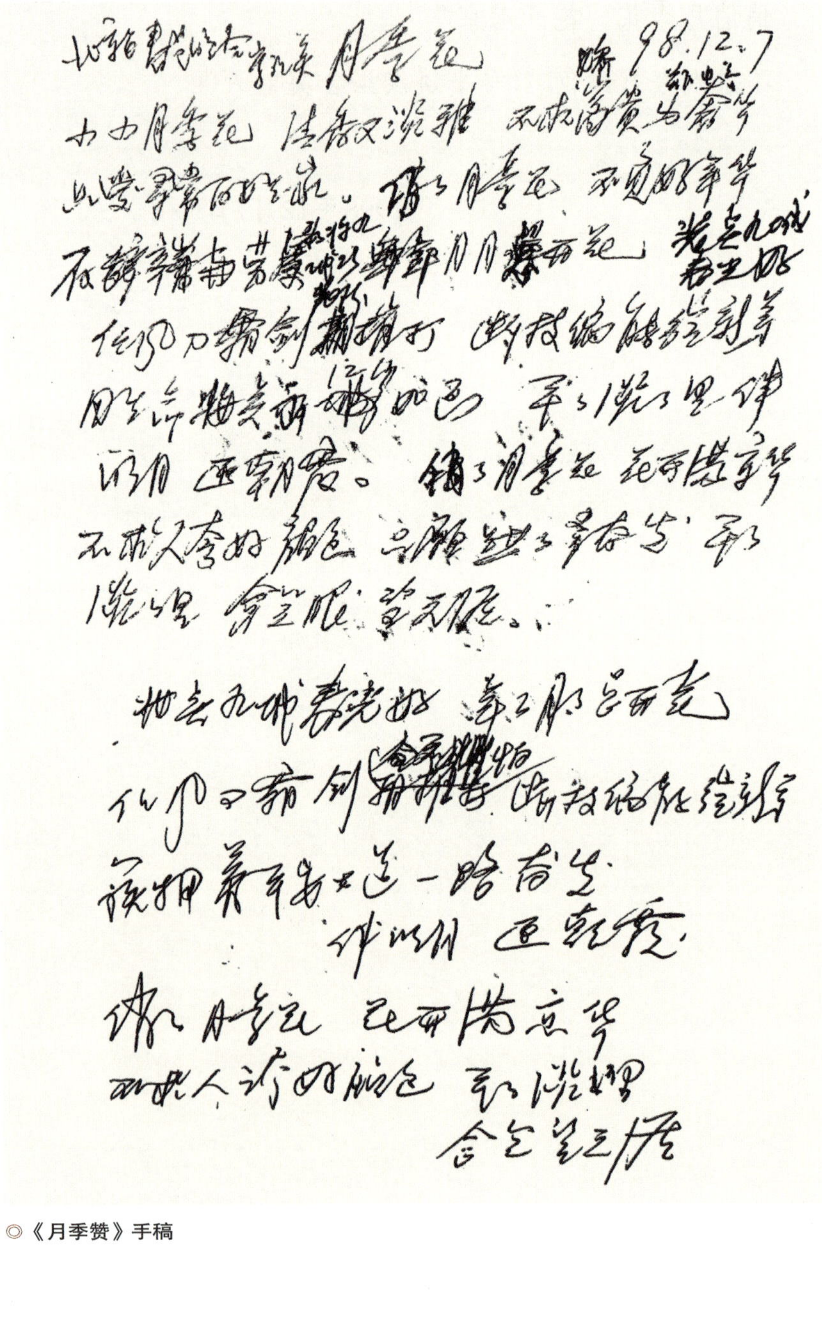

◎《月季赞》手稿

》创作历程

月季花，是中国十大知名花卉之一，在中国已有千年以上的悠久历史，俗称“花中皇后”。夏季到了，一簇簇的月季花竞相争艳，其花色繁多、花容秀美最是引人瞩目。更为独特的是月季花月月盛开，又不怕日晒雨淋。烈烈阳光下，她昂首怒放争奇斗艳；蒙蒙细雨中，她花瓣微露暗香频传。月季花，月月展现她的美艳，不惧风吹雨打，傲然屹立。谁能媲美？谁与争锋？

吕薇是海政文工团的声乐名家，牢牢位列民族唱法前排的歌唱家，但她一直坚持请老师指导，非常勤奋刻苦，所以她的音韵得以长久的保持。

1998年，月季花被选为北京市的市花，并准备以此为主题筹备北京市市歌的创作事宜，邀请吕薇演唱，并拜托吕薇邀请阎老作词。吕薇向阎老转达了组委会的邀请后，阎老欣然答应。

创作完成以后，北京市选定《月季赞》为北京市市歌，北京电视台《春节晚会》剧组选定北京市歌《月季赞》作为当年春节晚会的一个节目，由著名歌唱家吕薇演唱。

◎阎肃与外孙、外孙女

36 / 马兰谣

（又名《大漠深处》）

有一种花儿　名叫马兰
你要寻找她　请西出阳关
伴着那骆驼刺　扎根戈壁滩
摇着驼铃　听着鹰笛
　　敲醒了黄沙漫漫灰蒙蒙的天

有一个地方　名叫马兰
你要寻找她　请西出阳关
丹心照大漠　血汗写艰难
放出银星　舞起长剑
　　撑起了艳阳高照晴朗朗的天

哦　马兰　哦　马兰
一代代的追寻者　青丝化作西川雪
一辈辈的科技人　深情铸成边关恋
青春无悔　生命无怨
莫忘一朵花儿　叫马兰

1987年7月17日

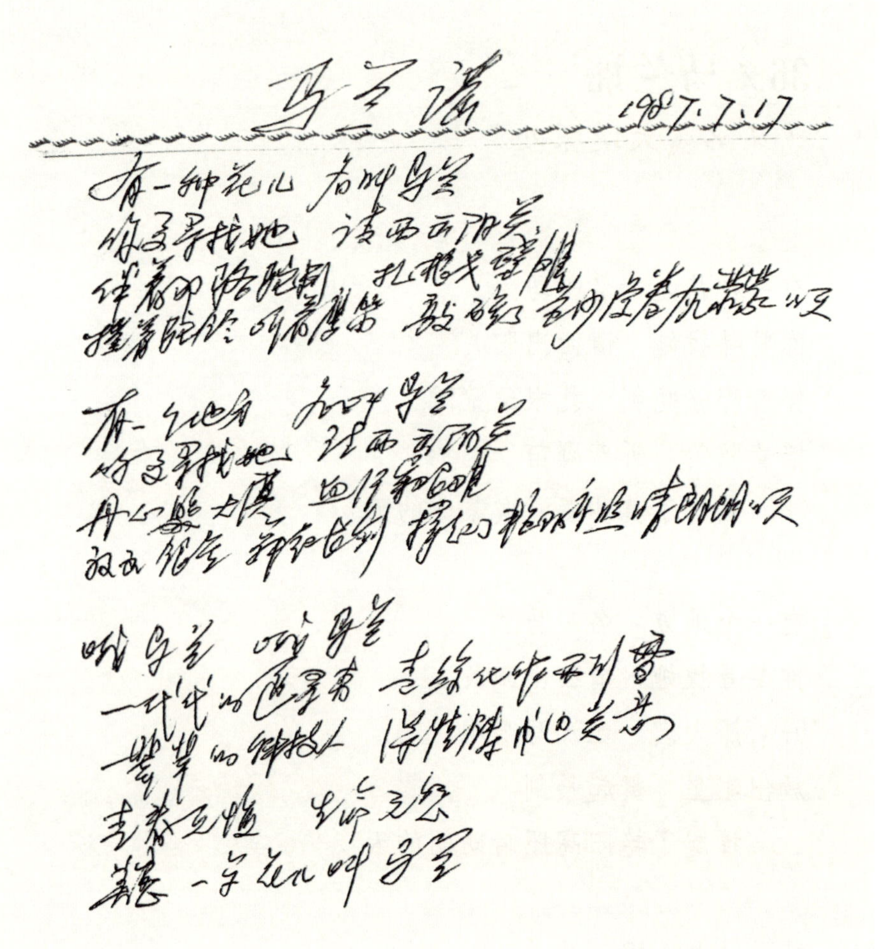

马兰谣 1987.7.17

有一种花儿 名叫马兰

你要寻找她 请西出阳关

有一个地方 名叫马兰

你要寻找她 请西出阳关

啊马兰 啊马兰

◎《马兰谣》手稿

»创作历程

20世纪80年代，阎肃去西部采风，他见到了那里驻守着的部队战友和许多的科学技术人员，其中很多人从50年代始就驻扎在那片非常艰苦的土地上，为祖国的国防事业、为祖国科学技术的发展默默无闻地奉献着。

1964年，阎肃曾独身一人，于零下四十度的极度寒冷中，在大卡车上度过了十八个日夜后到达西藏海拔五千米的高寒空军气象站，艰苦程度可想而知，但西部罗布泊地区的马兰被誉为“死亡之海”，其艰苦程度比西藏有过之而无不及，能奔赴那里并一辈子在那里工作的同志，都是胸有乾坤之气概、满腔报国志之胸怀的英雄与勇士。一贯的责任感、一贯的担当精神、一贯深厚的家国情怀早已让阎肃内心沸腾。回到北京，他一直在酝酿、总结西部采风的体验，终于在1987年7月17日写出了《马兰谣》。这首词“冷藏”了二十多年，后来一部颂扬科技人的大型专题片以原创《马兰谣》作为主题曲，由印青作曲，毛阿敏演唱。

2009年策划大型节目《复兴之路》时，阎肃、印青二位都觉得需要一首歌颂科技工作者的歌曲，想来想去还是觉得《马兰谣》从内涵到形式都非常合适，歌曲的名字改成《大漠深处》，配上印青的旋律，非常优美，有意境。这是一首好歌！

37 / 五星邀五环

五星邀五环　北京连四海
中国正开放　长城敞胸怀
啊　神圣的火炬高高燃起
　　染红万里霞彩
啊　光荣的旗帜高高飘扬
　　捧出儿女心中的爱
告诉蓝天　告诉大地
　　我们奔跑向未来
告诉世界　告诉岁月
　　我们冲刺向未来

五星邀五环　长江连四海
中国正开放　峨眉敞胸怀
啊　和平的白鸽高高飞翔
　　迎接振兴新时代
啊　友谊的鲜花高高举起
　　欢呼健儿勇夺金牌

告诉蓝天　告诉大地

　　我们奔跑向未来

告诉世界　告诉岁月

　　我们冲刺向未来

1992年8月28日

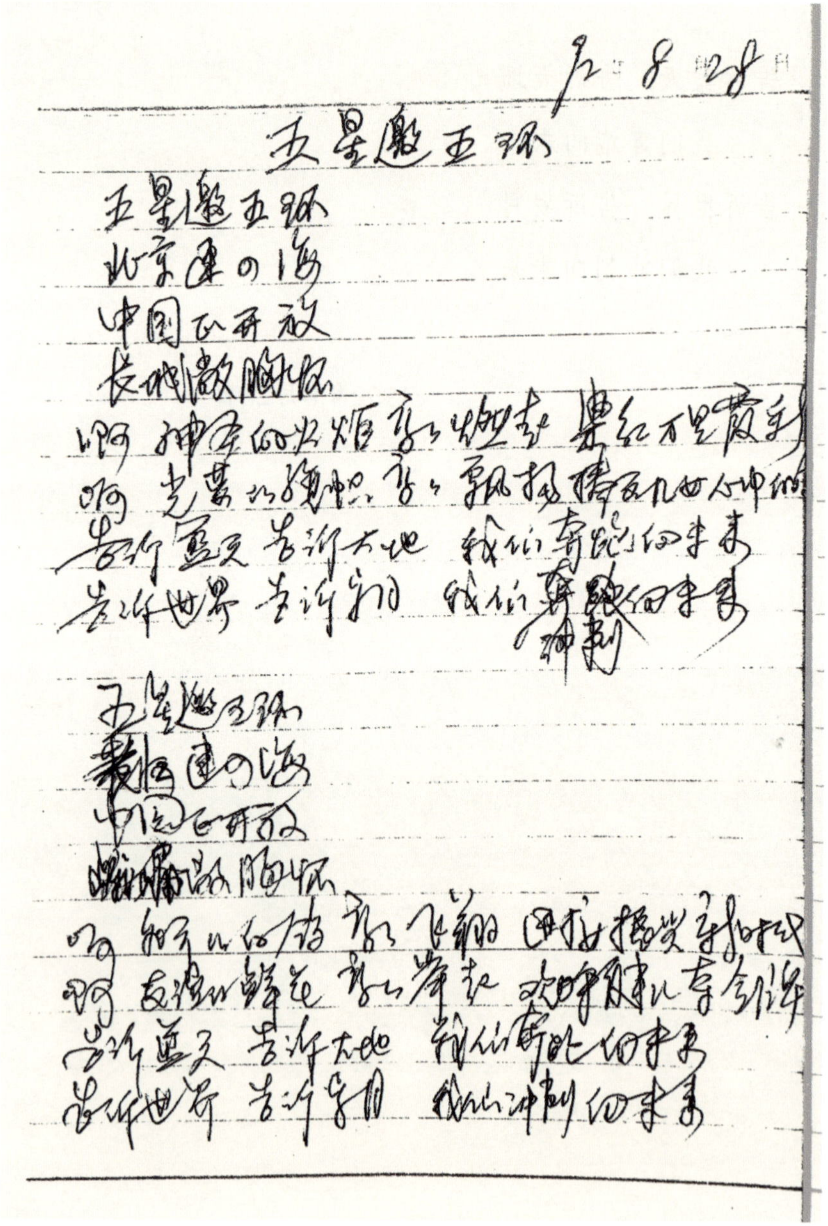
五星邀五环
五星邀五环
北京连四海
中国已开放
长城敞胸怀
告诉蓝天 告诉大地 我们奔跑的未来
告诉世界 告诉岁月 我们冲刺的未来
告诉蓝天 告诉大地 我们奔跑的未来
告诉世界 告诉岁月 我们冲刺的未来

◎《五星邀五环》手稿

》创作历程

奥林匹克运动会，原本是一个古老的传说，是一种运动和宗教的庆典，从公元前776年至公元393年，都是在古希腊的奥林匹亚这个城市举行。当年的古希腊充满了战乱、角斗 。随着社会的不断前进，奥林匹亚由为准备兵源的军事训练和体育竞技逐渐变为和平与友谊的运动会。早在二百多年以前，中国也曾经接到过邀请。直到1907年，了不起的教育家、南开校长张伯苓先生，建议中国参加奥运会并发表演说，1922年曾有中国人当选国际奥委会委员。新中国与奥运会结缘是从1984年洛杉矶奥运会开始的。在这届奥运会上，中国射击运动员许海峰以五百六十六环的优异成绩，获得了中国在奥林匹克运动会上的第一枚奥运冠军奖牌，实现了“零的突破”，祖国的五星红旗高高飘扬在了奥运会场上。

随着中国日新月异的发展，中国人民对在中国大地举办奥运会的呼声和企盼越来越高，北京向国际奥委会递交了申请 。

1993年，第七届全国运动会征集会歌时，阎肃一时兴起，将我们中国正在向全世界开放的气势，我们全中国企盼举办奥运会的真诚意愿，我们举国上下同心协力齐努力的优势，借“七运会”展示给了全世界 。

阎肃满怀深情，写出了充满青春与阳光、企盼与自信的高昂向上的七运会歌词。

由老搭档孟庆云谱曲，《五星邀五环》被征歌组委会一致选中为七运会会歌，在七运会开幕式上由韦唯和刘欢演唱了出来，代表全中国人民向世界传递了中国北京对举办奥运会的热望。

◎阎肃的外孙与外孙女

38 / 变脸

脑壳一转　面孔说变就变
眼睛一眨　不过瞬息之间
名扬四海　赞叹川剧变脸
搞不清楚　到底有啥机关
　哈　变变变　如闪电　难者不会　会者不难
欣赏之余想一想　这个功夫不简单

接连变换　那叫神气活现
红黄白蓝　简直变化多端
技巧不断发展　衣钵相传根基全在四川
哈　变变变　好浪漫
难者不会　会者不难
惊诧之余想一想　这个水平不一般

冷静一看　身旁也有脸在变
油盐酱醋　都现在脸蛋上边
竹笋壳壳　拿来装脸面

任剥千层　生要去高攀

哈　变变变　巧装扮

难者不会　会者不难

旁观之余想一想　有些面孔要戳穿

2001年9月17日

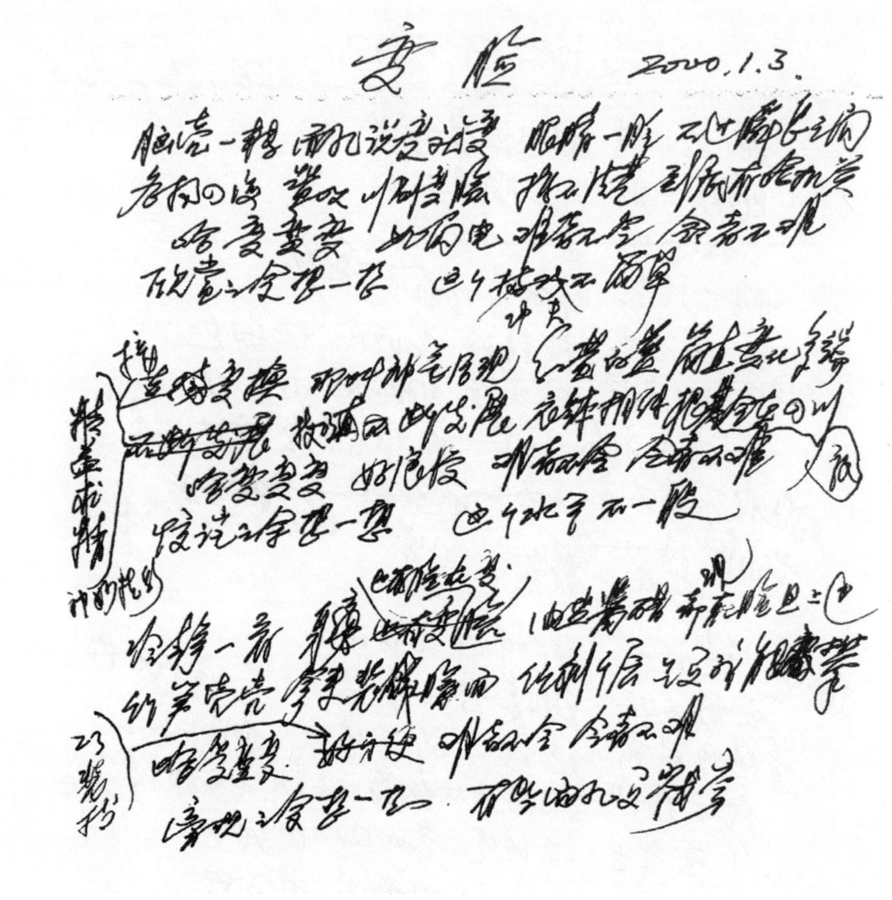
变脸 2020.1.3.

◎《变脸》手稿一

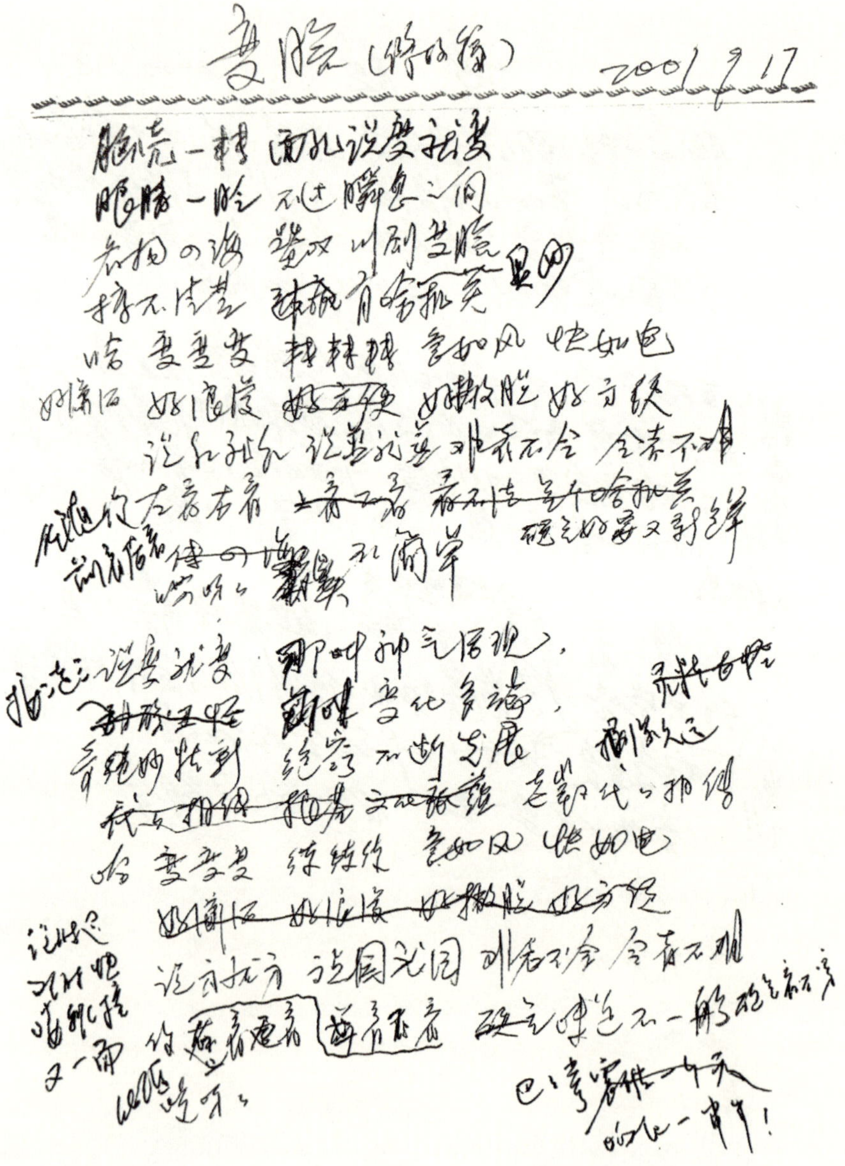

变脸（修改稿） 2001.9.17

脸谱一转 面儿说变就变

眼睛一眨 不过瞬息之间

◎《变脸》手稿二

》创作历程

变脸原本是我们国家少数地方戏曲中独有的一种特技表演，历史悠久。变脸在川剧中采用得比较多，最早的时候，多是用于神怪出场的剧情，给人一种神奇、惊叹的感觉，喜欢！随着时代的发展，变脸逐渐演变成现场表演，而且不再拘泥于川剧，很多剧种都采用了变脸这种奇妙的绝技。变脸的出现，增加了戏剧的奇妙效果，让人常看常新，耐人寻味。变脸成为中华民族传统文化的标志！

2000年，空政文工团带着歌剧《江姐》回到重庆，这是一个重要的任务，阎肃也非常愿意随团一起前往。

重庆，西南地区的重镇，是阎肃生活了十五年的第二故乡。在重庆，他经历过流离失所，经历过战争，目睹了国民党的残暴及其末日的垂死挣扎；重庆解放几个月后，重庆大学的学生阎肃积极响应祖国的号召，舍弃心爱的大学生活，听从祖国分配，报名参加新中国的建设。

这次随《江姐》剧组完成演出任务，从重庆回到家里后，他是很高兴，但又像有满肚子的心事。一问才知道原委。他说："回去这一趟，真是感觉岁数大了，怎么勾起了那么多的回忆？你说，假如当初没有重庆的这段生活经历，没有南开，我怎么会有这么好的文化基础和文艺基础？假如没有重庆大学，我怎么能那么准确地一脚就迈入这艺术的门槛？肯定和南开、和重庆大学有关系，你说对吧？！""那当然。肯定正确，你和孙凡（我们的老战友、老朋友）都是同时期报名参加革命的，那时候，刚刚解放，国家百废待兴，你们这些高中生、大学生，正是当时国家最需要的知识分子啊！"

没过几天，他叫着我，说："你来看看，怎么样？"我就知道又写了一首词，走过去一看：“变脸！”我说：“好！有意思！”他说：“我先放着，不着急。现在还没有想好给谁唱合适。”《变脸》的诞生，就是因为他又回到了“故乡” 触景生情，万千思绪成为他进行艺术创作的“源头活水”，让他“妙笔生辉”地描画出了生动有趣的生活——《变脸》！

39 / 魅力保定

（又名《保定　我的家乡》）

好一座大方厚道　坦坦荡荡魅力的城
你是我的家乡　我的依恋　我的深情
想着你那悠久岁月　灿烂文化　我常感自豪
想着你这蓬勃朝气　崭新面貌　我更觉光荣

好一个慷慨悲歌　昂昂扬扬英雄的城
你是我的亲人　我的至爱　　我的真情
捧着你那壮阔胸襟　豪迈气象　我顽强奋进
发扬你的拓展胆魄　腾飞壮志　我高歌前行

啊　我的家乡山河　我的父老乡亲　姐妹兄弟
我永远为你歌唱　带着我的生命　我的忠诚
　　我的热爱

2011年3月12日

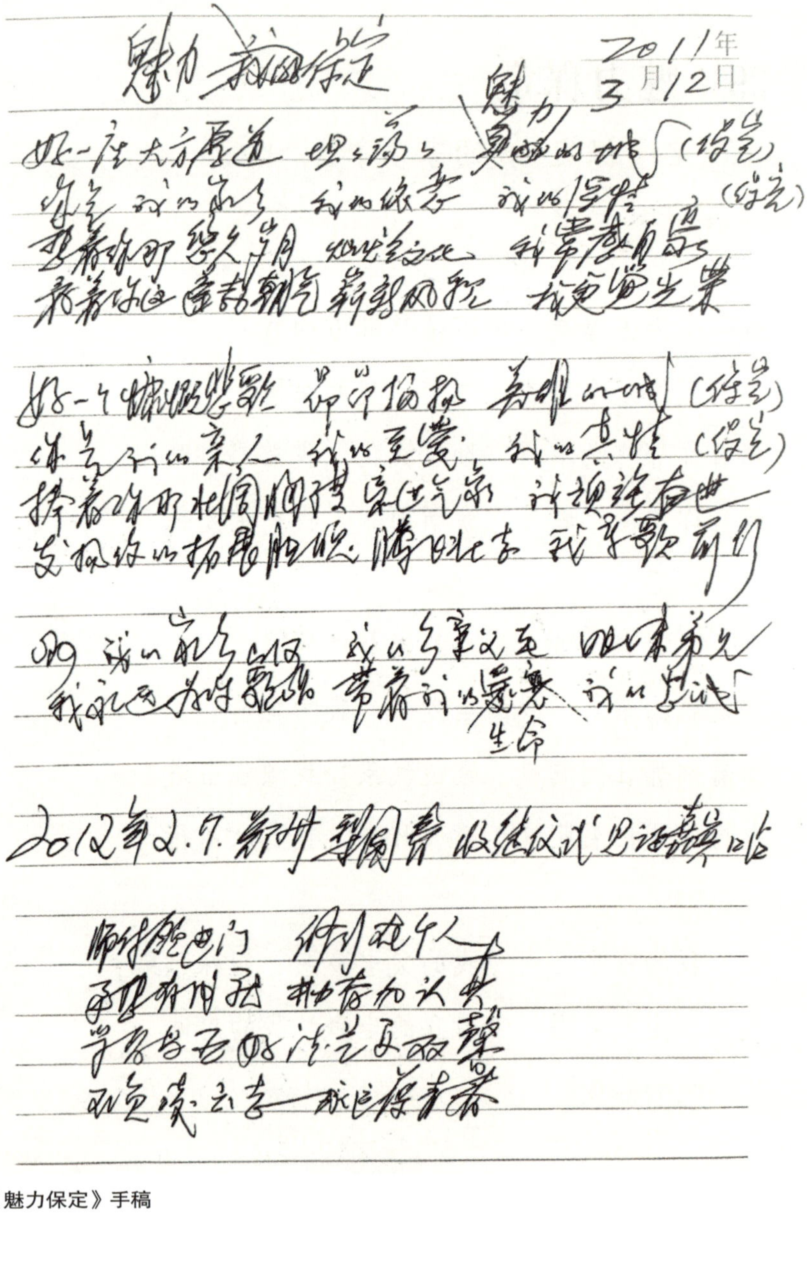

魅力保定

2011年3月12日

◎《魅力保定》手稿

》创作历程

1930年5月，阎肃出生于保定东大街，保定莲花池小学也就是现在的保师附校，是他人生教育启蒙的起始地。由于工作等各种原因，阎老回家乡的机会很少，但他始终关心着家乡的发展，也从不同渠道关注着家乡的变化。每每听到母校、家乡的变化与进步，他都久久不能平静。激动、幸福、自豪，激励他努力前行。他说，如果能有来世，他一定还要生在保定，还要在保师附校上学，来享受母校这样的笃行践学。这是他的心里话，老天没有给他机会对老师们、亲爱的校友们亲自说出自己的心里话，他一定觉得很遗憾，今天我替他说了，他会知道的，也会很满足！今天的保师附校永远是他心中的骄傲。

◎阎肃夫妇与赵丽蓉

40 / ESHTTC校歌

我们的学校　名字很长很长

我们的使命传承很久很久

昆玉河畔的明珠　活力很旺很旺

天高海阔的胸襟　积淀很厚很厚

典雅的庭院　蜿蜒曲水流觞

明亮的教室　亲近良师益友

ESHTTC校标　似人　似桥　似弓

成才　成功　发展永远萦绕心头

笃行求知超越自我　乘风破浪急水行舟

地久天长再回首　很多很多青春都从这里带走

很甜很甜岁月　都在这里追求　都在这里追求

创作于2008年7月4日

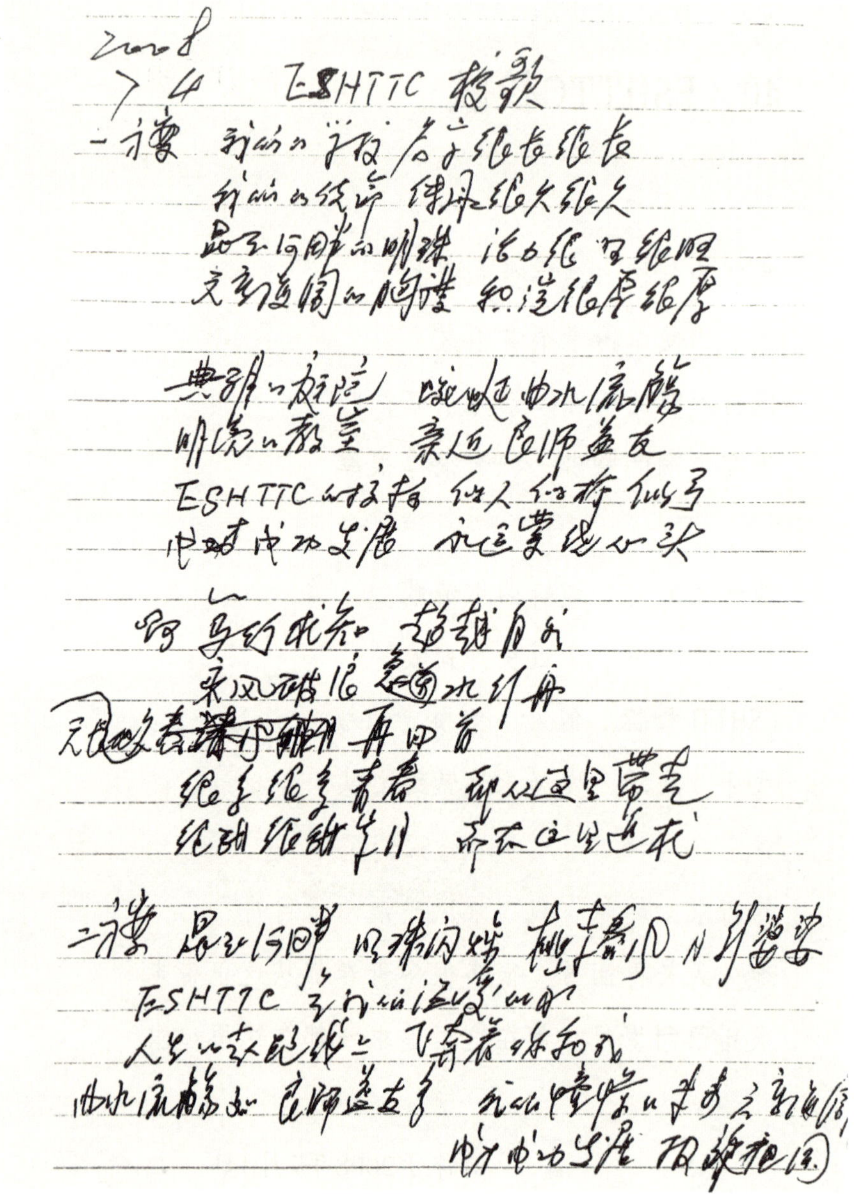
ESHTTC 校歌

◎《ESHTTC校歌》手稿

》创作历程

阎肃给很多学校写过校歌，小学、中学、大学、军校……但是印象最深的是给海淀区教师进修学校附属实验学校（简称“教进”）写校歌。因为离得近，有时也能够看得见。“教进”这所学校历史不长，“老”校长彭伟同志在教育事业上有追求，有抱负，治学有方，目标明确，始终不忘初心，尽职尽责。学生们的成绩更是逐年提高，从他们在大街上的言行举止就能看出学校的优良校风。“教进”就像坚韧的竹节，总是在传承中提高，它早已是学生和家长们追逐向往的好学校。他们学校非常重视校歌，每个周一升国旗，唱国歌，然后升校旗，唱校歌。尤其唱校歌时，他们都很激动，学校的党委书记、校长，每次唱校歌时都会眼含热泪。阎肃也说过，每当他们南开同学聚会时，提到校歌，他们也都会有这种感觉。母校，是人一生中难以割舍的重要情感，校歌更是催人奋进、助年轻人成长的指南。

“教进”现在的校长董红军，写出了当年学校想写校歌的初衷，读来着实令人动容。

看北京市海淀区教师进修学校附属实验学校
校歌的创作背景

董红军

校歌是学校精神传承的载体。一曲优秀的校歌，能激发全校师生对学校的认同感，让学校更具有凝聚力。

2008年7月，我校将迎来创建十周年。大家达成共识，不搞常规的校庆典礼、仪式，而是通过办学理念、育人目标的深入理解和教学研究的深化发展，梳理建校以来积淀的创业精神，挖掘进修实验人十年艰苦奋斗树立起来的学校文化，传承下去，长久地肩负起教育的使命，始终保持执着追求的本色。我们需要一首优秀的校歌。

当年5月，我们找到词界泰斗阎肃老师，邀请他来校参观，向他汇报学校的办学精神，感受学校的独特文化。我们为阎老准备了满满一个档案袋的资料，便于阎老了解学校的发展。阎肃老师用了半个多月的时间详细阅读，深入揣摩，专程来校交流、探讨。阎老说，我们的校歌既是写给学生的，也是写给老师的，要对师生都起到激励和引领作用，让这首校歌能够在师生心中流淌，要让学生和老师在几十年后还能被打动。

果然大师手笔！阎老一气呵成，经典佳作问世。当我们拿到阎老亲笔手稿的时候，校长召集干部教师研讨、研读、推敲。结果只字未动，大家一致称绝，认为写出了进修实验学校的“性格”，写透了进修实验学校的精神和品格，句句浓缩着这所学校不断追求卓越的文化。

我们恳请阎肃老师的“黄金搭档”孟庆云老师谱曲。阎老说，他的歌词一定能够打动曲作者。

当第一次听到孟庆云老师亲自指导录制的唱片，当鲜亮脱俗而悠扬振奋的小号声直入人心的时候，在场每个人都沉醉了：这纯美而激昂的旋律真的和进修实验人的心灵共振了。

新学期，学校组织全体教职工进行校歌传唱专题培训，让每一位进修实验人在“成才、成功、发展”办学理念指引下，在“笃行求知、超越自我”校训激励下，“乘风破浪、急水行舟”，把我们的使命“传承很久很久”，追求我们心中那“很甜很甜”的岁月……

◎阎肃与蓝天幼儿艺术团的小演员们在一起

41 / 我和春天有个约会

我和春天有个约会
让百花更璀璨　让园林更芳菲
我和春天有个约会
让山野绽绿　让新苗吐蕊
我和春天有个约会
让每个青春都闪烁光辉
我和春天有个约会
让每双翅膀都愉快　高飞

云淡风轻绕翠微　春天和祝福紧紧相随
让美景成真　让青春更美
用一片晴朗朗的世界　迎朝晖

1998年4月29日

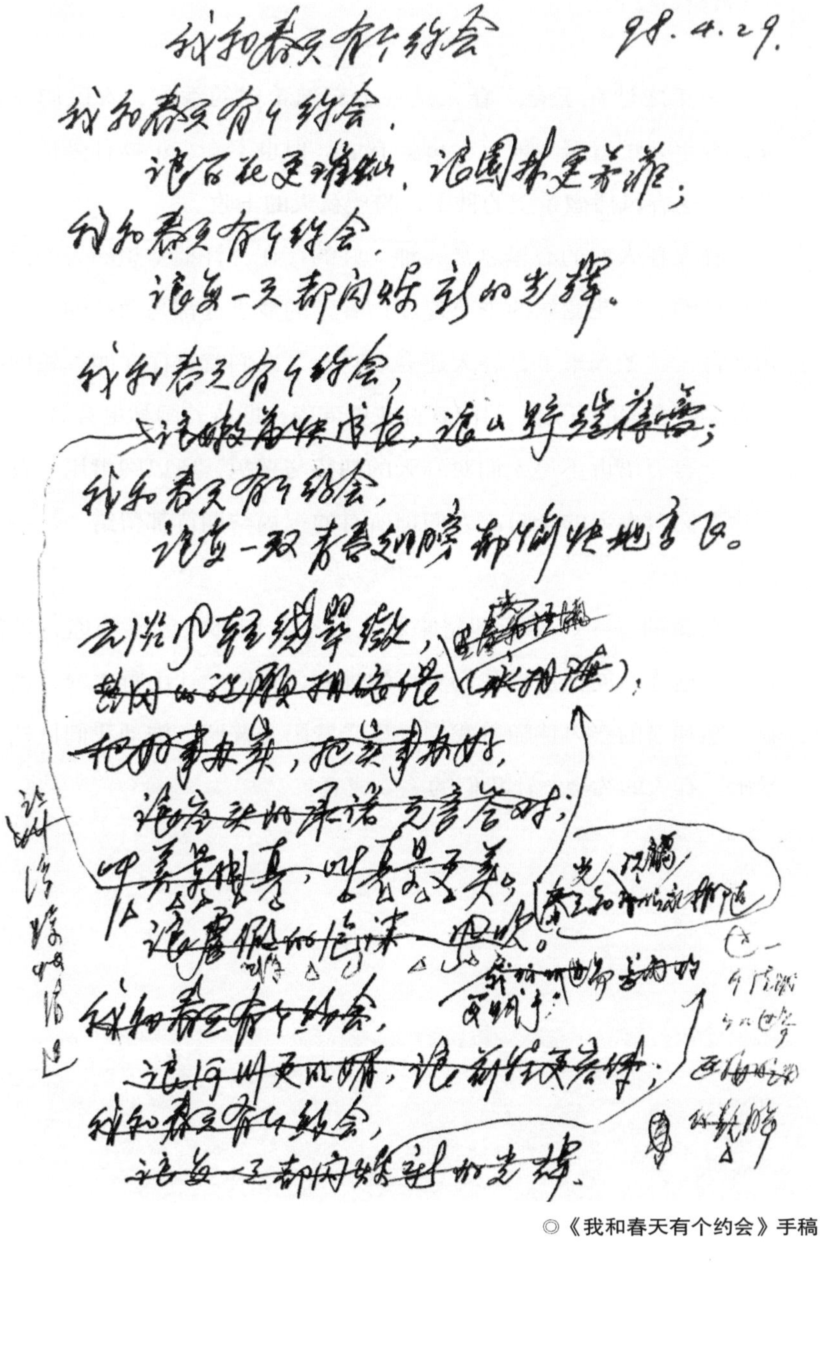

我和春天有个约会 98.4.29.

我和春天有个约会，
让百花更娇艳，让园林更苍翠；
我和春天有个约会，
让每一天都闪烁新的光辉。

我和春天有个约会，
我和春天有个约会，
让每一双青春的翅膀都愉快地高飞。

◎《我和春天有个约会》手稿

》创作历程

一年之计在于春。春天是一个充满希望的季节，农民们点谷种豆，青年人忙着努力前行、事业有成，但也不会忘记播种爱情。人们都乘着这春风播撒希望的种子，盼望秋天的丰收。

春天在人们的心里总是一种美好的存在，怀揣梦想的人们总是在风和日丽、百花竞放的季节追逐，春天的梦永远都是甜蜜的。雪莱有句名言：“冬天来了，春天还会远吗？”人们就这样在四季轮回中期待着美好春天的开始，期待着百花更璀璨，期待着园林更芬芳。

千言万语诉不尽人们对春天的期待与祝福，所以阎肃用一首歌来表达人们对春天的企盼。人们把所有的祝福与期待都留给一年一次的约会。

在新的一年，春天即将来临之际，人们都在等待着你，等待亲亲地拥抱你，向你汇报我们美好的规划，我们要让山野更绿，苗蕊更壮，愿和谐的春风伴随着我们，享受着阳光普照，推动我们抵挡狂风暴雨。春天的约会，让我们的美梦成真！

◎阎肃军装照

42／风啊 请你告诉我

风　请你告诉我　风　请你告诉我
故乡的早春梅花几朵　桃花几朵
妈妈的脸上笑有几多　泪有几多
风　请你告诉我　风　请你告诉我
月上柳梢时　谁在唱歌
梁上的燕子　新添几窝

远隔天涯　常在梦里相约
远在他乡　纵使三山阻隔
敞开彼此心灵的窗细诉说
也总觉得是心相贴　手紧握
即使没有　没有更多话语
万语千言　融进这大海碧波
也让我们肩靠着肩　享受沉默
好把我们浓浓思念悄悄寄托
风　请你告诉我　风　请你告诉我

创作于1998年11月25日

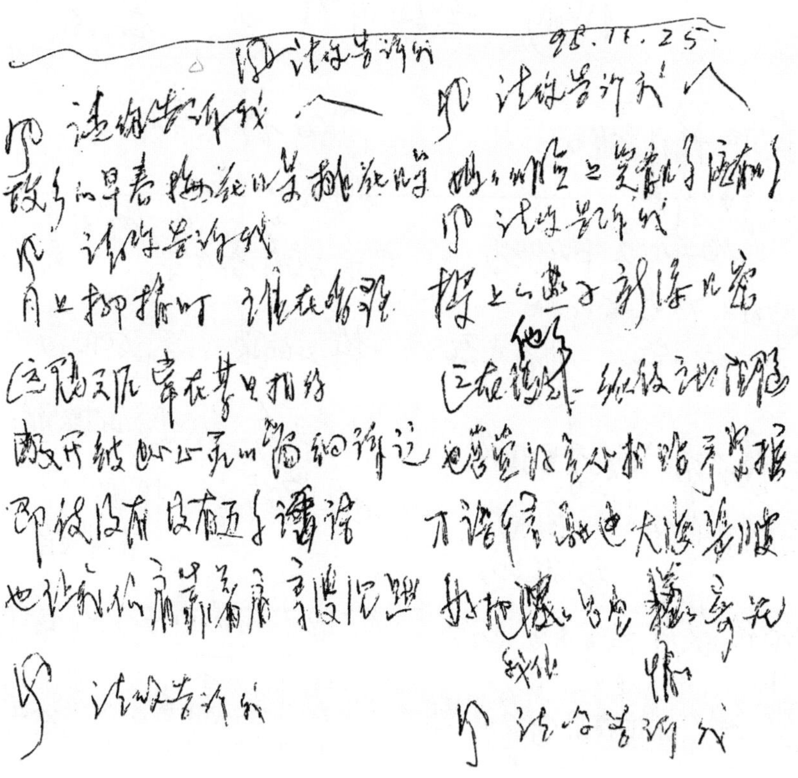

◎《风啊 请你告诉我》手稿一

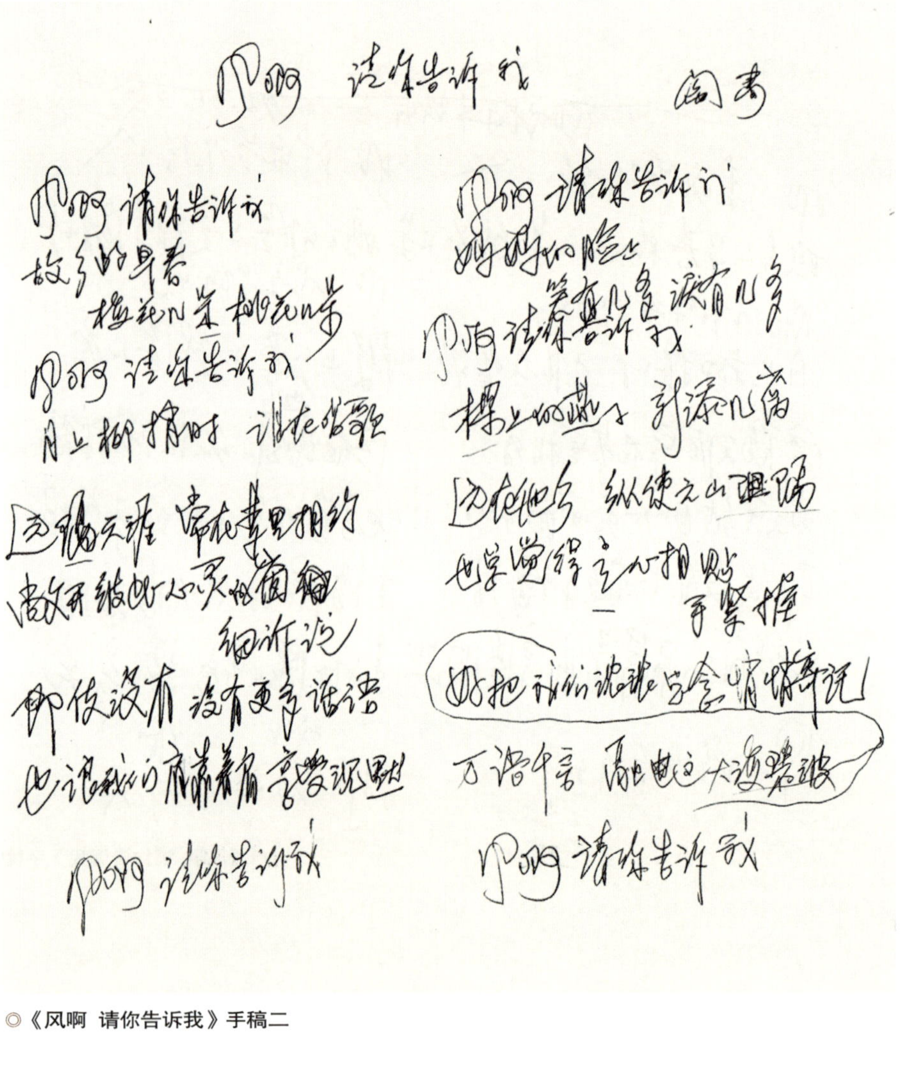

◎《风啊 请你告诉我》手稿二

》创作历程

中央电视台1999年的春节联欢晚会，阎肃参与了策划、撰稿。

2月15日，农历己卯年的除夕夜，我们一家人围坐在电视机前观看春节联欢晚会，荧屏上突然出现很多华人歌唱家们热情地向祖国亲人们挥手拜年，问候致意："过年好！"电视机前的我们，看到远在千里万里之外的众多游子，穿着节日盛装，喜气洋洋地向大洋彼岸的所有亲人们招手，心里也暖洋洋的。接下来，音乐一响，招手的这些歌唱家们齐声开口唱出："风啊，请你告诉我，故乡的早春梅花几朵桃花几朵……"每一个演唱的歌唱家脸上的眼泪都像小河似的，哗哗地流，等唱到了"妈妈的脸上笑有几多，泪有几多"时，情绪几乎难以控制。正所谓"独在异乡为异客，每逢佳节倍思亲"，他们的演唱同时也感染着家乡的父老，很多人都激动地流下了思念的热泪。这首歌唱出了海外游子深深的思乡情，感染、感动着祖国的每一个人。

等到春晚播放结束后，阎肃回到家中已经是凌晨四点多了。他看见我在看报纸，就问我："怎么样？"我说："华侨那段儿不错，新鲜！高枫的曲子也不错！"他很高兴地接着说："真是我的老伴儿，水平老在提高啊！"原来，组创的这档节目——请旅居世界各地的歌唱家们同唱的这首歌《风啊 请你告诉我》，正是由阎肃作词的。

◎阎肃夫妇与邻居家孙子、孙女

43 / 下扬州

虽不是烟花三月　　我也要下扬州
扬州好　扬州美　美得来　美不胜收
瘦西湖赏二分明月　平山堂悟六朝风流
兜兜巷烫一壶老酒　古渡口数几帆归舟
嘿　下扬州　玉人吹箫伴君游
下扬州　绿竹清风绕翠楼
是真伙伴同携手　携手　我们快快乐乐下扬州

恰正是烟花三月　我更要下扬州
扬州润啊扬州爽　爽得来凤凰点头
大明寺会八方宾客　新市区交四海朋友
三千载积淀出深厚　两千亿创下了丰收
下扬州　淮南江北海西头
下扬州　香甜秀丽乐悠悠
是有缘分才聚首　聚首　我们潇潇洒洒下扬州

2014年3月17日

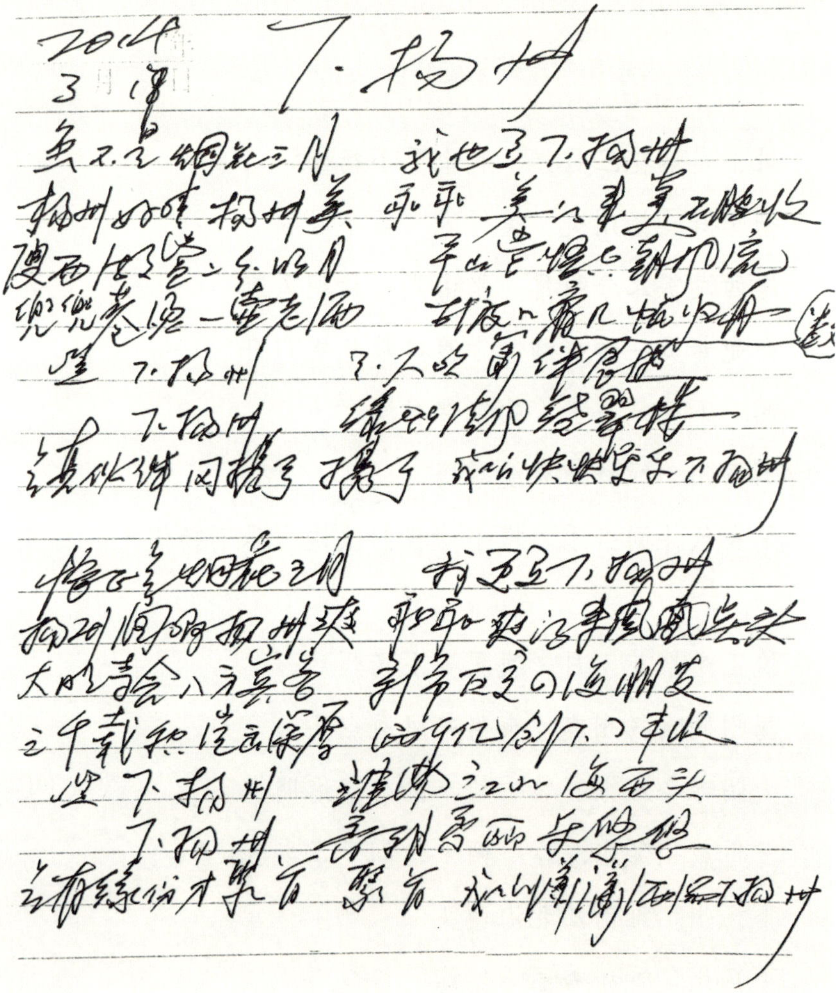

◎《下扬州》手稿

» 创作历程

扬州始建于两千多年前的春秋时期，东边与滔滔的长江相邻，南面与静静的京杭大运河相依，人杰地灵，风光秀美。扬州的美景虽属巨匠雕琢，但那匠心、那巧手、那独到，无与伦比。

汤非想请阎老给他写个歌，老爷子毫不犹豫地欣然应允，因为老爷子喜欢汤非，他认为汤非是个肯努力、很上进、很有事业心的人，另外，汤非还非常有爱心，不仅爱他的事业，更爱他的家乡，爱他家乡的父老，默默地为家乡学校的孩子们上音乐课，鼓励他们全面发展。汤非给他家乡学校的孩子们上音乐课这件事很少有人知道，我也是偶然的机会去扬州，才知道汤非居然一直坚持定期在家乡的学校上音乐课，我很惊讶，也很受感动。一次两次去给孩子们讲课不难，长期坚持定期去讲课，那是真感情，反映出来的是汤非内心深处浓浓的热爱故乡之情。汤非真心希望家乡的孩子们全面发展，长大以后都能为家乡的发展、祖国的繁荣做出贡献。阎肃以汤非的家乡为对象，专门为他创作了这首《下扬州》，希望有追求的年轻人汤非，时刻沿着自己的目标努力前行。

44 / 服饰文化赞

（为首届全国服饰文化博览会创作）

世界何其大
衣冠在中华
五千年璀璨锦绣
蕴含着服饰文化

世界何其大
衣冠在中华
九万里雄伟壮丽
培育出服饰文化

哦　丝绸古道通天下
争看长安万朵花
秀雅清风连四海
神州遍野尽朝霞

1991年10月21日

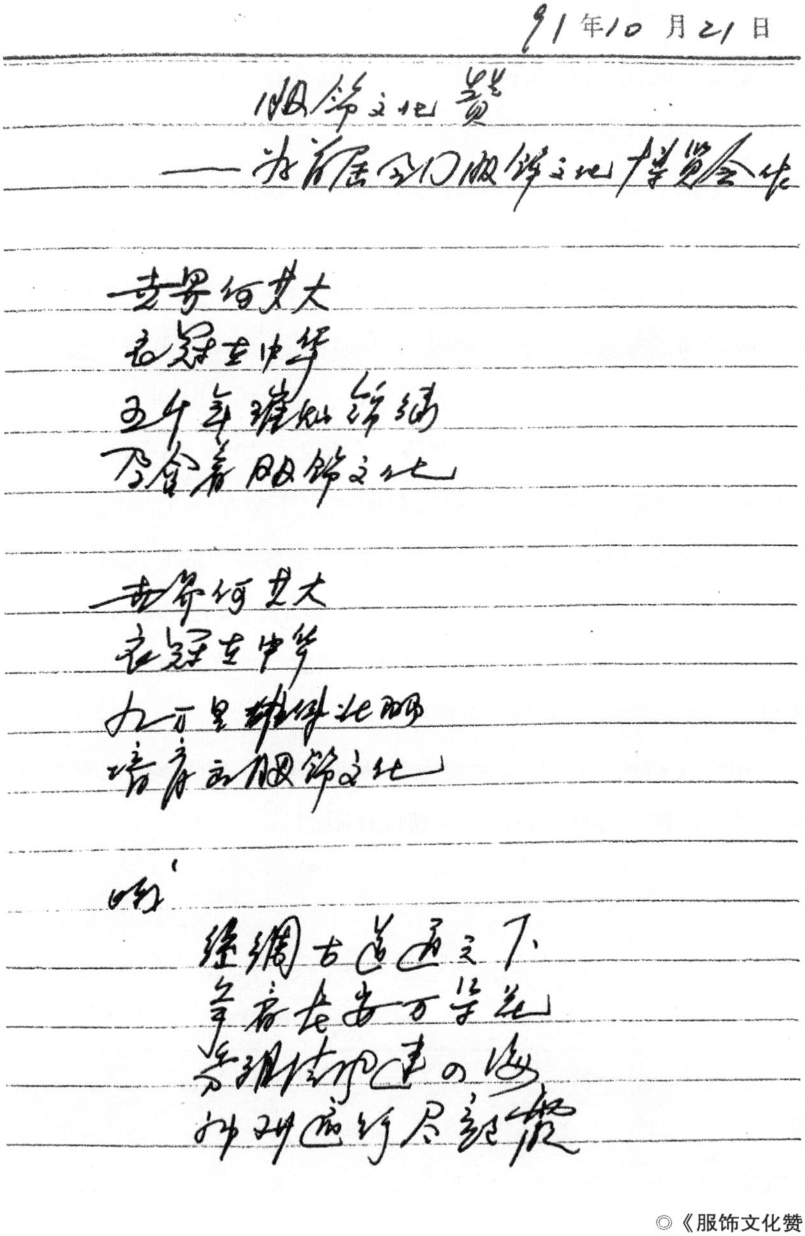
91年10月21日
服饰文化赞
——为首届全国服饰文化学术会作
世界何其大
衣冠出中华
五千年璀灿锦绣
孕含着服饰文化
世界何其大
衣冠出中华
九万里锦绣壮丽
培育了服饰文化
啊，
丝绸古道西之下
争看长安万紫花
多姿情态来四海
斜风细雨尽朝霞

◎《服饰文化赞》手稿

»创作历程

服装、服饰，随着时代的变迁而不断变化，是社会政治、经济、文化变化的最直观的表现。

在中华人民共和国成立的七十年里，不同服装样式反映了共和国不同时期社会的经济水平、人民的思想观念的变化。服装的发展史侧面反映了经济社会发展史、文化发展史。一段时间，“军便服”是人们最崇尚的服装，是那个时代中国百姓心中至高无上的“礼服”。从“文革”时开始，朴素实用的军服几乎成为那个时期人们心中唯美的追求，人人都希望有一件军便服穿在身上。如今，中国的服装早已品类齐全、风格各异，人们穿衣戴帽再也不会是一个颜色，一种样式。服饰也反映出人们不同的审美取向，极具鲜明的时代感。“七〇后”“八〇后”，甚至“九〇后”的老者们，无论如何也不会预料到，我们老了也能穿红戴绿，也会那么随意，那么开怀，真是“为所欲为”，那么欢乐，又那么幸福！

90年代初期，阎肃为大型服装活动创作了《服饰文化赞》这首歌，回首再看，当时的服饰追求就像在眼前。

◎阎肃夫妇与女儿、外孙、外孙女

45 / 似水流年

人一生　问一问　能有几天
人一生　算一算　不过三天
跑过去的是昨天　奔过来的是明天
正在走的是今天
不要忘记昨天　认真想想明天
好好把握今天
但愿到了明天　今天已成昨天
你　依然在我身边
啊　春梦无痕　秋夜缠绵
如歌岁月　似水流年
但愿到了明天　今天已成昨天
我　依然在你心间

时间不详

似水流年

阎肃

人一生 问一问 能有几天？
人一生 称一称 不过三天。
跑过去的是昨天，奔过来的是明天，
正在走的是今天。
不要忘记昨天，认真想想明天，
好好把握今天。
但愿到了明天，今天已成昨天，
你依然在我身边。
啊，春梦无痕，
秋烟缠绵，
如歌岁月，
似水流年，
但愿到了明天，今天已成昨天，
我依然在你心间。

◎《似水流年》手稿

》创作历程

十多年前，偶然聊天时，说到孩子们玩电脑、打游戏，包括我们家的孙子小龙龙，每次玩儿游戏时，他都会上前制止、劝说。虽说孩子听话，当时停下了，可是说不定什么时候又玩儿上了！老爷子无奈地叹口气，后来自己也学会了玩儿“空当接龙”“果蔬连连看”等小游戏。玩儿了几次后，小游戏就成了他工作之后放松自己的一种方式。他说：“这东西真是挺好玩儿，我也愿意玩儿，玩儿上一会儿，也等于休息了，可是龙龙他们怎么就管不住自己呢？像他们这样的寄宿生，好不容易回家过个周末，玩儿一会儿虽然情有可原，可很多小孩子都是这样吗？时间多宝贵呀！”自己又叨咕着“今日复今日，今日何其多”，“人生百年几今日，今日不为真可惜”，接下来就是连声的叹息。

那天是个星期日，晚饭后龙龙凤凤要回学校。送走了两个孩子，老伴儿打开电脑，玩了一会儿游戏，就又开始了工作。十点过了，老伴儿叫我：“文辉，你过来一下。你看看，怎么样？”一看，是“似水流年”，写的都是大白话，谁都能看得懂。确实，人的一生只不过三天：昨天，今天，明天。真的是非常准确！是啊，过了今天，就没有这个今天了，盛年不重来，一日难再晨；是啊，不可能再有今天了，花有重开日，人无再少年！

阎肃一生最爱惜的是时间，所以，他触景喻理，催人奋进，以“昨天、今天、明天”来提醒人们：年年岁岁花相似，岁岁年年人不同！莫等白了少年头，空悲切。

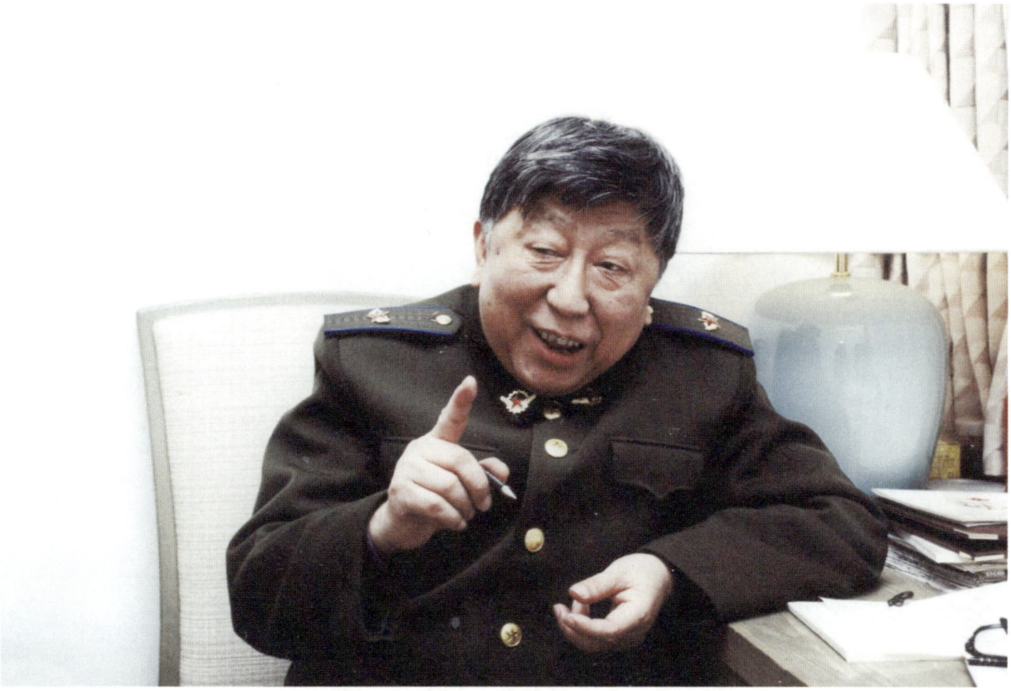
◎阎肃参与研讨

46 / 草原走马

草原上走马　那可真叫快活潇洒
就算你是个温吞吞的羊羔
到这里也会意气风发

草原上走马　管他什么春秋冬夏
只要听到那热辣辣的歌声
那儿就是我可爱的家

哦　敕勒川　阴山下
平展展的塔拉　鲜嫩嫩的花
灌烈酒　喝奶茶
醉倒满天星斗　醒来看早霞

草原上走马　那可真叫美景如画
你就伴着我喜洋洋的长调
把青春力量唱遍天涯

2000年2月17日

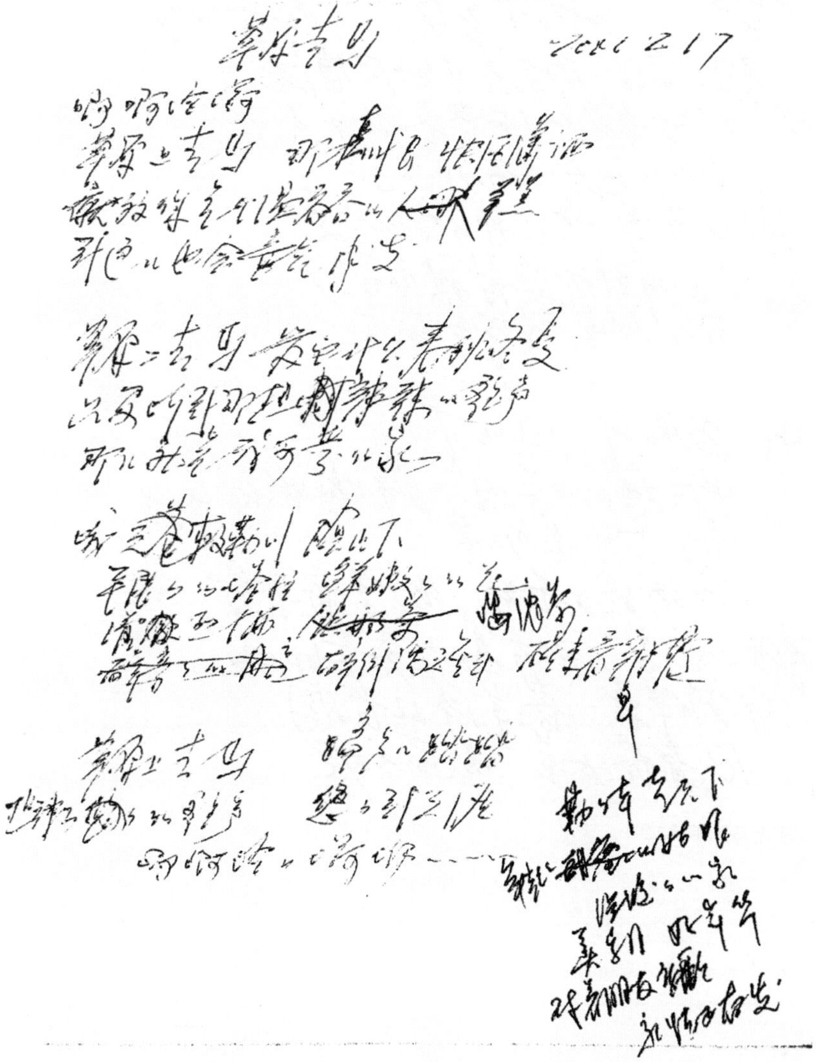

◎《草原走马》手稿一

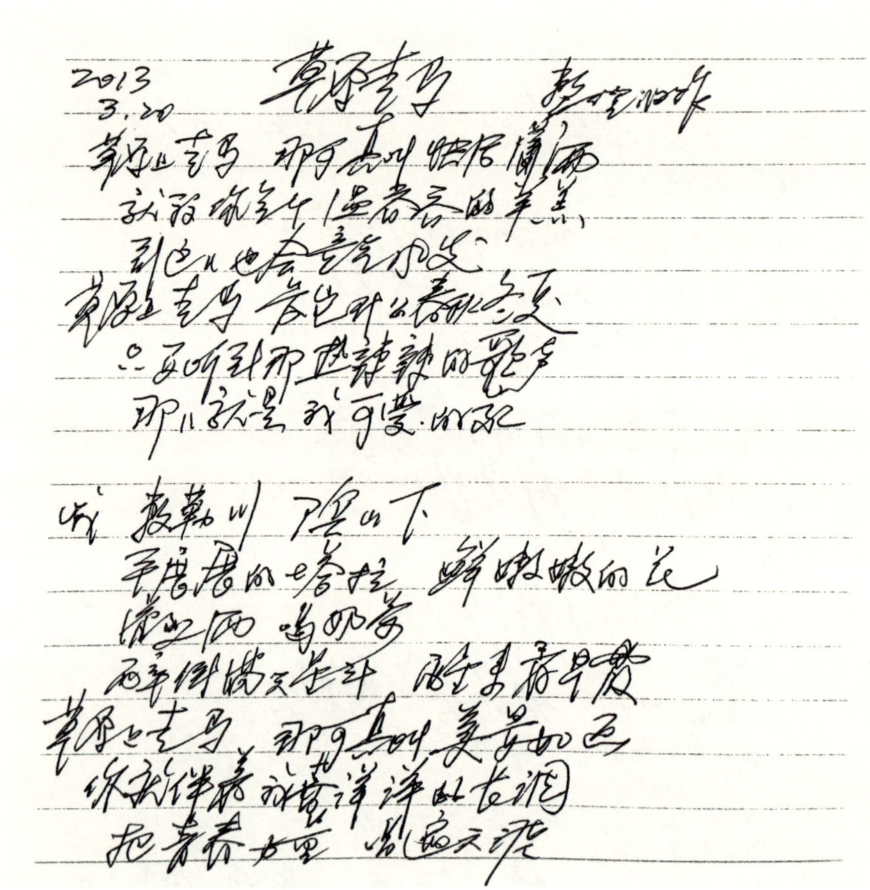

◎《草原走马》手稿二

》创作历程

中国应该是世界上草原资源最丰富的国家之一，呼伦贝尔大草原、锡林郭勒大草原、伊利草原和那曲高寒草原是我国四大著名草原，其中前两个我和阎肃都去过。阎肃对风景秀丽的游玩好去处有一种特殊的认识能力，看似并不那么放在心上，等到用到的时候发现老爷子居然记得那么清楚，简直不可思议！

十几年前，歌手范春梅（以前是空政文工团的通俗歌手）找到阎老，希望阎老给她写一首有点儿特色的歌。阎老思考了几天后，问她："写个蒙古族风格的，有兴趣吗？"她说："很好。"

阎老爷子看见过骏马在草原上奔驰的盛况，那一匹匹彪悍的骏马在无边无际的草原上奔腾，真是漂亮！牧民领着马群在草原上放牧，主人一声口哨，数不清的大马、小马，都奔向同一个方向，那声势，壮观！再一声口哨，那无数的马儿又都放慢了脚步，低着头，慢慢地走着，说是在吃草，不如说是在享受，令人好不羡慕！因为有过这样的体验，他才动笔给范春梅写了首《草原走马》，姚明谱曲！

听完这首歌，就好像看到了这样一幅画面：辽阔无垠的草原上，在那挂着朵朵白云的蔚蓝天际下，一匹匹骏马时而奔腾，时而漫步，那壮观、那悠闲自在，也是难得一见！《草原走马》这首歌先是由范春梅用美声唱法录制的，后来蒙古族歌手"梅林兄弟"三人组合，以蒙古族风格演唱《草原走马》在江西红歌赛中获得了大奖。"梅林兄弟"组合和歌曲《草原走马》一起走红。

47 / 妞妞

我有一个朋友的朋友的朋友
小名叫妞妞的妞妞的妞妞
喜欢穿新潮时尚的服装
最爱到名山大川去旅游
我有个朋友的朋友的朋友
小名叫妞妞的妞妞的妞妞
正赶上雨季花季的岁月
偏偏她莫名其妙地发愁
喔　妞妞　你是个冒着傻气的丫头
有时你太放肆　有时又太娇柔
我知道　碰到了小小磨难
你也偷偷地泪珠儿长流

我有个朋友的朋友的朋友
小名叫妞妞的妞妞的妞妞
喜欢听时髦流行的歌曲
最爱赶浪漫追星的潮流
我有个朋友的朋友的朋友

小名叫妞妞的妞妞的妞妞

常得到父母老师的疼爱

偶尔也招惹大人们烦忧

显露出明显的代沟

喔　妞妞　你这个糊涂的丫头

有时你太幼稚　有时又太早熟

为增高拼命把鞋底加厚

热天逛商场敢穿个红兜兜

你　逗不逗　你羞不羞

我有个朋友的朋友的朋友

小名叫妞妞的妞妞的妞妞

倘若你见到她　请替我问候

问问她有什么新的追求

喔　妞妞　可爱的丫头

2000年7月21日

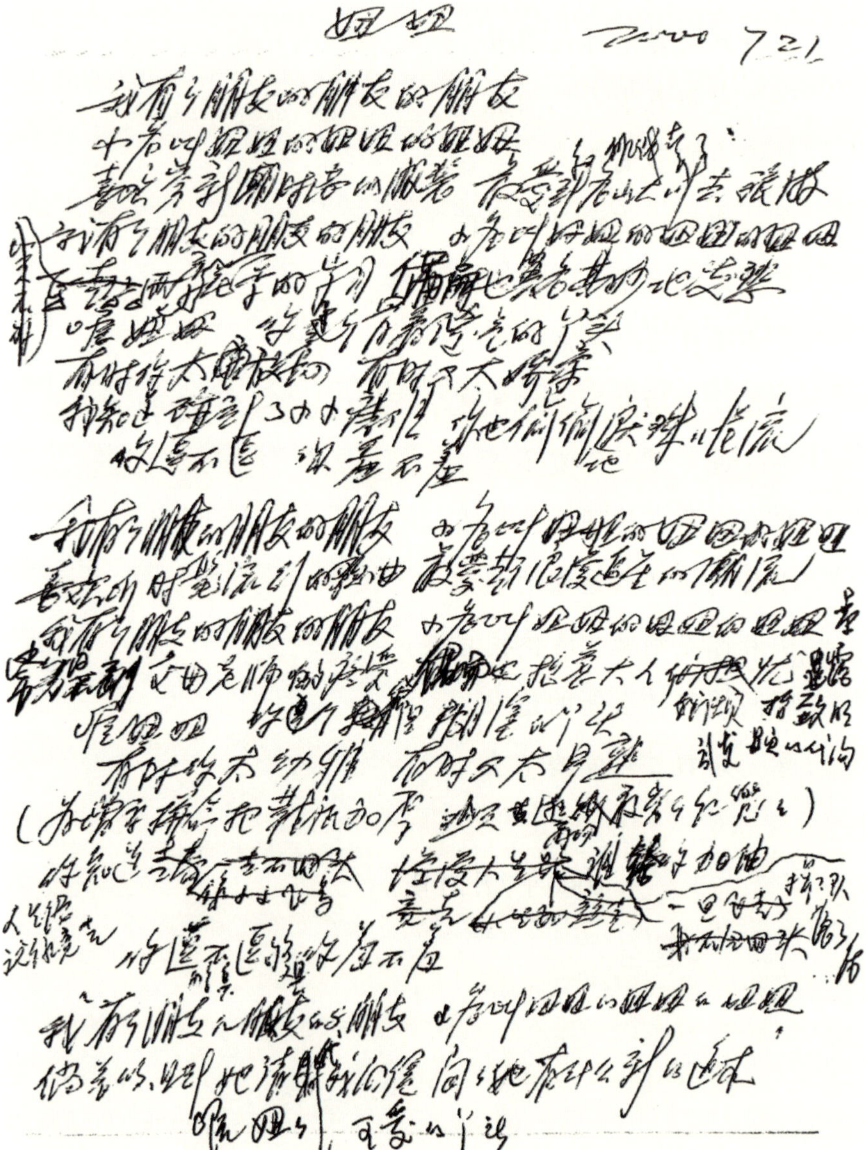
妞妞　2000 7 21

我有个朋友的朋友的朋友
小名叫妞妞的妞妞的妞妞

◎《妞妞》手稿

》创作历程

随着中国社会的不断发展，改革开放的不断深入推进，人民生活水平得以不断提高和改善，文化娱乐活动不断丰富，人民的思想观念与时俱进，呈现出多元化态势。20世纪80年代，港台歌曲开始在社会上传唱；90年代，港台歌手开始在各地的商业演出现场出现，港台娱乐文化一时成为年轻人追求的时髦风尚！那时候，谭咏麟、张雨生、童安格、张学友、周华健、李宗盛、刘德华、黎明、汪明荃、梅艳芳、苏芮、潘美辰等成为大家追逐的明星，开始出现了狂热的追星族。

“妞妞”就像是一个可爱的小朋友，实际上代表了我们祖国文化出现的新气象！

◎阎肃夫妇与赵西越（左一）、李学金（右一）

48 / 东海明珠

几番风雨几番晴
铸造起飞天双龙
回首迢迢路万重
几多心血注海东

黄浦江头月色浓
辉映着不夜城
拂去沧桑霜露冷
几度执着望春风

正是大好春光
要让我们飞腾
正是大好机缘
我们让世界震惊

擦亮东海明珠
让她光芒四射

捧起东海明珠

映照出太阳红

让炎黄子孙的热血

凝聚起我们的忠诚

化作吴淞海上的朝霞

给我上海光荣

1994年7月6日

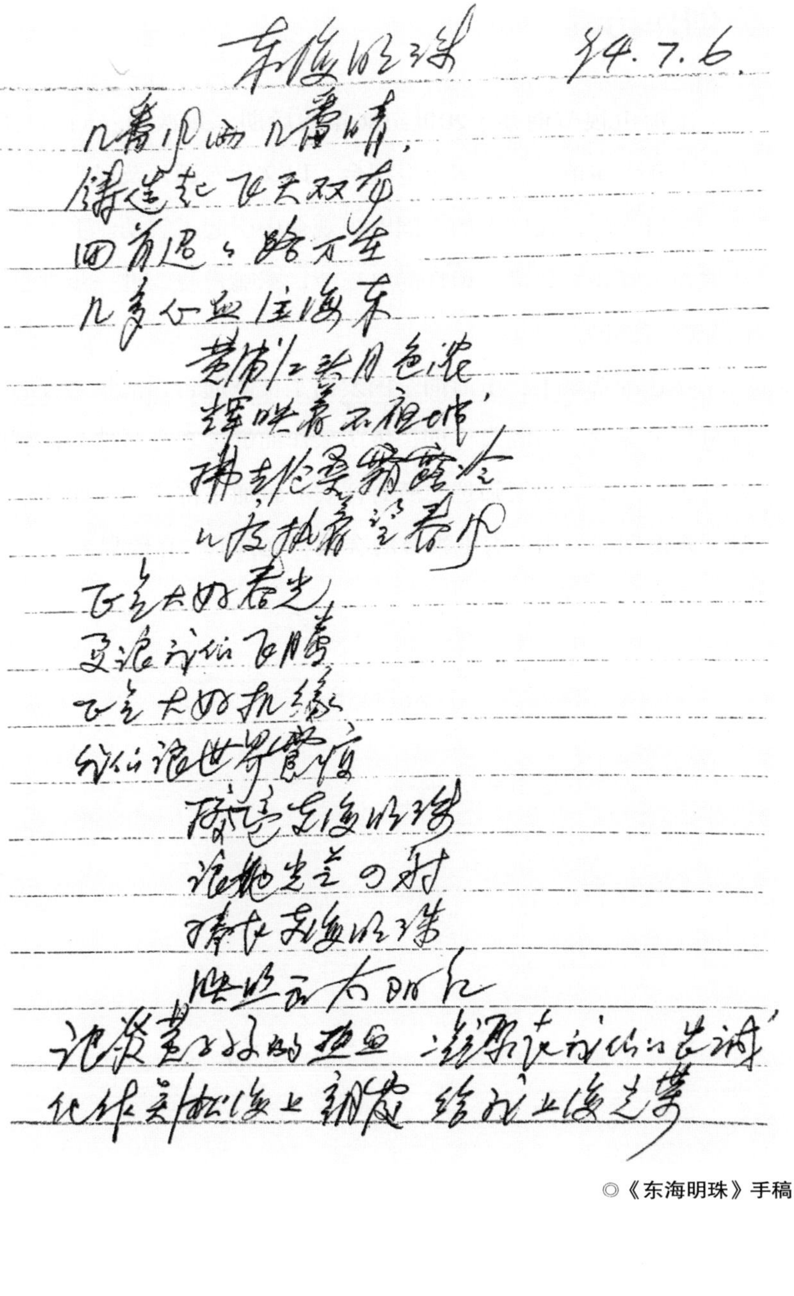

◎《东海明珠》手稿

» 创作历程

上海电视节创办于20世纪80年代后期，每次用一周的时间，召集了十几个城市、二十多个电视台，以文化专题片及风光专题片为主题，进行交流，在广大的中国电视观众中引起了震动。上海电视节正式成为国际化大都市标识性的电视节，家喻户晓，进一步推进了上海的开放与进步。

在这种背景下，上海向全国发出了征歌通告，征集第五届上海国际电视节会歌。由阎肃作词、孟庆云作曲的《东海明珠》，词曲都非常优秀。组委会层层筛选，所有评委一致通过推举词、曲皆堪为优秀的《东海明珠》为上海电视节的会歌。这首歌一直传唱至今。

◎阎肃夫妇与李秀荣（右二）、严智泽（右一）

49 / 开心就好

朋友你是否开心　想一想
生活里其实到处有阳光
只要你只要你带着微笑看世界
会发现绿柳迎风青草摆浪
　　都有一种说不出的美丽和芬芳
有道是小鸟枝头亦朋友
　　落花水面皆文章

朋友你是否开心　想一想
平常中其实也许不平常
只要你放宽心情看天地
会懂得山寨飞歌草根吟唱
　　都有一种说不完的梦想和坚强
有道是龙盘虎踞江山秀
　　露白风清日月长

朋友啊难得今朝相会

开心就是健康

送你一生快乐

祝你一路吉祥

2011年4月11日

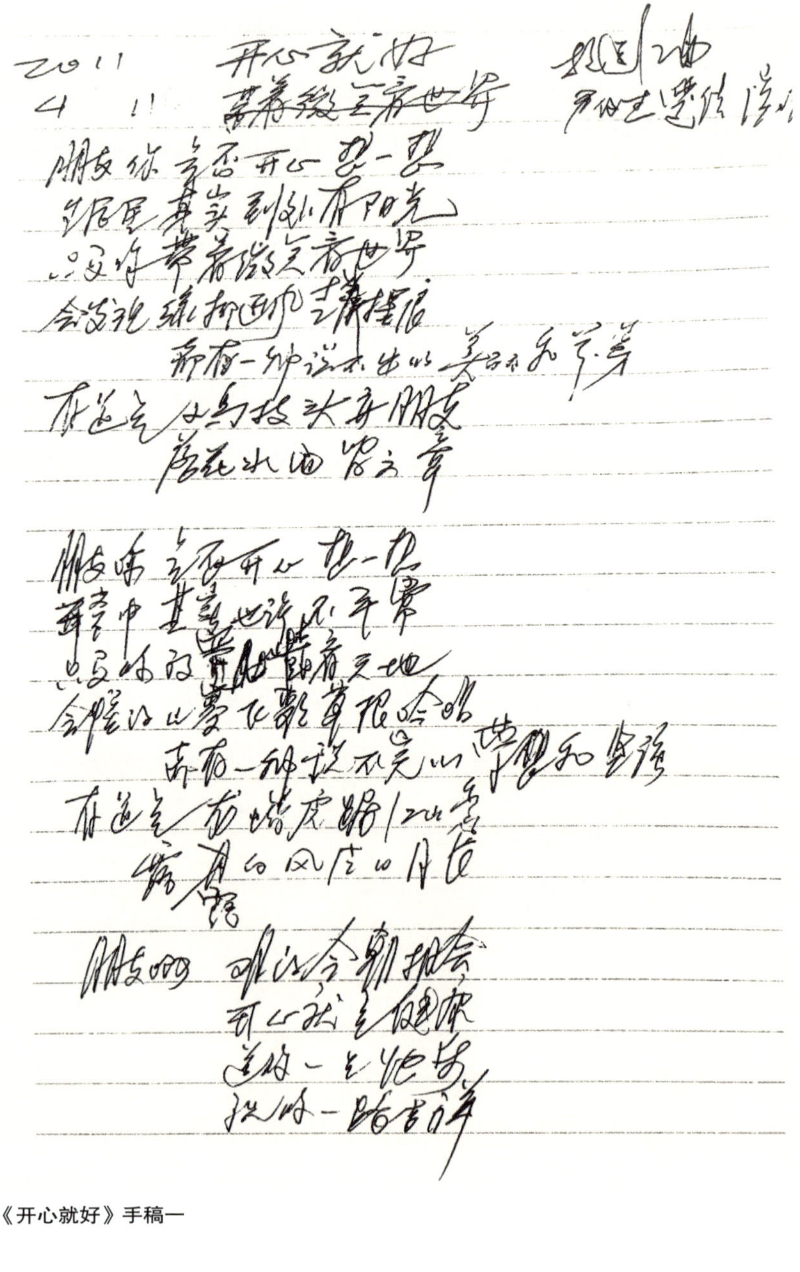

◎《开心就好》手稿一

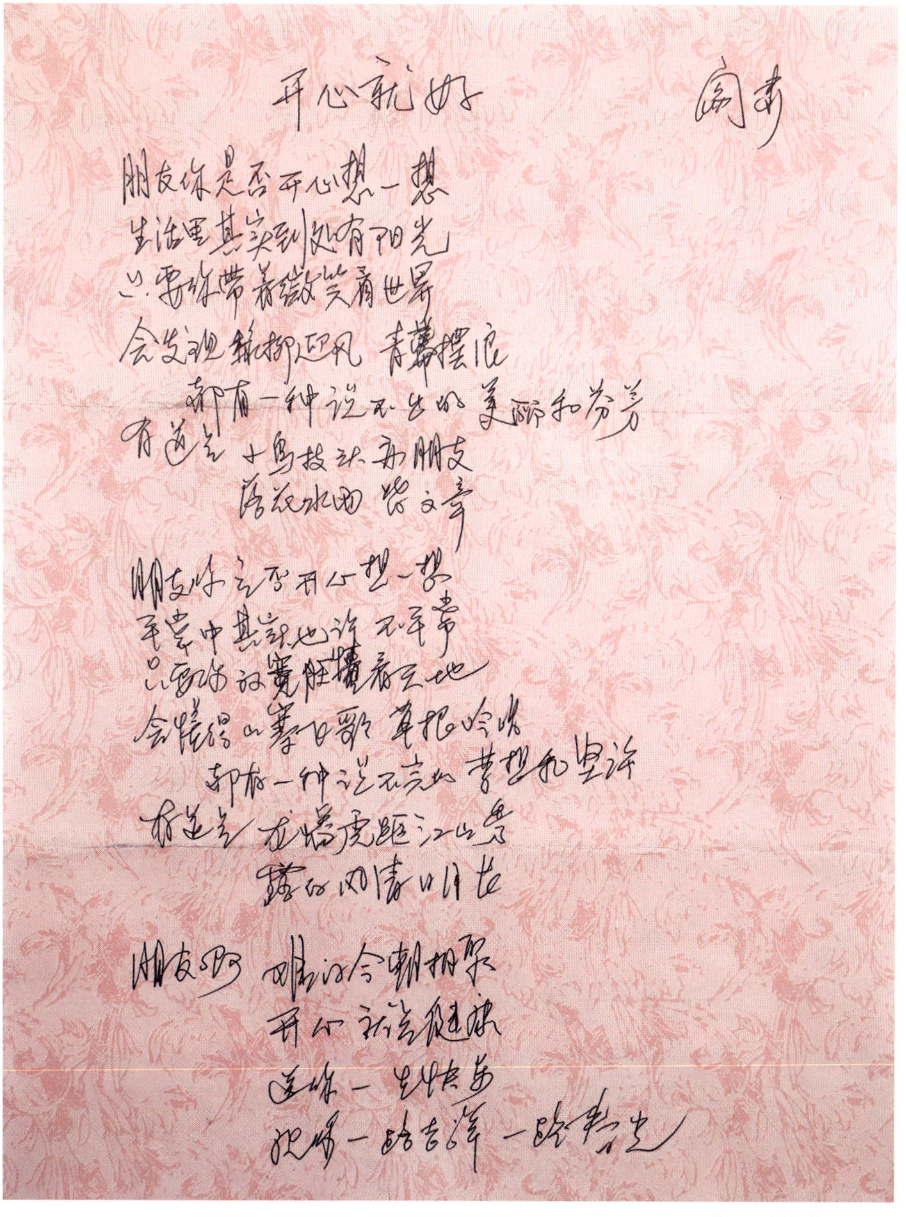
开心就好　阎肃

朋友你是否开心想一想
生活里其实到处有阳光
只要你带着微笑看世界
会发现 新柳迎风 青藤摆浪
都有一种说不出的美丽和芬芳
有道是 小鸟投林新朋友
落花流水皆文章

朋友你是否开心想一想
平常中其实也许不平常
只要你敞开胸怀看天地
会懂得 [illegible] 莫把冷嘲
都有一种说不完的梦想和[illegible]
有道是 龙腾虎跃江山秀
踏平风浪日月长

朋友啊 唱响今朝相聚
开心就是健康
送你一生快乐
祝你一路吉祥一路[illegible]

◎《开心就好》手稿二

》创作历程

人有个好心态，才能享受人生。好心情来自好心态，好心态又带来好心情。

在冬天这个寒冷的季节，前面新起的高楼挡去了家中昔日的阳光。每天中午，邻居们聚在我们的门前一起享受这短暂的二三十分钟的温暖阳光，但大家还是十分开心。虽然有的东西我们无法改变，但是我们可以改变自己的心态，我们主动去寻找阳光，我们可以追逐太阳！绿柳迎风，青草摆浪，我们愉快地结伴而行！

阳光、雨露，快乐、吉祥，这从来都不是别人的赠予。幸福都是靠我们的双手创造出来的。所以，阎肃说“送你一生快乐，祝你一路吉祥、一路春光”！

50 / 老年进行曲

谁说我们年老
我们离老还早
阅罢沧海桑田
今日风光最好

踏遍青山识大道
一路霜雪经多少
人更豁达心更壮
胸中容得万顷涛

放眼神州高声唱
正是彩霞满天飘

1987年10月8日

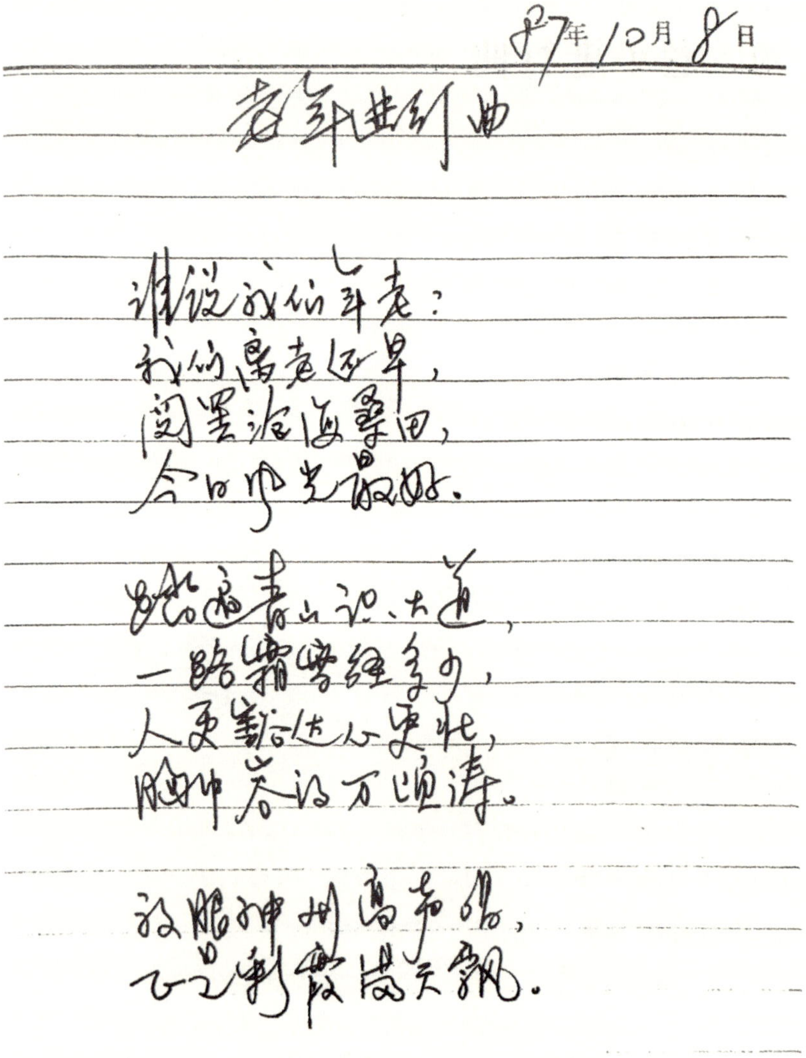
87年10月8日

老年进行曲

谁说我们年老：
我们离老还早，
阅罢沧海桑田，
今日风光最好。

踏遍青山识大道，
一路霜雪经多少，
人更豁达心更壮，
胸中岂止万顷涛。

放眼神州高声唱，
夕阳彩霞满天飘。

◎《老年进行曲》手稿

》创作历程

孝道是中国传统文化中非常重要的表现方面，尊敬帮扶老年人已在我们的社会上蔚然成风，所以中国的很多老年人可以称得上如今世界上最幸福的老年人。

社会在前进，文化在发展，思想在进步，老年人的晚年生活也发生了天翻地覆的变化。过去，女人到了四五十岁就被称为“老大妈”；现今，很多六七十岁，甚至八十岁的老人还像年轻人一样登台演出，激情四溢；更有甚者，背起相机，邀上三五好友，咱也来一场说走就走的国内国际游。用句时髦的话说，今天的老年人，幸福指数更高！

阎肃三十多年前创作了《老年进行曲》，那时就提示我们老年人：夕阳无限好，我们离老还早；阅罢沧海桑田，恰逢今日风光正好！我们更应放眼神州高声唱，让那幸福的彩霞满天飘。

◎阎肃夫妇与王苏娅（左一）、阎涛（右一）

51 / 热点

打开报纸　收听广播　看看电视
你每天都会有所发现
大千世界　五彩斑斓　变化多端
时刻都有新的热点

白条绿条　股票债券　升降沉浮
经济大潮　涛飞浪卷
西昌发射　北京申奥　三峡工程
大事小情都扣人心弦

我已经养成习惯　关注着时代的热点
千万人目光所向　总和大家息息相关

我已经养成习惯　关注着时代的热点
既要把握住现在　又要紧抓住明天

1993年8月1日

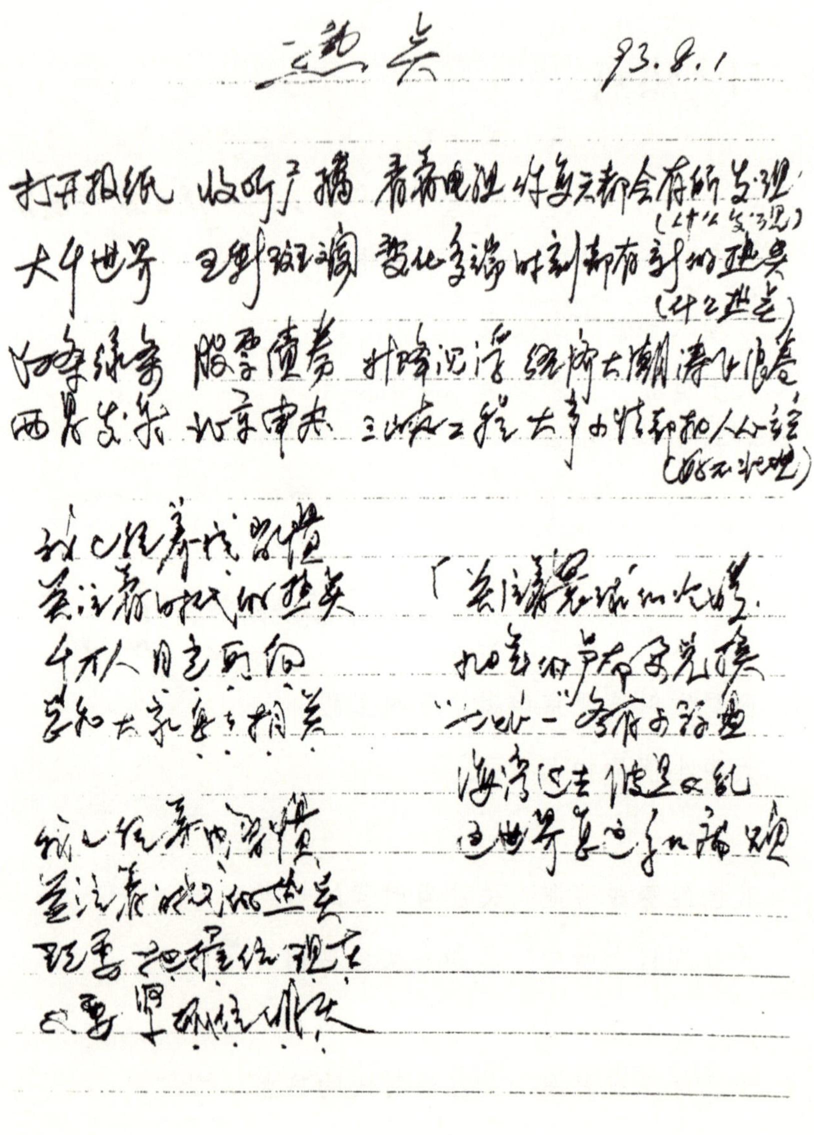

热点 93.8.1

打开报纸 收听广播 看看电视 好多天都会有所发现
（什么发现）
大千世界 五彩斑斓 变化多端 时刻都有新的热点
（什么热点）
海南绿卡 股票债券 升降沉浮 经济大潮浪卷
西昌发射 北京申奥 三峡工程 大事小情都和人人关注
（数不胜数）

我已经养成习惯
关注着时代的热点
千万人目光所向
总和大家息息相关

我已经养成习惯
关注着时代的热点
还要把握住现在
更要坚持住明天

「关注着足球的冷暖
[illegible]的声[illegible]穿[illegible]
一九九一 [illegible]
海湾战[illegible] [illegible]
[illegible]世界[illegible]

◎《热点》手稿

» 创作历程

阎肃生前最关注每日热点，他通过每日热点，了解身边正在发生的事情。国事、民事他都时刻关注，平时听他说说，我也就将当天热点弄得明明白白了。

以前了解热点通过报纸、广播、电视，随着科技的发展，网络已经成了当今人们了解热点的新途径，热点也越来越多地扑面而来。但是，在纷繁复杂的热点信息中，我们一定要学会辨别，多关注社会发展的热点，关注积极向上、表现正能量的热点，这样，我们就能与时俱进，不断提升自己。

52 / 青春正红

（电视剧《五卅！五卅！》主题曲）

苍天浩荡长风烈
英雄碑镌刻下壮丽伟业
不甘屈辱挺身起
全凭着耿耿丹心一腔热血

南湖火炬传四野
为祖国为民族奋斗不歇
今朝回顾当年史
挥豪情奋笔书写崭新一页

啊 镰刀斧头开天地
金星灿灿昭日月
青春正红花正艳
一辈辈奋起铸造和谐世界

2010年10月6日

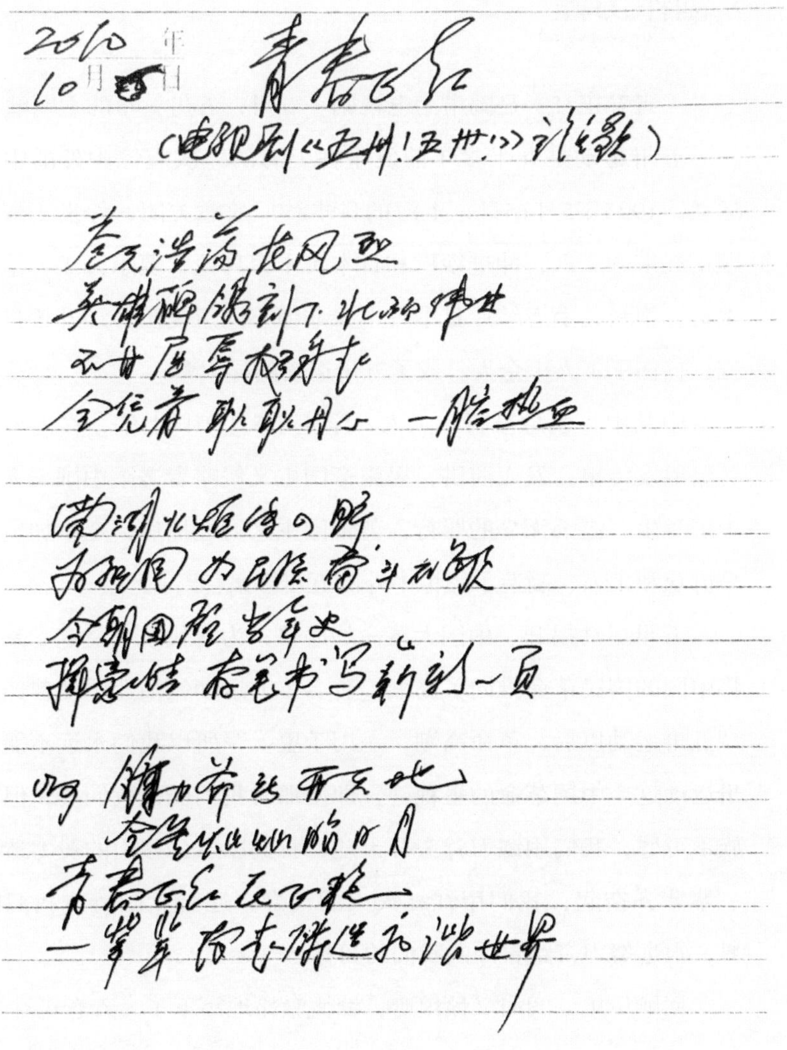

2010年
10月[illegible]日

青春正红

（电视剧《五卅！五卅！》主题歌）

苍天浩荡长风烈
英雄碑铭刻下北伐的伟业
五卅[illegible]
全凭着 耿耿丹心 一腔热血

南湖[illegible]四野
为祖国 为民族 奋斗不歇
今朝回顾当年史
挥豪情 奋笔书写新的一页

啊 [illegible]开天地
金光灿灿照日月
青春正红在飞扬
一辈辈 [illegible]和谐世界

◎《青春正红》手稿

》创作历程

《青春正红》是阎肃为电视剧《五卅，五卅》写的主题歌。

五卅运动是九十多年前发生在上海的一次震惊中外的中国工人运动。1925年5月15日，上海的日本纱厂故意关闭，停发工资，工人顾正红带领工人，冲进纱厂和日本资本家理论，要求开工，给工人发工资。不料，上海纱厂日本资本家非但不同意复工，还开枪打死顾正红，打伤了工人十余人，成了五卅运动的导火索。

中共中央紧急号召，工人、学生于5月30日上午，在上海租界区各路散发传单，发表演讲，揭露帝国主义侵略者屠杀中国工人，抓捕中国学生，滥杀无辜的罪行。英帝国主义的巡捕房，变本加厉枪杀无辜群众和工人，制造了震惊中外的五卅惨案！

五卅运动揭开了中国大革命的序幕，为北伐战争奠定了基础，并将中国的国民革命推向了高潮，著名工人运动领袖邓中夏曾经说过："五卅运动以后，革命高潮，一泻千里。"所以我们永远不能忘记五卅运动这个中国革命的里程碑，即便那时我们弱，我们贫，但中华民族不可辱，我们用镰刀斧头开天地，我们以愚公移山的毅力造山河，一辈辈齐奋起；我们用红红火火的青春，迎着太阳铸造我们的新世界，永远努力奔跑着冲向我们的目标。

回顾历史，阎肃义愤填膺，慷慨激昂地写下了《青春正红》！

◎阎肃夫妇与外孙、外孙女游园

53 / 中华美德

（一）

听说我爷爷的爷爷
留下了一句格言
传给那孩子的孩子
做人要以德为先
德是什么　谁能告诉我
德是什么　谁能谈一谈
是气质　是信念　是品格　是人生观
是修养　是模范　是正义永在我心间
尊老爱幼重礼仪　中华美德天下传

是勤劳　是勇敢　艰苦奋斗不怕难
是宽容　是和善　是爱国爱民爱家园
正气歌要天天唱　文明风尚代代传

（二）

有许多先贤圣哲　想着先辈的嘱托
用生命树立了准则　面对雄伟的山河
清风朗月昭天下　从小就要立大志
一片丹心两肩祖国　发扬中华好美德
大江滚滚东流去　勤劳勇敢团结拼搏

有许多英雄楷模　用生命做出了选择
高风亮节写青史　一腔热血荐祖国
想着先辈的开拓　面对壮丽的山河
从小就要立大志　发扬中华好美德
忠诚善良光明磊落　高唱新的正气歌

2001年4月7日

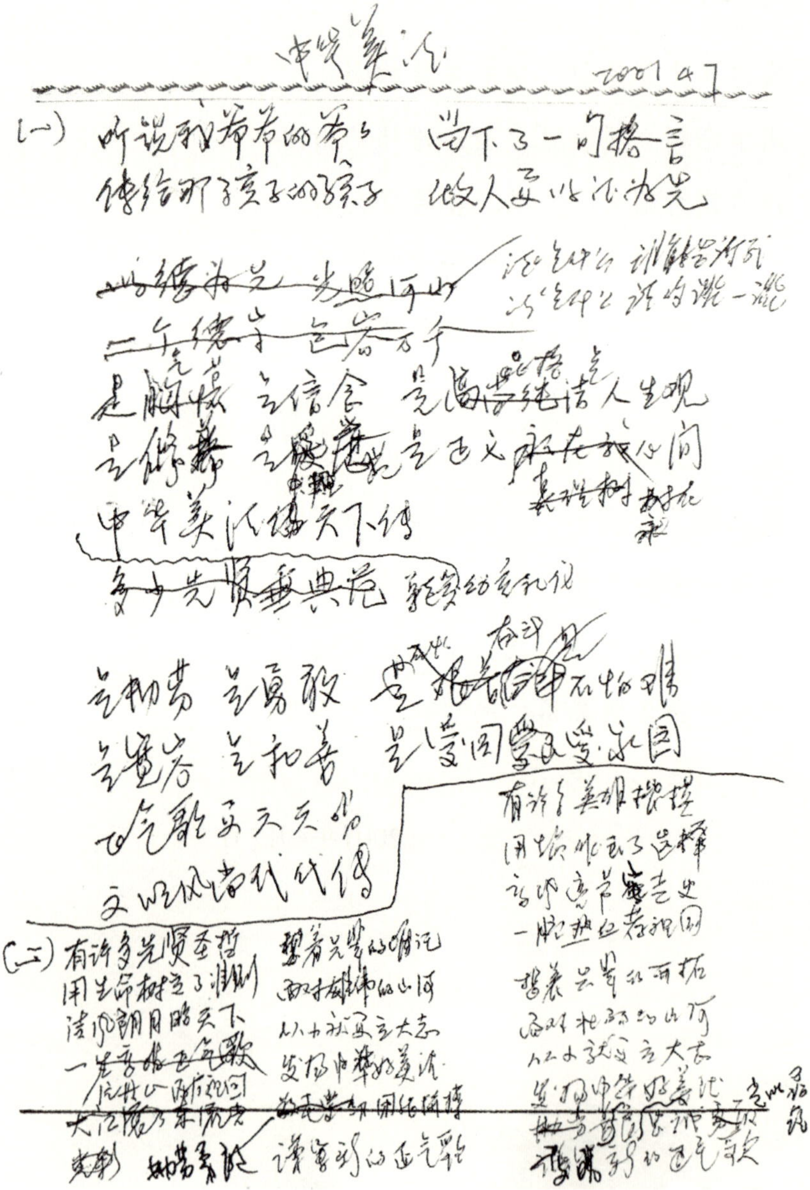
中华美德
(一) 听说我爷爷的爷爷 留下了一句格言
传给那孩子的孩子 做人要以德为先
是勤劳 是勇敢
是宽容 是和善 是爱国爱家园
文明风尚代代传
(二) 有许多先贤圣哲

◎《中华美德》手稿

》创作历程

中华民族拥有五千年的文明史，勤劳善良、自强不息、精忠报国、团结勇敢等传统美德源远流长，从古至今，英烈无数。古有岳飞的“精忠报国”，文天祥的“人生自古谁无死，留取丹心照汗青”；近有杨根思、黄继光、董存瑞、邱少云用血肉之躯捍卫祖国。我们的祖国从来不甘落后，永远奋力向前，五千年文明积淀下的传统美德激励智慧的中华儿女齐心协力战胜了无数困难。2020年的新型冠状病毒肺炎疫情突然爆发，在党的领导下，全国上下一盘棋，服从命令听指挥，团结一致战疫情，无数优秀的中华儿女，不顾个人安危，冲锋在一线，最大限度地保证了人民的健康，也在世界面前展示了中国精神、中国力量。中华传统美德是中国精神的基石，我们会永远传承，我们的祖国在前进的路上一定会一天比一天更繁荣，更昌盛。

◎阎肃夫妇与曹恭修（左一）

54 / 新一代

九州大地给了我们宽广的胸怀
九曲黄河给了我们不屈的气概
先辈英豪给了我们忠贞和正义
祖国母亲给了我们尊严与风采
我们新一代　理想总澎湃
青春的胸膛里　只有一腔热腾腾的爱
爱英雄的过去　爱蓬勃的现在
更爱灿烂的未来

斑斓青史教给我们坚韧与豪迈
诗书礼乐教给我们智慧和文采
青山碧野教给我们心灵的净化
风雨沧桑交给我们岁月的安排
我们新一代　信念永不衰
青春的胸膛里　只有一腔热腾腾的爱
爱辉煌的过去　爱宏伟的现在
更爱崭新的未来

2001年4月8日

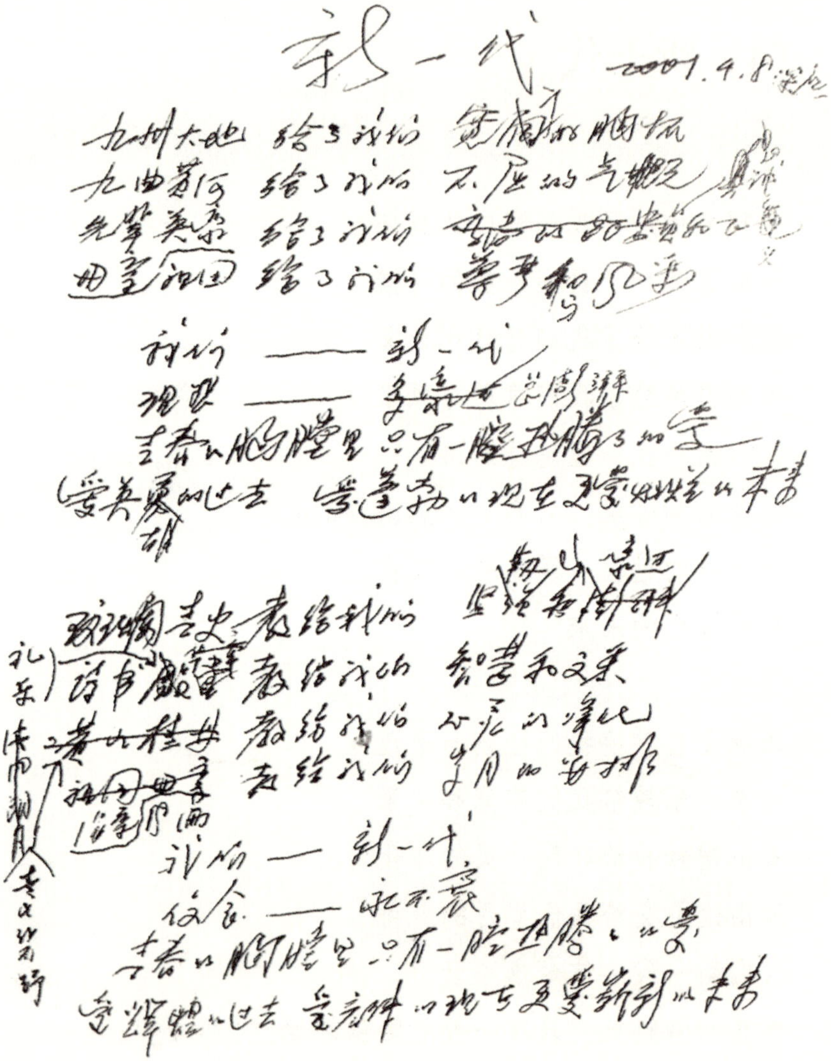

◎《新一代》手稿

»创作历程

我家族中最长寿的是我父亲的奶奶，我叫太奶奶。太奶奶活到一〇四岁，一直能活动，生活自理。1961年的一天，她突然说想吃肉了，可那时真没有！我二叔花“十元巨资”不知怎么弄到了一小片肉，没有米粉，二婶加上了一些小玉米楂，算是蒸出了挺香的米粉肉。第二天，太奶奶又说想吃个煮鸡蛋和一小碗蛋羹。二叔又费大劲买到两个鸡蛋，太奶奶的愿望全实现了，抹抹嘴，太满足了，太幸福了！睡着后就再没有醒来。

曾经有一段时间，中国人民一直在温饱线上挣扎。在中国共产党的领导下，中国人民靠自己勤劳的双手与聪明才智，已经摆脱了贫困，走上了民富国强的康庄大道。我们的新一代迎来了崭新的生活，并且这种生活将会越来越好。阎肃希望新一代能够不忘历史，不改初衷，坚定信念，用青春胸膛里那一腔热腾腾的爱，“爱辉煌的过去，爱宏伟的现在，更爱崭新的未来”！

◎阎肃在电视台做节目

55 / 新居颂

山不在高　有仙则名
水不在深　有龙则灵
当我走进　新居时候
我的心里　波浪翻腾

想你盼你　许多年啊
爱你恋你　几多情啊
安得广厦　千万栋啊
天下寒士　尽开心哪

蜗牛有壳　黄鹂有巢
一片新居　拔地高升
荡漾欢乐　闪烁光明
装满幸福　飞扬歌声

1993年9月15日

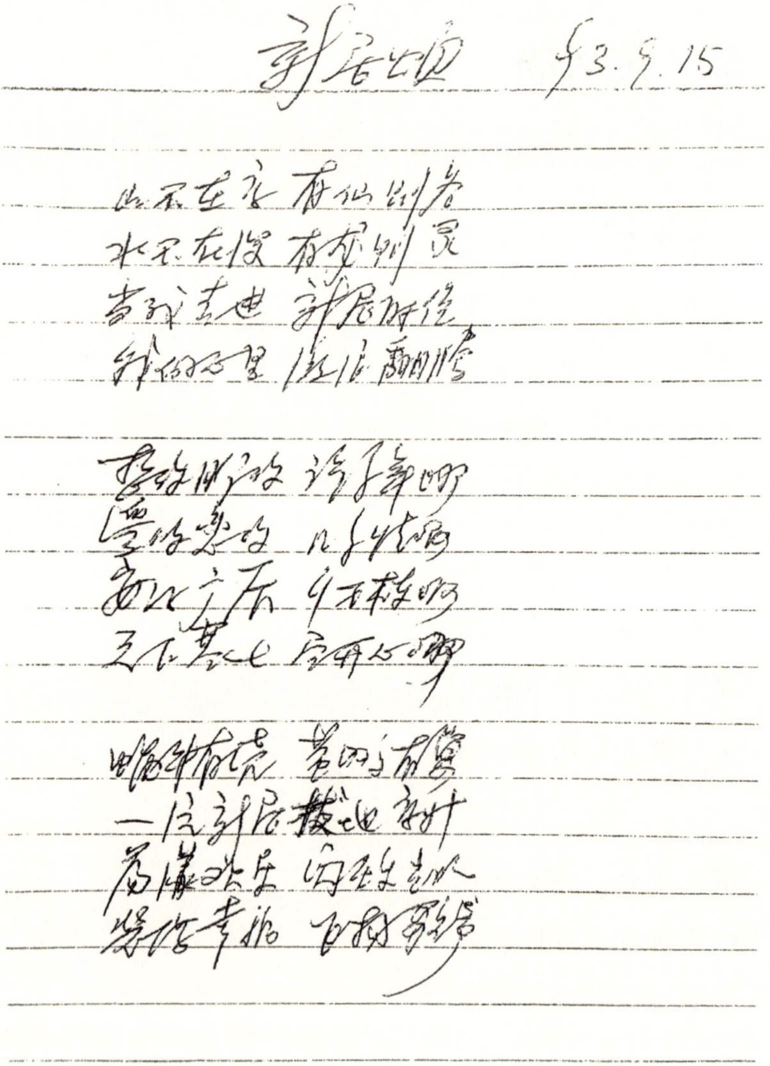

◎《新居颂》手稿

» 创作历程

二十多年前的一天下午，阎肃从北京台回来，吃饭时闲聊，说：今天去早了，就和司机聊天，感觉小伙子心情特别好，嘴好像老是合不拢，就问他怎么那么高兴，有什么大喜事呀。小伙子说上午分房拿钥匙了，大事解决了。两居室，有暖气，有厨房，有煤气，有厕所，这下太好了，真方便，看上去满意极了，太幸福了，这辈子无所求了。讲完了就问我："你说，换房子、搬家，特别重要吗？"我说："当然！有几个像你，有个窝就行！"

阎肃在这些方面确实一点儿也不想，也从来没有什么要求，比如我们现在住的房子，是按指标分配给他的，可当时他压根儿没告诉我。团领导提醒我"西郊有阎老分房指标，为什么不看"时，我问他为什么不告诉我，他说："搬家多麻烦呀！"直到团领导再次提醒这次分房很重要，可以不要，但不可以不看。这样，我才去看了房，也才有了我们现在的家。

衣食住行都是民生大事，中华人民共和国成立以后，人民政府时刻都在关心老百姓生活中的这几件大事，单位排队分房，人人都有机会，公平合理，人民的生活条件不断得到改善，幸福指数越来越高。一首《新居颂》，看到了中国人安居乐业的喜悦与幸福！

56 / 体育大舞台

体育是个大舞台
有多少可歌可泣的故事　流传四海
体育是个大舞台
有多少无怨无悔的青春　焕发光彩

几番成功　几回失败
几度风雨　几度徘徊
血汗和伤痛　凝聚期待
鲜花和热泪　伴着金牌

体育是个大舞台
你听那如潮如浪的喊声　奔涌着爱
体育是个大舞台
你看那光辉灿烂的红旗
带着我们的心　高高升起来

1992年8月28日

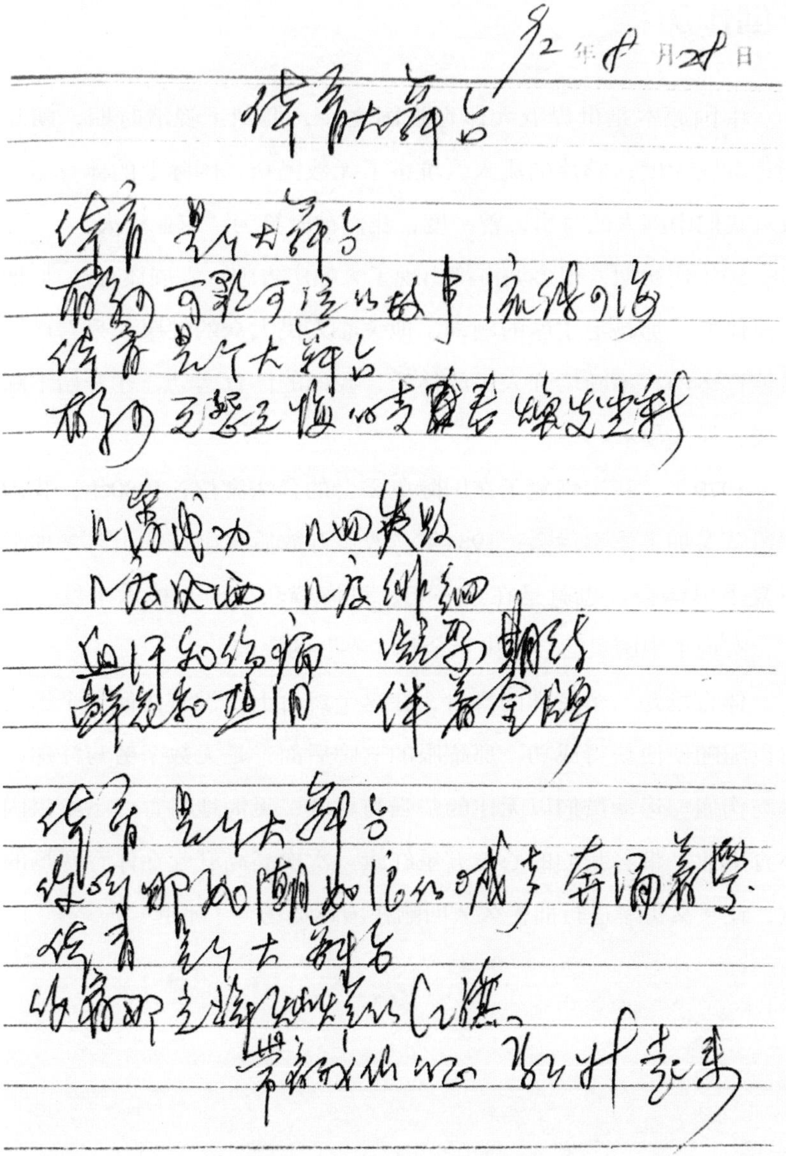

92年8月28日

体育大舞台

体育是个大舞台

体育是个大舞台

体育是个大舞台

体育是个大舞台

◎《体育大舞台》手稿

》创作历程

中国原本是世界五大体育强国之一，但到了晚清时期，朝廷无能，贪腐无度，鸦片的流入，坑害了无数民众，国际上的体育运动再没有我们中国人的身影，曾一度，我们被耻笑为“东亚病夫”。

50年代初期，很多城市都出现了大幅广告牌：发展体育运动 增强人民体质。那是毛主席的题词，他关心人民大众的健康，号召广泛开展体育运动，不断增强人民的体质，我们的体育运动，才开始不断地发展、强大起来。

1979年，我国恢复了在国际奥委会的合法席位；1980年，我国首次组队参加冬季奥运会；1984年，改革开放后我国首次组队参加洛杉矶夏季奥运会。也就是在这一年，许海峰获男子手枪六十发慢射冠军，实现了中国奥运会历史上金牌“零”的突破。

体育场是一个特殊的舞台，在这个舞台上，没有任何一个运动员可以随随便便获得成功，那耀眼的奖牌后面，是无数辛劳与汗珠，泪水与伤痛。运动员们以无比的坚强与勇敢，无悔地将青春献给祖国的体育事业，带着我们的心与五星红旗一次次高高升起在体育赛场的上空，让《义勇军进行曲》久久回响在国际赛场。了不起！

◎阎肃与基层战士在一起

57 / 天津话

像一串音符　哆唻咪发
讲究好听　是咱天津话
透着那么俏　那么嘎　那么机灵　那么潇洒
透着那么幽默 直爽　豪放　泼辣
您啦您啦　真哏啊
嘛是嘛呀　你说的那叫嘛呀

就说这个嘛　学问就挺大
有时是疑问　有时是惊讶
有时是否定　有时是可劲儿夸
嘛　嘛　嘛　嘛　嘛是嘛呀

别看这个嘛　随时起变化
或许是赞成　或许是吵架
或许是冷笑　或许是打哈哈
嘛　嘛　嘛　嘛　嘛是嘛呀

讲抑扬顿挫　酸甜苦辣

丰富多彩　是咱天津话

1993年4月16日

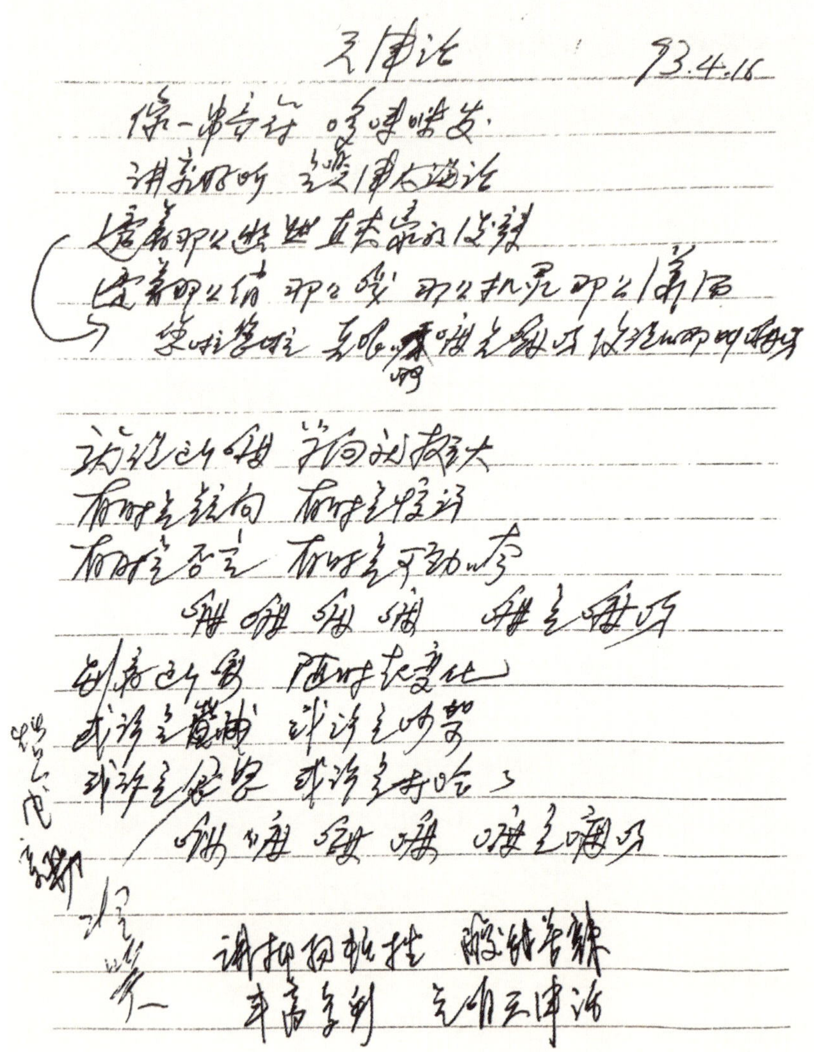
天津话　93.4.16

◎《天津话》手稿

》创作历程

中国的方言很奇特，因地域不同，有时仅仅一道沟相隔，说的话就不是一个味，同一个字念起来就不是同一个音调，真是不可思议！天津话就是特色十足的一种方言，活泼俏皮，干净利落，率直豪爽，幽默诙谐，堪称是一绝！

“哏”是天津话最具特色的描述，也是天津人的一大特点。据说，天津地处九河下梢，很多很多年以前，想在天津养家糊口不是件容易的事。在竞争激烈、压力巨大的现实下，天津人慢慢就明白了，得自己给自己找乐。一是，不说不笑不热闹；二是，日子好也过，歹也得过，热热闹闹日子更好过，反映了天津人对待困难的乐观态度与坚韧性格。

天津语言的独特也造就了各具特色的语言类专家，像相声演员马三立、杨少华，与众不同的表演特色给广大人民群众带来了许多欢笑。

阎肃非常喜欢天津，他欣赏天津那朴朴实实的民俗、简简单单的刚毅。他创作的现代京剧《红灯照》中的女首领林黑娘勇敢、顽强，又非常智慧，可以说是天津的代表。

58 / 走在春风里

走在春风里　天高路也宽
潮平两岸阔　风正一帆悬
走在春风里　远瞩复高瞻
从容踏骇浪　稳步越雄关

啊　继往开来　大任在肩
励精图治　民安国泰　红日照中天

走在春风里　心境分外甜
四海花烂漫　明朝更壮观

时间不详

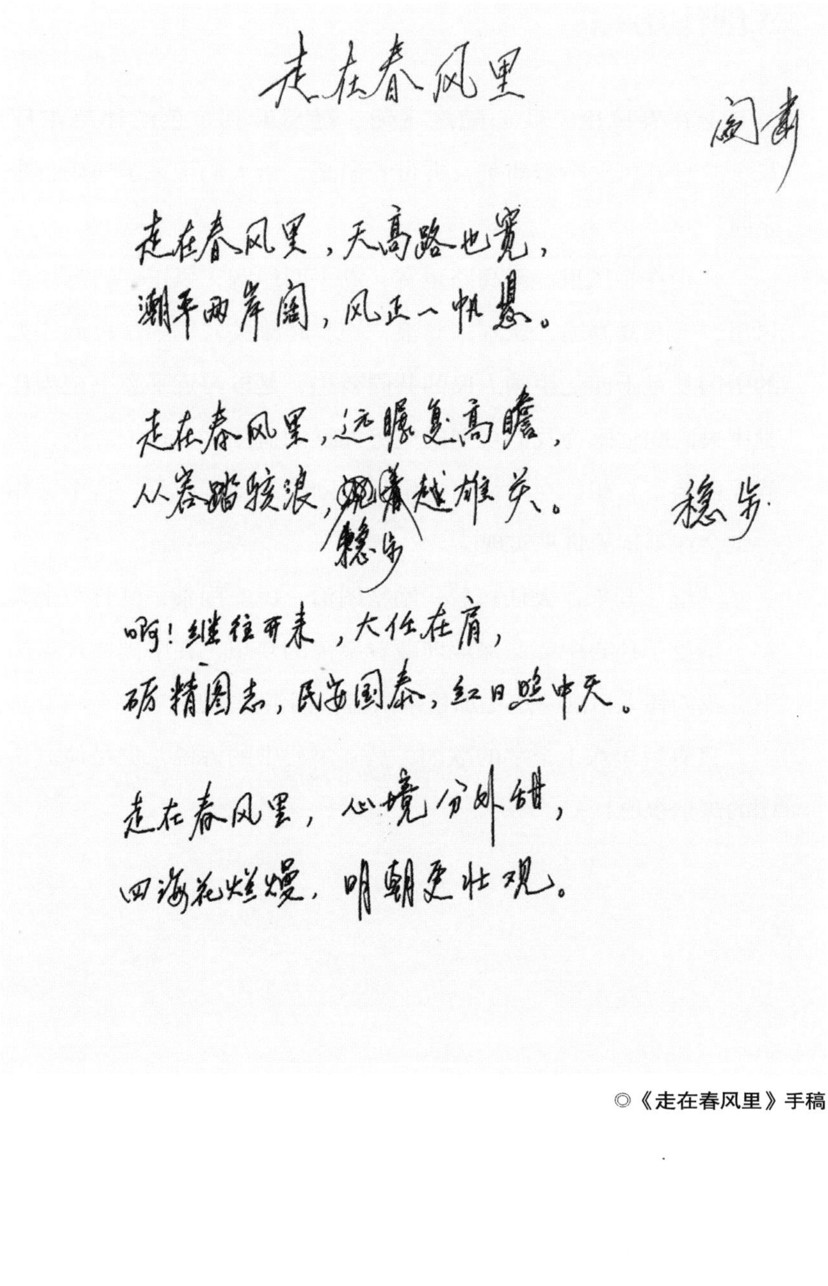
走在春风里

阎肃

走在春风里，天高路也宽，
潮平两岸阔，风正一帆悬。

走在春风里，远瞩更高瞻，
从容踏骇浪，稳步越雄关。

啊！继往开来，大任在肩，
砺精图志，民安国泰，红日照中天。

走在春风里，心境分外甜，
四海花烂熳，明朝更壮观。

◎《走在春风里》手稿

》创作历程

走在春风里，我心随之飞翔，随后看到黄色的油菜花日日高长，二月春风夹杂着甜美，夹带着温暖，给人们带来了快乐，带来了企盼！

“走在春风里，天高路也宽，潮平两岸阔，风正一帆悬。走在春风里，远瞩复高瞻，从容踏骇浪，稳步越雄关。”中华民族伟大复兴的中国梦是十四亿中国人民的共同梦想，是以习近平总书记为代表的党中央高瞻远瞩为我们规划的气势如虹的蓝图，在这个春天，华夏各族人民播下希望，在坚强奋进中从容踏浪、稳步越关，这个宏伟蓝图一定会在不远的将来实现。

“继往开来，大任在肩；励精图治，民安国泰，红日照中天。”每个华夏子孙心中都深深地埋藏着幸福的梦想，在中国共产党的带领下，我们伟大祖国一定更加繁荣昌盛，国泰民安！

只有短短八十个字的歌词，是阎肃心中的诉说，更是他对伟大祖国的深情祝愿！

◎阎肃题字

59 / 心连心

小车推出胜利　乳汁喂给伤员
祖辈赤诚相待　舍得把心掏出来
你是我的筋骨　我是你的血脉
始终连在一起　生死相依分不开

丰碑铭刻双拥　史册写满风采
纵使天塌地陷　挽着臂膀撑起来
我是你的雄伟　你是我的豪迈
无论江南塞外　传承一代接一代

望一眼子弟兵　便涌出无限爱
喊一声老乡亲　便热浪暖胸怀
军和民　心连心
是这般亲密　这等关切　这样慷慨
携手共建好　香花并蒂开
把幸福家园　小康岁月　一同精心细安排

2009年11月1日

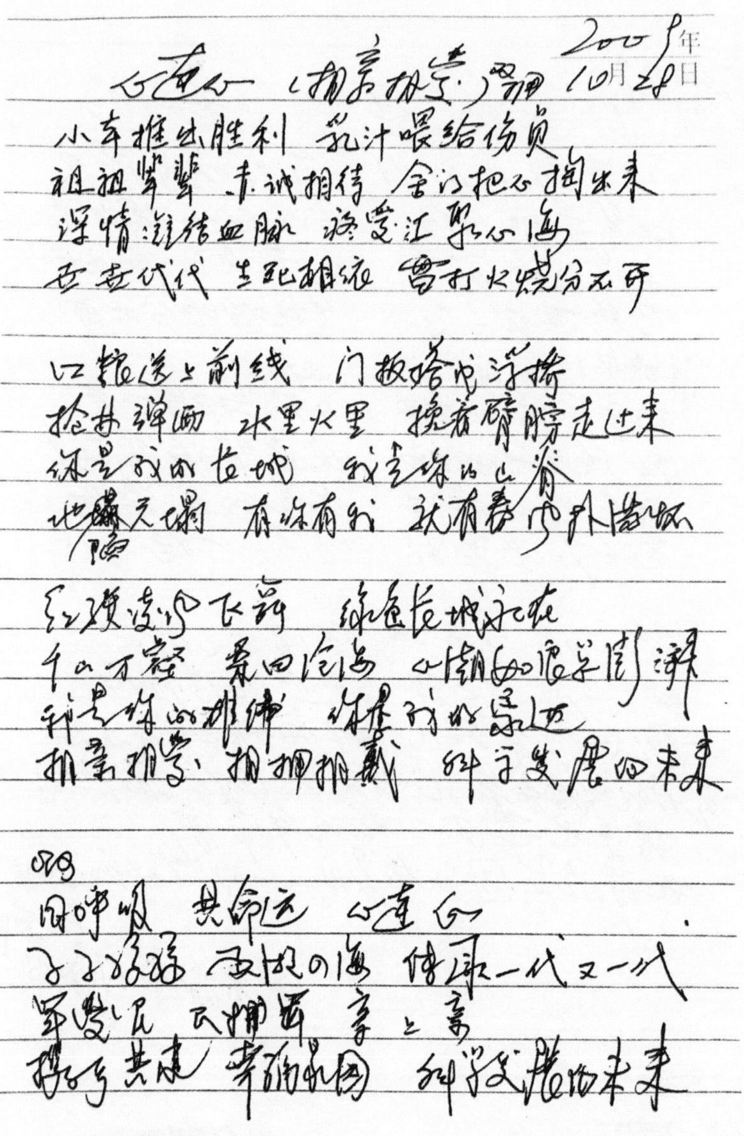

2008年10月28日

心连心（相亲相爱）

小车推出胜利 乳汁喂给伤员
祖祖辈辈 赤诚相待 全门把心掏出来
深情凝结血脉 激荡江泉心海
世世代代 生死相依 雷打火烧分不开

江粮送上前线 门板搭成浮桥
枪林弹雨 水里火里 挽着臂膀走过来
你是我的长城 我是你的山脊
地陷天塌 有你有我 就有春风

红旗凌空飞舞 绿色长城永在
千山万壑 春回沧海 心潮如浪花澎湃
你是我的翅膀 你载我的希望
相亲相爱 相拥相戴 绿手发展向未来

同呼吸 共命运 心连心
子子孙孙 血脉的海 传承一代又一代
军爱民 民拥军 亲上亲
携手共建 幸福祖国 绿手发展向未来

◎《心连心》手稿一

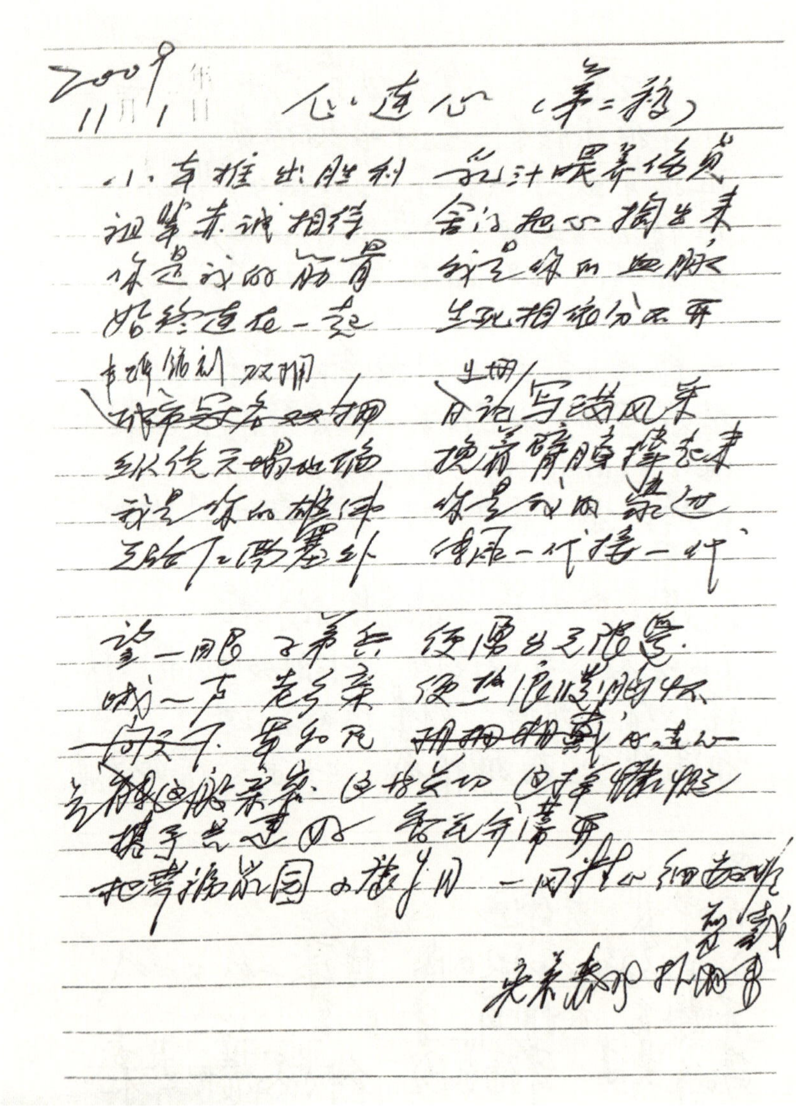

2009年11月1日
心连心（第二稿）
小车推出胜利 乳汁喂养后代
祖辈赤诚相待 含泪把心掏出来
你是我的筋骨 我是你的血脉
始终连在一起 生死相依分不开
纵使天塌地陷 挽着臂膀撑起来
传承一代接一代

◎《心连心》手稿二

》创作历程

每年除夕夜的前几天，全国的铁路、公路、航空公司都会进入“紧急”状态，以迎接中国人一年一度的全国性的“春节大迁徙”。除了因工作需要而必须坚守岗位的人外，所有的游子都将奔走在回家的路上，只为了和远方的亲人短暂相聚。

各种晚会成为春节假期的文化盛宴。每年腊月二十九的夜晚，由解放军总政治部、国家民政部及中央电视台共同主办的双拥晚会都会隆重上演。双拥晚会由全国双拥工作领导小组、中华人民共和国民政部、国家广播电影电视总局、中国人民解放军总政治部联合主办，是一台亦娱亦乐亦交流，用文艺的形式突出展现军民共庆中国传统节日的特殊晚会，是唯一的全党、全国、全军的主要领导与全国人民一起共同庆祝、共同观看的节庆晚会。

每年的双拥晚会都有着鲜明的主题，比如分别创作反映祖国建设和部队发展新成就和新成果、军民共建新气象的节目，完全用文艺的形式，讴歌时代的精神与风采，反映时代风云。

阎肃创作的《心连心》正是反映有史以来军民关系主题的节目。在那艰难困苦的年代，老百姓用小车支前，用乳汁喂养伤病员，为战争胜利提供了人力、物力保证。军民赤诚相待，血脉相依，骨肉相连，优良的传统一代传一代，这是伟大的中华民族共同书写历史的风采。

◎阎肃在创作

60 / 逢年过节穿新衣

（又名《唱服装》）

逢年过节穿新衣　如今不再成话题
因为呀　春夏秋冬　一年四季
　　添件新衣好像实在不稀奇

生活提高奔小康　变化明显是衣裳
你看那　砂洗水洗　时髦套装
　　很少再见斜纹咔叽的确良

羊绒纯毛名牌香　裘皮西服中山装
还有那　羽绒牛仔　亮片珠绣
　　国际新潮　一会儿一个新花样

鞋跟厚墩墩　裤子紧邦邦
裙子丁丁短　上身啷啷长
夏天露双膀　冬天两腿光
不知穿啥好　年年换新装

服装是个大怪圈儿　大概十年一转弯儿

告诉你　别看今天　棉布陈旧

　　也许明年它会显得最拔尖儿

1993年10月15日

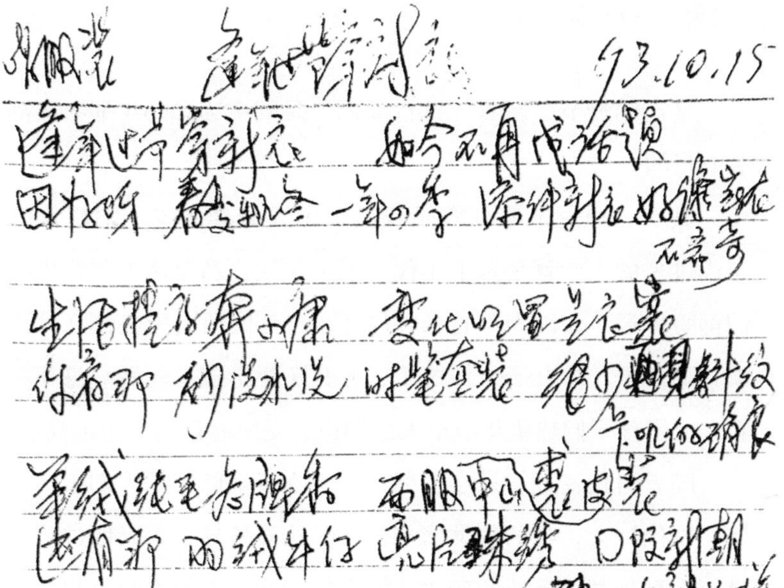

◎《逢年过节穿新衣》手稿

》创作历程

《逢年过节穿新衣》这首歌词，是阎肃为1993年那轰轰烈烈的时装节写的。

其实，逢过节穿新衣是我们中国人的老传统。别说我们二三十年代过来的人，就是六十年代、七十年代，乃至八十年代出生的孩子们都盼着过年，因为不管条件好坏，过年时所有家庭都在忙活着蒸馍馍，贴饼子，炸丸子，包饺子，尤其还要给孩子们做一身新衣服。穿新衣成了孩子们热望年节最大的理由，是所有孩子心中最高的期盼。

随着时代变迁，社会发展，穿衣吃饭早已不是人们生活的终极目标。现代社会，吃的种类繁多，穿的花样各异，天天像过节，顿顿是过年，真是翻天覆地的变化。但大年初一穿上新衣服，起早去拜年早已成为中华民族的传统习俗，融进了中国人的血脉。

61 / 法铸方圆

披星戴月　为铸造清平世界
呕心沥血　为维护人间和谐
随风入夜　为润泽无边心海
倚天抽剑　为伸张正义廉洁

江山万里　雄关千叠
是什么维护着安定团结
法铸方圆　情暖岁月
神圣的天平啊　永不倾斜

时间不详

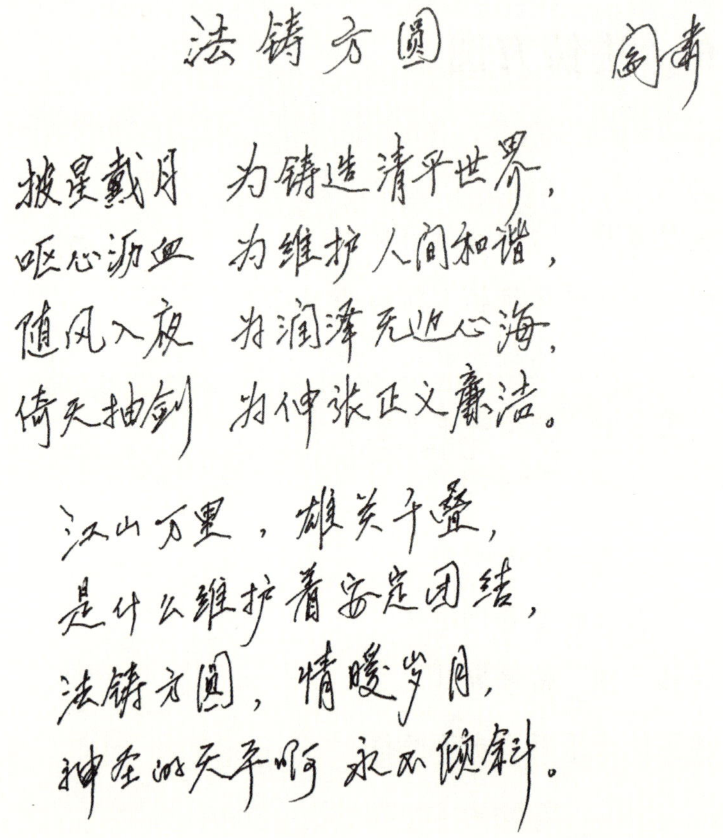

法铸方圆 阎肃

披星戴月 为铸造清平世界，
呕心沥血 为维护人间和谐，
随风入夜 为润泽无边心海，
倚天抽剑 为伸张正义廉洁。

江山万里，雄关千叠，
是什么维护着安定团结，
法铸方圆，情暖岁月，
神圣的天平啊 永不倾斜。

◎《法铸方圆》手稿

》创作历程

华夏历史的长河中，从不缺乏秉公执法的清官廉吏，包拯便是其中非常杰出的一位代表，他的故事在百姓中广为流传。北宋时期，丞相包拯廉洁公正、不附权贵，铁面无私，敢于替百姓申不平，被后世百姓奉为神明，尊称“包青天”，他已经成为公正的代表。历朝历代的人们都在期待着法律的公正，期待着秉公执法“包青天”。

阎肃在观看大型电视系列短剧《法铸方圆》时，看到一批法制战线的英模以身执法，现身说法，诠释了社会主义法制理念的意义，让人们清楚地理解了社会主义法制的本质要求是执法为民。阎肃也接触过这些法制英雄中的一些人，非常佩服他们的英雄事迹，于是写出了《法铸方圆》这首词。依法治国，公平正义，服务大局，这是党的领导准则。从中华人民共和国成立之初，中国共产党就十分重视法治建设。党的十八大以来，中共中央总书记、国家主席、中央军委主席习近平围绕全面依法治国发表了一系列重要论述，全面依法治国被确立为国家治理的一场深刻革命。这套理论学懂了，熟稔于心，就能真正把握依法治国的理念，就会迎来真正的公平公正、社会和谐。

62 / 感动中国赞

感动中国　让中国感动

感动中国　震撼人心灵

感动中国　为青史添彩

感动中国　能润物无声

为什么会感动　为什么能感动

因为她实在　真诚

因为她亲切　普通

没什么官话　套话

没有什么粉饰虚荣

光环招展　炒作经营

她就站在我们身边

就在我们心中

2012年1月2日

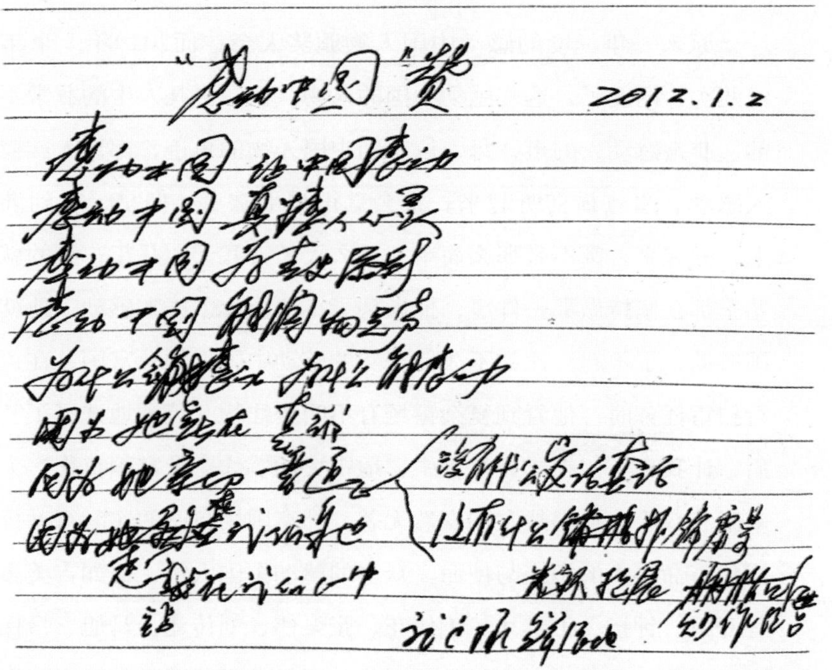
"感动中国"赞
2012.1.2

◎《感动中国赞》手稿

》创作历程

原来一年一度的感动中国人物颁奖大会，而2019年上半年，已经两次、两度了，这些感动中国的人物，都是平凡人中的非常不平凡的、非常感动人的事，每一位感动中国人物的事迹，都让人震撼，让人感动，事迹最初听起来，常会觉得是平常事，但是，轮到谁的身上，做起来，都不是那么简单，日久天长，几天，几年，有的就是一辈子都在坚持做那一件事，他做到了，他就让中国人感动，他就让中国感动，了不起！比如不久前获奖的感动中国人物杜富国，在边境执行扫雷任务时，他看到复杂雷场有不明爆炸物，英勇地选择了“你退后，让我来”。在排查过程中，地雷突然爆炸，杜富国负伤，失去了双眼和双手，换得战友们安然无恙。杜富国用自己的实际行动抒写了当代革命军人的担当与使命。众多的感动中国人物，比如吉美多吉、程开甲、钟扬、王继才、王仕花、张渠伟、刘传建、马旭、吕保民、李保国等，无论是在不平凡的岗位，还是在最普通的甚至很多人根本不愿意干的工作岗位，做出了最不平凡的事迹，做出了最了不起的贡献，乃至献出了宝贵的生命，他们用实际行动感动了一个时代，一个民族……

◎阎肃在部队体验生活

63 / 梨园春

梨园春色连四海
擂响中国聚英才
剧坛推出小天地
搬演人间大舞台
生旦净丑细妆扮
离合悲欢巧安排
真情赚你泪双涌
妙趣送他笑满怀
中原大地春风暖
千树万树梨花开

时间不详

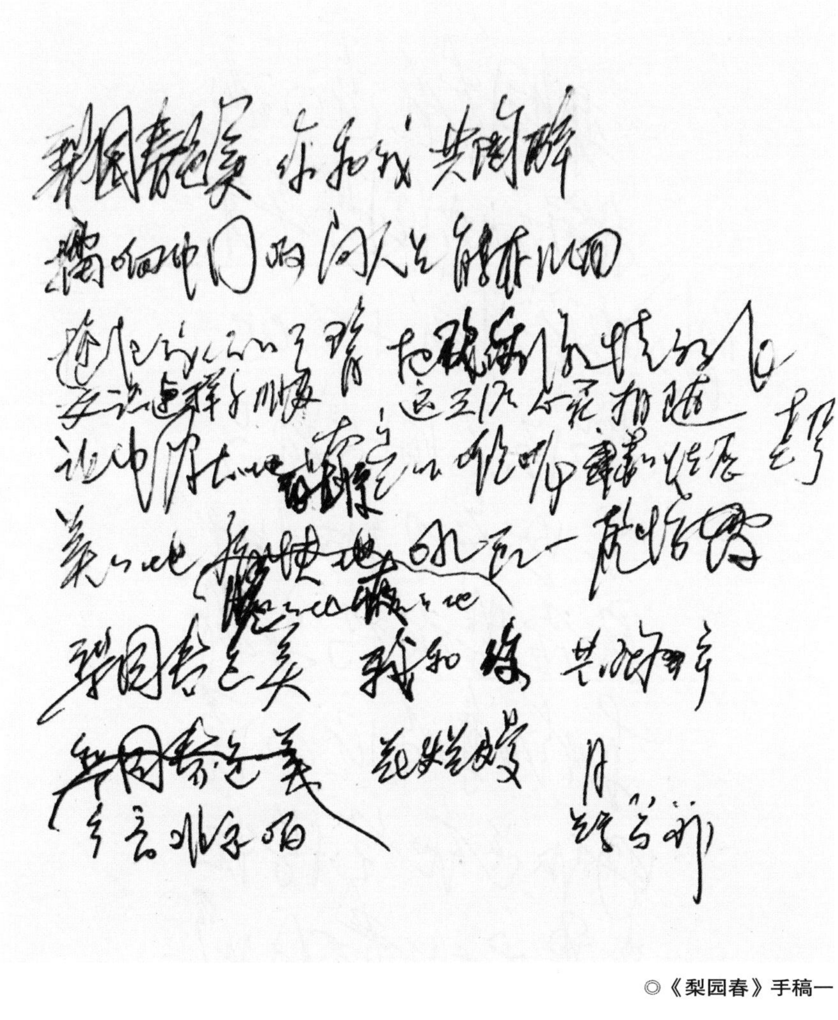

◎《梨园春》手稿一

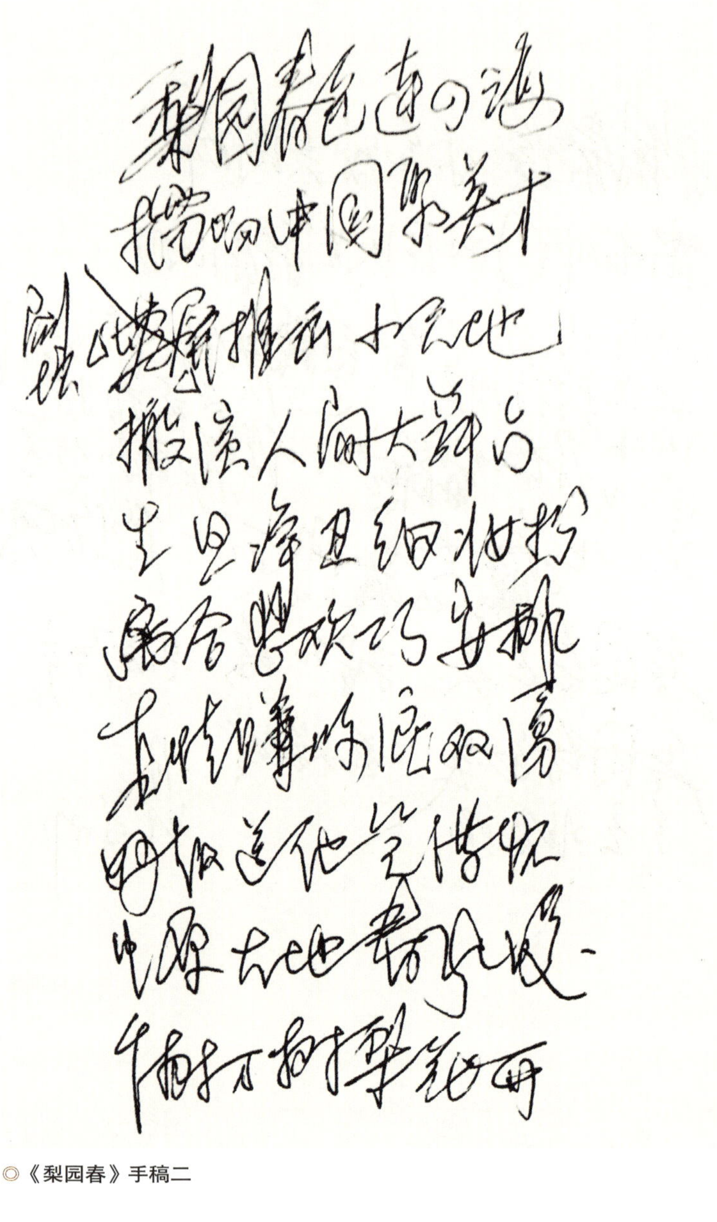

◎《梨园春》手稿二

》创作历程

《梨园春》是二十多年前由河南卫视创办的以豫剧为主、汇集全国的地方剧种的以戏迷擂台赛的方式呈现的戏曲栏目。自创办至今，该栏目已经播放了七百多场，成为老百姓的最爱的电视节目之一，屡屡创造收视奇迹，同时囊括了诸如星光奖、蓝花奖、金鹰奖等各种文艺大奖，已经成为河南省的一张文化名片。

阎肃认为中国戏曲千百种，无论大的戏种，还是受众面较小的地方戏，比如福建的高甲戏，知道的人就不是太多，但它们都是中华民族宝贵的文化遗产，值得后人学习、传承。“梨园春”象征着中国戏曲永远是春色满园，争奇斗艳，所以阎肃非常支持、时刻关注着《梨园春》的成长。

◎阎肃在部队大院

64 / 学友之歌

向天地学习　向生活学习　向朋友学习
学习是我生命之基
向岁月学习　向世界学习　向朋友学习
学习是我魂梦所依
我名学友　我爱学友　学友与我片刻不离
我叫学友　我真学友　学友与我天人合一
冬秋春夏　南北东西
走到哪里　都有朋友相聚
晨昏昼夜　冰雪风雨
人生处处　都有好友相携
我要为你们　不停地不断地歌唱
我要向你们　真真地深深地学习

时间不详

學友之歌

閻肅

向天地學習 向生活學習 向朋友學習
學習是我生命之基
向歲月學習 向世界學習 向朋友學習
學習是我魂夢所依
我名學友 我愛學友 學友與我片刻不離
我叫學友 我真學友 學友與我天人合一
冬秋春夏 南北東西
走到哪里 都有朋友相聚
晨昏晝夜 冰雪风雨
人生處處 都有好友相攜
我要为你們 不停地不斷地歌唱
我要向你們 真真地深深地學習

◎《学友之歌》手稿

》创作历程

向天地学习，向生活学习，向朋友学习，向同学学习，学习太广泛了，没有不需要学习的地方，没有不需要学习的时候。

1955年，阎肃从西南军区文工团调来北京空政文工团时还是声乐演员、四声部长，男低音。他喜欢学习，将学习当作一种快乐；他喜欢看书，如饥似渴地读书。一杯茶水一本书，他能坐一天，看书学习成为他的一种享受。虽然很年轻，但他早有了深厚的古诗、古文底蕴，很多中外名著，他全能记住，有时连页码都记得很准确，让我感觉特别不可思议。他喜欢业余创作，到北京不久就开始在刊物上发表歌词、相声、活报剧、独幕剧等。发表是一种认可和鼓励，经常能够发表就是一种“资格”，而对于阎肃，学习就变成了责任。业余时间、节假日，他如饥似渴地去北京的各个剧场、戏院，观看各个院、团的演出，实际体验各个剧种的特点。有了对北京各类戏曲的深入了解，他对戏剧人物及各个节点才把握得非常到位，笔下才很容易出戏。

1966年，阎肃被借调到北京京剧团，第一个任务就是修改样板戏《芦荡火种》。思考后，他立即汇报，认为《芦荡火种》的戏已经不错，他只想对“智斗”那场戏加以修改。修改之前，智斗场上只有阿庆嫂与刁德一两个人的戏，胡传魁站在旁边观望，经过阎肃同志修改以后，智斗变成了三个人的戏。阎肃的戏剧语言非常丰富，精彩且俏皮，修辞也准确到位，被他修改以后，智斗场上小茶馆的老板娘伶牙俐齿、能说会道，人机灵又显得合情合理，胡传魁则更充分地表现出了草包司令的本色，顺理成章！这场戏顿时更加精彩。

在生命里最后一次参加的大型活动《胜利与和平》中，八十五岁的阎老爷子与剧组年轻人一同奋战，历经多半年的紧张筹备与创作，再一次以惊人的博闻强记给共同工作中的同志们留下了深刻的印象。六七十年前的世界抗战歌曲都能记得一字不差，这就是阎老随时随地学习，始终与时代的潮流共同前进，终生努力学习造就的。

阎肃一生深爱学习，以学习为友，学习让他勤于工作，学习给了他聪明智慧，学习让他一生宽厚与人，学习让他腹中装满了学问，学习让他受用一生。

学友，时时处处与我们同在，无论秋冬春夏，不管天南海北，走到哪里它都在我们身边，时时处处与我们相携，永远是我们的好朋友。

背　影

◎ 朱海

今天，我到这个舞台上来为我们阎公送行。

2015年我们一起做反法西斯战争胜利的庆典晚会上，阎公他有一个细节我印象非常深刻。当我们在讨论抗战的时候，当时这些年轻人，他们唱的流行音乐是什么？我们也找了很多资料，但是没想到阎公根本不用看资料，也不用翻那些厚厚一沓沓的歌片儿，随即即兴地把歌就唱出来了，点一首唱一首。我就在想，如果这一个人的心中没有家国的情怀，他没有一种时间的记忆，在他心中能够留下深深的沉淀，他怎么会装下这么多已经六七十年、七八十年以前的歌曲。而且我们后来对了歌本，一字不差。

回想和阎公在一起的时间，每每我最大的体会就是当我们所有的导演组和策划组坐在会议室里开会的时候，或者我们在互相争论互相讨论的时候，或者让我们拿不定主意束手无策的时候，大家的目光都会习惯地朝一个方向看去，这个方向就是像定海神针一样坐着的阎公。每一次都是他率先破局，把我们认为愁肠百结或者我们认为一时间打不开的谜团，来给我们解决。这样的情况已经很多次了，所以在我们心目中，不管做什么样的大型活动，如果有他在，我们心里会踏实很多。

就是今年我们又完成了长征的纪念晚会。我呢，也和很多他的战友和我们曾经共事过的他的晚辈，我们都会经常聊起阎公，在我们心中，什么叫背影？走在前面的人，他留下的就是背影。我们走在他的后面，我们看到的也是他的背影。在我们的心里他始终是个老兵、始终是个人民的艺术家、始终是一个时代的歌手。走在长征的路上，他的背影是一种精神，他的背影是一种文化，他的背影也是一种记忆，但更重要的是阎公生活的时代是一个中国巨变的时代，也是中华民族走向伟大复兴的时代。在这个时代里文艺的号角、文化的旗帜、文明的硕果，我觉得阎老都一一地完成了。他作为一个艺术家，所承担的所有职务，他总是走在我们的前面，我们追随他的背影寄希望于未来，永远铭记这位伟大的先驱！

阎肃受欢迎的三个原因

◎ 余秋雨

世上很多朋友，彼此交往既不长也不深，但一见就高兴地说个没完没了。我与阎肃先生，就是这样的朋友。

我在中央电视台的青年歌手大奖赛中，曾与阎肃先生一起担任评委多届，从旁观察，反复思考，发现他被当代电视观众喜爱是有原因的。

第一个原因，他身上完全没有让人厌烦的架子，他从来不曾在公开讲评和私下聊天中，夹带一丝一毫有关自己的职位以及以前作品的信息，哪怕是暗示也没有。于是他在观众和朋友面前，不再是官员，不再是老艺术家，不再是学者，甚至，也不再有军队背景，而只是一个单纯、轻松的普通人。要做到这样是不容易的，请看周围其他年长的艺术家和学者，人也很好，但生怕别人看轻，老是要不经意地抖搂一点身份出来，例如，开口闭口就是“五十年前我刚刚获得大奖的时候郭沫若先生握着我的手说”，“在那场战争中我率领一个采访团到了前线”，等等。阎肃先生完全有资格说这样的话，但他绝对不会说。

于是，他成了一个似乎没有显赫履历、官位、成就的和蔼老人，这等于拆除了他与广大群众、广大观众之间的层层围墙，道道阻隔。观众面对他，并不需要穿越什么障碍，直接碰撞他诚恳的言辞和话语，倾听他毫无矜持地畅怀大笑。相比之下，那些喜欢抖搂“身份”的人可能一时让观众敬畏，却很难让观众融入，观众也就很快把他们冷落了。

阎肃先生对“身份”的自我卸除，不是出于一种谋略，而是出于一种本心，我了解他，他在内心也对种种外在的地位毫不在乎，别人问起来，他只是轻描淡写地匆忙绕过，毫不流连。对于那些生怕观众看不起而不断暗示自己了不起的镜头人物而言，阎肃先生实在是为他们提供了一个相反的例证。有好几次，阎肃先生听到那些在文化领域偶得高位的官员颐指气使地讲话，总会悄悄捅我一下，然后轻声在耳边说：“满口假大空，什么也不懂。”其实仔细一想，阎肃先生的资历远远超越眼前这位官员。但他对这位官员的批评，好像不是出于前辈长者对于晚辈后生的不满，而是出于平民思维对于官僚话语的抱怨。

阎肃先生受欢迎的第二个原因，是他真懂艺术。真懂艺术，首先不是指理论、概念、学说，而是指感觉。感觉，在思维过程中是起点，在艺术过程中却是终点。阎肃先生拥有的艺术感觉，深刻而广泛，快速而灵敏。在我看来，在革命文艺工作者队伍中，他的艺术感觉处于第一等，能够与之比肩的人，屈指可数。他的强项是编剧、作词和音乐。他对剧本的要求是干净而有力；他对歌词的要求是流畅而典雅；他对音乐的要求是浓烈而悠扬。正是出于这种等级，他即使应邀创作一首配合“打假行动”的歌词，也能写成“借我一双慧眼吧”。这样高品位的流行歌曲而广泛流传，在艺术上，等级和品味是生命所在，这比题材重要。只要等级和品味高超，哪怕是处置一个平凡的社会题材也能闪现出审美光亮。在我的观察中，阎肃先生对于一首歌词、一段音乐的点头、摇头、沉默，总是基本符合普遍而公平的艺术标尺。他可能说得比较客气。我有时看着刚刚发完言的阎肃先生，我就想：我们文化界如果多几位他这样的内行老人，情况就会好得多。文化的政策固然重要，但是有了好的政策之后，有资历而又有权威的良好艺术感觉就弥足珍贵了。

现在，不少文化引领者，有学历，有理论，却缺少这种艺术感觉。

艺术良知使阎肃坚守住了审美本位。所以，广大观众都看到了，不管他出现在什么电视节目中，总是温和如春，切实可行，毫无作秀嫌疑，邀请他，不会有什么让人尴尬的风险。

阎肃先生受欢迎的第三个原因，是他天真烂漫，好学不倦。他永远处于一种李白抬头看瀑布的惊喜状态。他不执着专业门户，不摆弄专家派头。他有很好的传统文化根基，但他从来没有在镜头前背诵名篇，甩弄典故，每次出来都是一副兴致勃勃、其乐融融的学习劲头。他像一个忘了年龄的“粉丝”，面对着各种新出现的艺术现象，天真而欣喜的表情是那么真诚。在讲评时，他没有教训口吻，更没有训斥语气，即使批评也善良温和，任年轻的艺术爱好者乐于接受。这种镜头态度与他在生活中充满好奇的学习精神有关。记得我第一次与他见面，他就急步走过来告诉我，他一生中最崇拜的演员居然是我的妻子马兰。我怀疑他是在奉送客气的“见面礼”，但接着他讲了一长段对马兰表演的具体评价，我知道这并非随口褒扬。在中央电视台的多次合作中，他非常注意我的讲述，只要我提到一个他所不清楚的历史细节，或者他不明白的国外文化生态，等休息时总会不断询问，认真的态度就像一个学生。但从他的问题就知道，他其实对那些课题的背景并不陌生。我们每次见面我都叫他“老阎”，他都叫我“教授”，在整体态势上，他似乎一直保持着一个“请教者”的谦虚地位。说实话，我从来没有遇到过像他这样年龄而又德高望重的“请教者”。我有时也会突然一愣，心想自己年轻时，他不曾经也是我崇拜的偶像吗？偶像为什么永远高大？因为他心胸开阔，不断充溢。阎肃先生的谦虚好学，使他每时每刻都对世界，对他人保持着一种新奇感。他吸收着天地间一切方位的营养，尽管很多营养来自于较低的方位，年轻的方位。这样的人是可爱的，他几乎喜欢一切给他任何审美愉悦和思维愉悦的人，因此他自己也让人喜欢了，没有人不喜欢他。

他也有一些生活点滴让我一想就笑，难以忘却。例如，他对生活很不讲究，在上镜头前我常常会对他的衣着、发型略加指点，他立即服从，但又不太在乎。他的胃口，让我非常惊叹，并由此思考一个长寿老人的另一个秘密。中央电视台为我们安排的工作餐虽不讲究，但在我看来也十分不错了，因为我是一个最喜欢吃盒饭的人，认为那种米粒和菜汁相焖煮的味道十分诱人。但阎肃先生不行，他每天悄悄向我抱怨，“那不是正经东西”。他所说的“正经东西”就是大鱼大肉，不能用鱼片、肉丝来糊弄人。偶尔，我们也能吃到“正经的东西”，那时他便笑逐颜开，下筷入口如行云流水，挥洒自如。这时他的食量至少是我的三倍，其实我平日也算得上是一个贪嘴的人。吃够了“正经东西”他精神健旺，重新开始他那种不讲职位、只讲艺术，不败资历、只讲当下，不玩尖刻、只送温暖的批评。

说到这里，我想对阎肃先生做一个印象性的归纳：首先，他是一个稳稳地站在中国土地上的当代君子；其次，他是一个热爱生活、热爱人民的天真艺术家；最后，他是一个直到晚年还深受广大观众喜爱的奇迹般老人。有此三点，此生足矣！

爷爷，你并没有离去

◎ 阎沐月

我想念的永远快乐的爷爷：

爷爷，今天是2016年4月的第三天，明天就是清明，天空很蓝，阳光很好……我记得那天也是和今天一样的风和日丽，万里无云。可是那天，你睡着了。

这一觉会睡得很长很长，你再也不会工作到凌晨天亮才回到家，再也不会为了赶早班飞机而睡得不踏实早早就起床，再也不会说着早睡却总要把所有的报纸看完才休息，再也不会很享受于他人再平常不过、于你却分外难得的懒觉和游泳了……因为你真的累了，需要休息了。

爷爷，你工作了一辈子，直到昏迷前也没有退休。在你昏迷的四个半月里，我曾很多次地想象过：有一天你醒了，病好了，我们回家了……我们可以一起去公园散步，逛一逛你几乎没怎么去过的商场、超市、菜市场，去问问今天的菜价，然后再挑一根你喜欢的黄瓜带回家；多去店里吃几次你最喜欢的庆丰包子，而不是匆匆打包；我们还可以夏天去海边多多待些日子，一起在海边被浪打得直翻跟头哈哈大笑；我们可以每年一起看春晚，吃一大桌年夜饭，等十二点钟声敲响时一起包饺子……

我总是想，如果你可以没有那么多工作，和其他的爷爷们一样，多一点悠闲，这样你会比“现在”更快乐吗？可是我好像错了，因为你真的打从心底里爱工作，也习惯了忙碌紧凑不停歇的生活节奏，难得的空闲时间，你也总是在读读写写，从没停过。就这样，学习了一辈子，忙碌了一辈子。

那天，我陪奶奶一起去中央电视台录制“感动中国2015年度人物颁奖盛典”。往年都是你在给别人写颁奖词，一写就是好多年。只有这一次，推选委员的名单上没有你的名字，而你变成了第五位获奖者——琴弦上的放歌者阎肃。因为你累了，没有办法再像以前那样，穿着布鞋迈开大步飞快地往前走了。

奶奶代替你领回了这座奖杯，把荣誉留给你。出了录制现场，我们直奔医院，想让你快点儿摸摸这座透明的爱心水晶杯。在病房里，宁波叔叔把你稍微有些浮肿的手轻轻放在奖杯上，感觉就像你真的举起了它。

爷爷你知道吗？奖杯很沉但很漂亮，我好希望你可以睁开眼睛看一看，它真的很好看。我知道，如果是往常的你，一定很轻松地就能把奖杯举起来。可是你没有，也不一定真的知道自己得到了这份荣誉……

有人说：让今天没有遗憾，就能让一辈子少有些遗憾。但是老人会说：人走了，没有谁是不留遗憾的。爷爷，要说你给自己留下最大的遗憾，恐怕就是不能再继续工作了吧。爷爷呀爷爷，你说你咋就这么轻易地就睡着了呢？也许这一辈子你给自己留下的遗憾没有那么多？但是我们的遗憾却永远只能是遗憾了。

爷爷你还记不记得，去年的9月27日是中秋节，是咱们全家一起在病房度过的，那是二十年来对我而言最特殊的中秋节。那天很晴，坐在床上就能看到又大又圆的月亮。咱们一起吃了好几种馅儿的月饼，还给月饼拍了照片存在手机里。

那天你让奶奶给你带去了助行车。以前走路比年轻人都快的你，是从来不用助行车的。问你为什么现在要用助行车了，你只是说：“楼道地滑，我扶着点儿不容易摔跤啊！”后来，我们也准备回家，让你早点睡了，可你坚持一定要送我们到电梯口，说自己也该散散步了，还开玩笑似的说：“我在楼道走一个来回，也得有个一二百步了吧？”说完就哈哈地笑了。到了大门口，你继续往楼道那头走，不知道是怎么了，我盯着你的背影愣了一会儿，然后才上了电梯。之后再想想，只有那一天你坚持一定要送我们出来，也只有那次，我多看了一会儿你的背影。世界上每天都有太多的出人意料，可是让我怎么都没想到的是，那竟然是我最后一次看到迈着步子往前走的爷爷了……

28号那天是周一，去学校之前我托奶奶告诉爷爷，30号我一下课就去看他。可是这次，爷爷并没有等我。

30号中午放学下了公交车，我在小区里走着，心里偷着乐儿，还想一会儿就能去看爷爷啦！姚叔叔站在单元门口，见我慢悠悠走过来，皱着眉头大声说：“你这孩子，咋还慢悠悠地呢？你爷爷都昏迷了，你还不赶快看看去！”姚叔叔平常就很幽默，我以为他又在逗我。怎么可能？27号晚上还好好的，没过两天怎么就昏迷了呢？

虽然想着不可能，但我还是加快了速度往家走。奶奶并没有主动告诉我爷爷29号陷入昏迷的消息，很快护士长阿姨带我们去了重症病房，那也是我第一次进到ICU。拉开窗帘，我看到了戴着呼吸机的你。护士长阿姨对我说：“凤凤，你试试叫叫爷爷，爷爷是能听到的，就好像是你在离他很远的地方正找他。”

我趴在窗台上探进去使劲儿喊爷爷，看着他心率的十位数从六变到七，大家都一片欣喜，我更是高兴，因为我知道你一定听到了，而且也很清楚地听出了是我的声音！又喊了几声，大家都看到，你的右脚轻轻地动了动。

探视时间过后，我被破例允许穿上隔离服全副武装进到了病房，站在床尾喊："爷爷！爷爷！我来看你了。"虽然你没有像之前一样的反应，但我终于又近距离摸了摸你的手和脚，还有圆鼓鼓的肚子。那是我四个半月中唯一一次能离你这么近。

终于有机会和你说几句悄悄话了。那天你送走我们继续往前行的背影我一直记得，很清晰。我总在想，如果28号我能再去看你就好了，可是时间是永远回不去的，后悔药只在童话中出现过。

爷爷，从你昏迷以后，我希望每天时间可以过得快一点，因为每天半个小时的探视时间真的很短，时间过得快一点，我就能快点又见到你了。但是，我又希望时间可以过得慢一点，因为我并不知道，你躺在病床上休息的平静还能有多久。就像"你永远不会知道明天和意外哪一个会先来"一样，我怕，过了今天的平静，明天也许就再也不会见到你。

记得最开始，我大声跟你说："爷爷，你是最棒的！你一定要当整个重症科第一个醒过来的！"然后，愿望变成能在冬天的时候，你跟我说上一句"生日快乐"。又过了不久，我只是对你说："爷爷，你今天再能睁眼看看我就好。"

大家最开心是每天拉开窗帘，就听到宁叔叔说今天你的情况很稳定。可是很多事，也并没有能变得和想象一样好。愿望一次次变更，渐渐地变得简单。清醒、说话、眨眼，这些在别人看来都再容易不过的小动作，在那时对你已经相当不容易。即使有哪一天，你的情况很不乐观，即便护士说你睁开眼睛时也不一定能看得见，但是在那半个小时的探视时间里，我一直都是笑着的。因为如果你能看得到，我希望你能看到笑着的我，在给你加油给你打气。

那天凌晨，我又一次大声不停地叫着你，希望能再把你叫醒。可是只有那次，你不会再对我有任何回应。因为你走了。那天，是2016年2月12日，大年初五。

我一直期待并且相信会有奇迹，虽然最后你并没有像我想象的那样，醒来然后变得健康。但是爷爷你知道吗？你真的很棒！你四次闯过了很危险的难关，重症科的叔叔阿姨都夸你很棒，生命力真是顽强。你真的创造了属于自己的奇迹！

爷爷，你走了，每天我回家进门，再也听不到那一声低沉却稍带着音调的“凤小宝儿你回来啦”；再也没有受了委屈时，你的那一句“嗨，这算什么呀！没什么大不了的！哈哈一笑就完了”。

再也没有那随时可能会响起的唠叨声，也不会有人和我互相喊着给对方起的外号，说说笑笑。

再也没有你不停地读读写写的身影，我也再不会去和谁“抢书桌”。

再也没有你那底气十足的爽朗的招牌笑声，没有每天吃饭时无论吃什么都香喷喷连夸好吃的声音，没有每天临睡前你折得整整齐齐的被角……

这一切都没有了，因为，你走了。

五七那天，奶奶去买了五种很好看的点心，里面有两块小猪形状的南瓜饼，代表我和龙龙。爷爷，你以前很少吃点心，有好吃的自己舍不得吃，全都带回来给我们吃。我们还给你准备了烟、酒、茶和一些报纸、笔、纸。奶奶专门做了你最爱吃的炸酱面，以前你每次都要吃上个两三碗。前两天妈妈出差前，和我一起为你做了三十五朵黄色的花，摆在一起很漂亮。希望你都能感受到……

爷爷，记忆中，我好像并没有对你说过“爱”。但我真的爱你，我们都爱你。

一辈子那么多又那么近，不知道能不能有下辈子。如果能有，爷爷还是爷爷，奶奶还是奶奶，我还是我……

爷爷，昏迷前你说想回家了。那天咱们一起，回家了……

后　记

阎肃离开我们五年多了，无时无刻不在思念他。五年来，我不断整理着他的作品，回忆着我们一起生活以及他创作的点点滴滴。所以，老伴儿始终在我身旁，没有离开过我们，他的房间，没有变样，衣服还挂在他的衣柜里，他现在不忙了，原本计划等到能休息的时候，有时间阅读的武侠小说，都给他放在床对面最方便的书柜上了。躺在床上睡醒了，睁眼就能看到，伸手就能拿到，我想他会知道的，也会看到的，永远给他保留好。

阎肃曾说："我称得上是中国人民解放军文艺战线的一名老兵，到现在依然在心里经常哼唱着'追上去追上去不让敌人喘气'那些歌。我们也有风花雪月，但那风是'铁马秋风'，花是'战地黄花'，雪是'楼船夜雪'，月是'边关冷月'。就是这种肝胆、这种魂魄教会我跟着走、往前行，我愿意为兵服务一辈子！"阎肃一生都秉持爱党忠国的初心，为党工作，为国创作，他的作品充满了"正能量"，十分"接地气"。

《阎肃作品手迹及创作历程》以手迹为线索，按照重要程度和流传广度选取了六十四首阎肃作品，辅以其手迹及创作心路，他在天国里也一定会为自己的作品能继续影响读者、为时代服务而欣慰！

需要说明的是，阎老写作品常常是自己不留底稿，写完了就给了需要这个作品的对方，然后什么时候想起来，自己就又抄一遍 ，顺手就写下了当时抄写的日期，有时比较准确的日期也是问了我之后，我提醒给他的。比如《故乡是北京》就是1987年7月写的，1989年北京台谢鑫找阎老，阎老设计了京腔戏韵这个思路，后来就因为有故事，所以想起了已写过的《故乡是北京》。1988年的元旦晚会上，李谷一就唱了《故乡是北京》，怎么可能是1989年写的呢？手迹中的日期应该是抄写时的日期，我的记忆肯定是精准的！另外，一些歌曲中出现的“啊”“那”只是曲作者因为个人习惯，为演唱方便而加的副词，创作的原歌词中是不存在的，添加在词稿中韵味就不一样了，因此，我在整理老伴儿的作品时也按照原创进行了修改，希望能更精准地展现出他的创作原貌与精神世界！

阎肃“愿做主旋律的一个歌者”，让这种愿望在大家的努力之下一直持续下去！祝愿我们伟大祖国繁荣昌盛，国泰民安！

李文辉

2021年9月

出版说明

《阎肃作品手迹及创作历程》是阎肃夫人李文辉从阎肃众多的作品中精心挑选出来的阎肃经典歌词作品，每一首歌词终稿配以阎肃创作手稿及创作背后的故事，力图为读者呈现一种立体、动态、丰富的经典诞生之路。即将付梓之际，再向读者交代一二。

历经四年打磨，李文辉女士多次修改，力求客观、真实，付梓稿上郑重签字，其老一辈的认真态度与伉俪深情流诸笔端，令人动容。

一首歌词的诞生往往几易其稿，本书为读者呈现了所有留存手迹，大多数作品都有定稿，但个别遗失定稿之作，歌词作品以最终定稿呈现，落款时间亦为定稿创作时间。但其中也有个别作品创作较早，为后期阎肃整理抄写，此种情况分别注明创作与抄写时间；手稿上没有标注时间的，我们本着客观、精确的原则均标“时间不详”。

谨以此说明希望消除读者疑虑一二。

河北大学出版社

2021年9月